Susan Andersen

Eso que llaman amor

Editado por Harlequin Ibérica.
Una división de HarperCollins Ibérica, S.A.
Núñez de Balboa, 56
28001 Madrid

© 2012 Susan Andersen. Todos los derechos reservados.
ESO QUE LLAMAN AMOR, N° 31 - 1.4.13
Título original: That Thing Called Love
Publicada originalmente por HQN.

Todos los derechos están reservados incluidos los de reproducción, total o parcial. Esta edición ha sido publicada con permiso de Harlequin Enterprises II BV.
Todos los personajes de este libro son ficticios. Cualquier parecido con alguna persona, viva o muerta, es pura coincidencia.
® Harlequin y logotipo Harlequin son marcas registradas por Harlequin Books S.A.
® y ™ son marcas registradas por Harlequin Enterprises Limited y sus filiales, utilizadas con licencia. Las marcas que lleven ® están registradas en la Oficina Española de Patentes y Marcas y en otros países.

I.S.B.N.: 978-84-687-2775-2
Depósito legal: M-2650-2013

Este libro está dedicado con cariño a todos mis amigos de la industria; tanto los viejos como los nuevos.

A Jen Heaton, la cual, a pesar de tener una vida muy ocupada, siempre encuentra tiempo para sugerirme ideas, para ponerme los pies en la tierra y mejorar mi trabajo, además de ser una gran amiga.

A las M&Ms. Meg Ruley y Margo Lipschultz; la mejor agente y la mejor editora del mundo.

A Robyn Carr, a Kristan Higgins y a Jill Shalvis, por sus comentarios diarios, por sus risas y por compartir conmigo las lágrimas.

Y a todas las lectoras, sin las cuales estaría escribiendo esto solo para mí. Gracias por vuestra lealtad, vuestros correos y vuestra amistad en Facebook.

Y un agradecimiento especial para la brillante Robin Franzen, enfermera, que me permitió tener la varicela y me perdonó por ello.

Prólogo

23 febrero
Razor Bay, Washington

—Dios, Jenny, ¿es que no van a irse nunca a casa?

Jennifer Salazar oyó aquella pregunta medio furiosa y medio suplicante por encima de la conversación procedente del comedor. Fuera el viento soplaba con fuerza proveniente de Canadá, persiguiendo a la lluvia desde las Montañas Olímpicas, que se alzaban imponentes al otro lado del canal.

Jennifer apartó la vista de las gotas de lluvia que se convertían en prismas contra los cristales del porche y miró hacia el pasillo.

Austin, de trece años, estaba de pie entre ella y la puerta de la cocina que conducía al salón. Iba encorvado, y sus hombros anchos, ocultos bajo aquella chaqueta negra, parecían desproporcionados con el resto de su cuerpo desgarbado y enclenque.

Jennifer se acercó a él y lo abrazó con fuerza. Austin le devolvió el abrazo.

—Se irán —le aseguró al adolescente—. Y creo que dentro de poco, a juzgar por lo rápido que está cambiando el tiempo –se apartó y le dirigió una sonrisa–. Pero Emmett era toda una institución. La gente quiere presentarle sus respetos.

Austin era lo más cercano que tenía a un hermano, pero últimamente no sabía cómo tratar con él. Era frustrante ver su dolor mientras intentaba asimilar la pérdida del abuelo que le había criado. La muerte de Emmett Pierce había seguido a la de la abuela de Austin, que había muerto pocos meses antes que su marido.

Austin se mostraba muy inestable. Tan pronto se comportaba como un niño normal como se enfurecía o entristecía. Y el resto del tiempo se dedicaba a quejarse. Emmett y Kathy lo habían malcriado hasta el punto de regalarle por su trece cumpleaños una lancha motora a la que ella se había opuesto.

–Juro que le pegaré un tiro al próximo que me llame «pobre chico» –murmuró–. Y Maggie Watson me ha pellizcado las mejillas como si tuviera cuatro años.

Jennifer no sabía si compadecerle por aquella desconsideración o si reírse por el tono indignado de su voz.

–Supongo que solo quieren darte el pésame, pero no saben qué decir.

–¿Y creen que yo sí lo sé? ¿Se supone que debo decir que no pasa nada cuando me dicen que mi abuelo está en un lugar mejor? Porque sí que pasa. Además, ¿quién pensaría que me hace ilusión ser el «pobre chico» para un grupo de personas que me conocen desde que nací? Y desde luego no pienso ponerme a hablar de mis sentimientos –se le quebró la voz y se aclaró la garganta furioso–. Mis sentimientos son... son...

–Son tuyos y de nadie más –le dijo ella con comprensión. Tenía cierta experiencia. Solo era unos pocos años mayor que él cuando su propio mundo se desmoronó.

–Exacto –murmuró Austin.

Al darse cuenta de que había dado un paso atrás para no tener que mirar hacia arriba, Jenny se masajeó los músculos de la nuca y sonrió.

–Sigo sin acostumbrarme a que seas más alto que yo. Mucho más alto. La última vez que lo comprobé me sacabas seis u ocho centímetros. Pero hoy llevo tacones de ocho centímetros y aun así sigues siendo más alto.

Por primera vez desde la muerte de Emmett la semana anterior, Austin le dirigió aquella sonrisa incondicional que hasta hacía poco había sido su seña de identidad; esa sonrisa encantadora que le arrugaba los ojos verdes y formaba pequeños hoyuelos a los lados de la boca.

–Odio tener que decirte esto, Jenny, pero hasta los grillos son más altos que tú.

–Qué listillo eres –Jenny le dio un golpe en el brazo, pero no quería dejar el tema–. ¿Pero en qué momento creciste tanto? Juraría que ayer no eras tan alto –había empezado a temer que Austin acabaría siendo tan bajo como ella. A ella no le hacía ninguna gracia haber acabado midiendo un metro cincuenta y ocho en un mundo de piernas largas, y eso solo si se estiraba al máximo. No podía evitar pensar que el mismo resultado para un chico sería aún más duro.

Pero teniendo en cuenta que el chico parecía haber crecido seis centímetros o más de la noche a la mañana, lo mejor sería no preocuparse.

El buen humor de Austin desapareció y simplemente se encogió de hombros ante la pregunta.

–¿Qué pasará conmigo ahora, Jenny?

–Bueno, para empezar, dado que en el testamento de Emmett se me concedía la custodia temporal, vivirás conmigo en el complejo. O, si lo prefieres... –de pronto se vio asediada por la incertidumbre– supongo que podría mudarme aquí contigo.

–¡Dios, no! –el chico negó rotundamente con la cabeza–. Ya fue horrible quedarme aquí cuando murió la abuela. Y al menos estábamos preparados para eso.

Cierto. La anciana había estado delicada durante los dos últimos años.

–Pero con el abuelo... –Austin se secó una lágrima subrepticiamente y después la miró con el ceño fruncido al ver que se había dado cuenta–. Sigo esperando que aparezca cada vez que me doy la vuelta, ¿sabes? Preferiría estar en tu casa.

–Entonces estarás en mi casa –a Jenny tampoco le habría importado llorar y desahogarse. Echaba mucho de menos a Kathy y a Emmett. Habían sido muy buenos con ella, y perderlos tan seguidamente había resultado un duro golpe.

Sin embargo debía mantenerse fuerte por el bien de Austin.

–Fui a ver al abogado de la herencia para hablar de la custodia permanente, pero él quería esperar un poco. Está haciendo lo posible por localizar a tu padre –confesó tras una pausa. Aunque habría preferido guardarse esa información por el momento, Austin tenía derecho a saber.

El chico apretó los labios y entornó los párpados.

–Como si a él le importara una mierda.

Jenny no se sintió capaz de reprenderle por su lenguaje, porque en los años que hacía que le conocía, su padre no había mostrado el más mínimo interés por él.

–Al parecer está en una sesión de fotos para *National Explorer* en alguna parte. Parece que nadie sabe el lugar exacto por el momento, pero el señor Verilla dijo que esperaba localizarlo pronto.

–Sí, esperaré sentado a que aparezca –contestó Austin con su sarcasmo adolescente. Pero sus ojos furiosos habían adquirido aquel brillo de dolor que adoptaban cada vez que salía el tema de su padre.

Y, por un instante, Jenny quiso ponerle las manos encima al hombre que había decepcionado a aquel chico tantas veces durante los últimos años. Resultaba muy frustrante no poder hacerlo.

Sin embargo lo que sí podía hacer era intervenir cuando Kate Ziegler asomó la cabeza por la puerta de la cocina, fijó sus ojos llorosos en Austin y dijo:

–Oh, pobre, pobre ch...

Jenny se dirigió hacia Kate con tanta autoridad que la mujer se detuvo a mitad de la frase y dio un paso atrás.

–¡Señora Ziegler! –exclamó Jenny agarrando a la mujer del hombro para llevarla de vuelta al comedor–. Quería darle la enhorabuena por la maravillosa ensalada Ambrosia que ha traído. Si no me equivoco, ha sido lo primero en acabarse.

Cuando la mujer se dirigió hacia la mesa, Jenny sonrió a Austin por encima del hombro.

Le rompió el corazón que, aunque el chico intentó devolverle la sonrisa, no lo consiguió.

Capítulo 1

Jake Bradshaw llegó al pueblo casi dos meses más tarde, a las tres menos cuarto de la tarde de un soleado día de abril.

Aunque Jenny no llevaba la cuenta ni nada de eso.

¿Quién llevaba la cuenta de algo así? Estaba demasiado ocupada metiéndose en sus propios asuntos, lavando la ventana de encima del fregadero de la cocina y pensando que las persianas del Sand Dollar, la lujosa casita situada frente a su bungalow al otro lado del aparcamiento, necesitaban una capa de pintura, cuando sonó el timbre de la puerta. Miró el reloj, después miró su camiseta recortada y sus vaqueros gastados y suspiró. ¿Por qué nadie se presentaba sin avisar cuando iba vestida para matar?

La ley de Murphy, suponía. Se encogió de hombros, dejó el trapo que estaba usando, detuvo el iPod, se quitó los auriculares y fue a abrir la puerta. Ya había acabado el día de escuela y probablemente fuese algún amigo de Austin, aunque el chico no estaba en casa en aquel momento.

Cuando abrió la puerta y vio al hombre situado al

otro lado, se le quedó la mente en blanco. Qué equivocada estaba. No se trataba de ningún adolescente. Era un completo desconocido, algo que no se veía con frecuencia en esa época del año, al contrario que durante la temporada turística veraniega.

Y aquel hombre era un dios.

Bueno, no realmente, pero era lo más parecido a un dios. Su pelo, que al principio le había parecido rubio, era en realidad de un castaño claro que podía haberse aclarado con el sol o que era el producto de algún estilista de moda.

Apostaría por lo primero, dado que todos los hombres que conocía elegirían la castración antes que ser vistos en un salón de belleza con pedazos de papel de aluminio en la cabeza. Y aunque podía decir con sinceridad que nunca había conocido a un auténtico metrosexual de la gran ciudad, estaba bastante segura de que aquel tipo no iba a ser el primero.

Sus manos bronceadas parecían demasiado ajadas y su piel algo curtida por el clima. Sus hombros parecían musculosos enfundados en aquella chaqueta gris de traje, bajo la que llevaba una sudadera con capucha color verde aceituna y una camiseta gris. Además sus muslos sólidos resaltaban gracias a unos Levi's que parecían haber visto días mejores.

No podía verle los ojos debido a las gafas de sol, pero tenía los labios más sensuales que había visto jamás en un hombre; carnosos, pero bien definidos. Si ella hubiese sido otro tipo de mujer, casi habría podido imaginarse aquellos labios besándola...

–¿Está tu madre en casa?

–¿En serio? –de acuerdo, no fue la respuesta más educada. Pero, por favor. No solo había empezado a imaginar lo que podrían hacer aquellos labios, sino que Marvin Gaye había empezado a cantar *Let's Get It On* en su cabeza. Y el hecho de que él se dirigiera a ella como si fuese una niña fue como arrastrar la aguja del tocadiscos sobre un disco de vinilo.

Tras una mirada de sorpresa, el hombre se quedó mirándola más detenidamente. Y entonces sonrió.

—Oh. Perdona. Por un momento tu estatura me ha desconcertado. Pero no eres una niña.

—¿Eso crees?

Él sonrió aún más.

—Supongo que no soy el primero que comete ese error.

«Está bien, contrólate», se dijo Jenny a sí misma. ¿Cuál era su problema? Normalmente no deseaba a hombres desconocidos. Y llevaba en el negocio hotelero desde los dieciséis años, por el amor de Dios. De modo que su reacción natural no era ponerse sarcástica con la gente.

«Al menos no con la gente que no conozco».

Se encogió de hombros mentalmente. Porque incluso aunque tuviera por costumbre desear a desconocidos o ser sarcástica, aquel tipo podría ser un huésped del hotel. Estaban en la peor parte de la temporada baja, y por eso se había sentido tranquila dejando a Abby en la recepción mientras ella se tomaba el día libre. Pero Abs aún estaba verde, y no le costó trabajo imaginársela dando indicaciones sobre uno de los mapas del complejo para ayudar a un completo desconocido a encontrar su casa, situada en la parte trasera de los terrenos del hotel Brothers.

—¿Hay algo que pueda hacer por usted? —preguntó con una sonrisa cordial.

—Sí —contestó él—. Me dijeron que aquí podría encontrar a una tal Jenny Salazar.
—Ya la ha encontrado.
—He venido por Austin Bradshaw, por el tema de su custodia.

Jenny sintió un vuelco en el corazón, pero simplemente dijo:
—No me parece abogado.
—No lo soy. Pero el señor Verilla dijo que tenía que hablar con usted.

Jenny suspiró y dio un paso atrás.
—Entonces supongo que será mejor que entre. Tendrá que disculpar el desastre —dijo mientras le hacía pasar—. Me ha pillado en mitad de mi día de limpieza.

Cuando llegó al salón se volvió hacia él y vio que se había quitado las gafas de sol y estaba colgando una de las patillas del cuello de su camiseta. Apartó la vista de su cuello fuerte y bronceado y lo miró a los ojos por primera vez.

Sintió un escalofrío. Solo había otra persona en el mundo con los ojos de aquel verde tan pálido; el mismo tono verdoso que las pozas del canal Hood adquirían en verano.

Austin.

Experimentó de inmediato una rabia profunda y visceral.
—Déjeme adivinar —dijo con voz fría—. Usted debe de ser Jake Bradshaw.

Al mirarlo ahora no vio aquel rostro imponente ni el abundante sex appeal. En su lugar recordó todas las veces en las que Austin pensaba que su padre llamaría o aparecería, y la decepción todas y cada una de esas veces.

—Muy amable por su parte dignarse al fin a concederle a su hijo un minuto de su valioso tiempo.

Durante más de diez años, Jake había tratado con todo tipo de personas. Hacía mucho tiempo que había perfeccionado el arte de que las cosas le resbalaran. Sin embargo por alguna razón el desprecio de aquella pequeña mujer le afectaba.
No tenía ningún sentido. Esa mujer medía un metro sesenta y su pelo oscuro y brillante, recogido con dos trenzas de niña pequeña, no transmitía vibraciones de persona adulta. Tenía pocas curvas, piel clara y unos ojos marrones tan oscuros que hacían que la parte blanca pareciese azulada en comparación. Sus cejas también eran oscuras, y en la nariz tenía un ligero bulto a la altura del puente.
—¿Quién diablos se cree que es, señorita?
De acuerdo, no era lo que había pensado decir. Pero estar de vuelta en Razor Bay, el lugar en el que había pasado casi todos sus años de adolescencia queriendo escapar, le ponía un poco nervioso. Además, después de un viaje de treinta y dos horas desde Minahasa hasta Seattle, pasando por Manila y Vancouver, estaba tremendamente cansado. Por no mencionar la tensión ante la idea de ver a su hijo después de todos esos años. De ser plenamente responsable de él por primera vez.

Se le podía perdonar por haber reaccionado así al desprecio que notaba en la voz de aquella mujer, otra persona más que creía que podía darle consejos sobre su hijo.

Sin embargo logró tragarse los sentimientos negativos y moderar su tono al peguntar:

—¿Y por qué cree que tiene derecho a juzgarme? —él ya se había juzgado bastante, no necesitaba el odio de una desconocida.

Observó como la mujer se cruzaba de brazos y levantaba la barbilla.

—Bueno, vamos a ver —dijo con frialdad—. Tal vez porque soy la mujer que ha estado en la vida de Austin durante los últimos once años. Y porque es la primera vez que le veo.

Jake quiso gruñir por lo injusto de aquella acusación. ¿Pero acaso no llevaba razón? Durante el viaje de vuelta había tenido varias conversaciones consigo mismo y se veía obligado a admitir que había tenido una visión muy sesgada de su ética paternal durante mucho tiempo. Pero no pensaba defenderse ante la señorita Salazar, no solo por una cuestión de orgullo, sino porque no quería explicarle su caso a una desconocida.

No podía ensuciar el recuerdo de los abuelos de Austin. Aquello no solo se parecería a algo que habría hecho su propio padre, al que no le había importado en absoluto que su hijo hubiera querido a las personas a las que él estaba difamando, sino que además toda aquella introspección le había hecho darse cuenta de que había pasado demasiados años culpando a Emmett y a Kathy por hacer el trabajo del que él mismo había abdicado.

Habían protegido a Austin. Y aunque le doliese que lo hubieran hecho a sus espaldas... bueno, no podía quejarse.

A la altura de la isla Midway había dejado de defenderse a sí mismo y había admitido que Emmett y Kathy le habían dado mucha más rienda suelta de la que se merecía antes de decidir finalmente expulsarlo de la vida de Austin.

Pero eso no era lo importante, al menos en ese momento. Lo importante era que por fin estaba haciendo lo que debería haber hecho mucho tiempo atrás: dar un paso hacia delante.

Aunque eso no impedía que la mujer que tenía delante le sacara de quicio. Dio un paso involuntario hacia ella.

−El caso es que yo soy el padre de Austin y ahora estoy aquí.

Al parecer eso no era lo que ella había esperado oír, porque parpadeó lentamente y se quedó mirándolo.

Aquel gesto debió de durar dos segundos como mucho, pero fue suficiente para hacerle darse cuenta de que estaba mucho más cerca de ella de lo que había pretendido. También fue consciente de que, salvo por el parpadeo, se había quedado muy quieta. ¿Habría advertido su ira contenida? Jake se enderezó y maldijo en silencio. ¿No pensaría que iba a golpearla?

Dio un gran paso hacia atrás y se metió las manos en los bolsillos de los vaqueros.

Se hizo el silencio, se oyó entonces la puerta trasera y, a juzgar por cómo la señorita Salazar se tensó, Jake supo exactamente quién era. El corazón empezó a acelerársele y se quedó mirando hacia la cocina.

−Hola, Jenny −dijo una voz masculina desde la otra habitación−. Ya estoy en casa −se abrió la puerta del frigorífico, después se cerró y se oyó como la tapa de algo golpeaba sobre una superficie dura−. ¡Tío, déjame alguna galleta!

−Te la cambio por ese cartón de leche −dijo otro joven.

−¡Será mejor que uséis vasos! −gritó Jenny a modo de advertencia−. Si no, sois hombres muertos.

Se oyó ruido de vasos y un armario que se cerraba. Después se hizo el silencio antes de que dos chicos entraran corriendo.

El que iba delante era un moreno desgarbado que tenía exactamente la misma constitución huesuda que había tenido Jake a su edad.

Oh, Dios. Se le secó la boca y se esfumó su capacidad de ser consciente de todo lo que ocurría a su alrededor; una habilidad perfeccionada durante los años, pues de lo contrario habría acabado devorado por una serpiente o cualquier otro animal más fuerte que él. Todo lo que había en la habitación dejó de existir, y solo quedó su hijo.

Suyo.

Sobrecogido por la alegría, por el terror, por el dolor y el arrepentimiento, Jake se quedó mirándolo. Y sintió algo en el pecho que no había experimentado nunca, mientras el pánico se aferraba a sus entrañas. Dios. Estaba temblando.

No había creído que le importaría tanto, no pensaba que le afectaría de esa forma. ¿Sería eso el amor?

La idea le produjo un escalofrío. No.

No podía ser. Primero, él era un Bradshaw, y la manera en que entendían el amor los hombres Bradshaw era tan retorcida que le daba mala fama a esa emoción. Segundo, uno tenía que conocer a la persona antes de poder quererla.

Tomó aliento. Probablemente no fuese más que el asombro porque el chico hubiera crecido ya tanto. Jake lo recordaba con dos años, con cuatro. Incluso con seis, que era la edad que tenía cuando Kathy le envió la última foto.

Pero aquel no era un niño pequeño; era casi un adolescente. No era que Jake no supiera qué edad tenía, claro.

Simplemente no lo había visualizado en su cabeza.

Hacía mucho tiempo que se había convencido a sí mismo de que estaba haciendo lo correcto, de que Austin estaba mejor con sus abuelos, que podrían darle la vida estructurada y estable que él no podía. Y había estado en lo cierto.

Pero ahora, enfrentado a todo aquello que había dejado escapar sin pensárselo dos veces, su despreocupación se le clavaba como cristales rotos en las entrañas.

Ajeno a los pensamientos y emociones que amenazaban con abrumar a Jake, el chico fue directo hacia Jenny sin prestarle la más mínima atención.

–¿Puedo pasar la noche en casa de Nolan? –preguntó–. Su madre ha dicho que sí –miró fugazmente a Jake antes de volver a mirar a Jenny–. Va a pedir pizza a Bella T, y Nolan tiene un nuevo juego para la XBox que vamos a probar.

De pronto el chico se quedó mirando a Jake fijamente. Dio un paso hacia él y Jake sintió que el corazón, ya de por sí acelerado, iba a salírsele por la boca.

–¿Quién diablos eres tú? –preguntó Austin con actitud arrogante, aunque era evidente que sabía la respuesta.

Jake tragó saliva e intentó aparentar calma en mitad del caos que tenía lugar en su interior.

–Tu padre –contestó dando un paso hacia delante–. Yo…

El adolescente hizo un sonido como si aquella fuera una respuesta equivocada, y Jake frenó en seco.

–Ni hablar. Por si no lo sabes, y deduzco que no porque es la primera vez que te veo –dijo Austin con desprecio en todas y cada una de sus palabras–, tengo trece años. No necesito ni quiero un padre –se volvió hacia Jenny y la miró con rabia–. ¿Entonces puedo pasar la noche donde Nolan o qué?

Jake observó como Jenny extendía la mano para acariciarle la mejilla al chico, pero se detuvo al imaginar que Austin no soportaría aquella muestra de compasión. Así que asintió y dijo:

–Claro.

Sin decir una palabra más, y sin volver a mirar a Jake, el adolescente se dio la vuelta y desapareció con su amigo por una de las puertas del salón. Cuando reapareció menos de un minuto más tarde, estaba metiéndose un cepillo de dientes en el bolsillo de los vaqueros. En la otra mano llevaba unos pantalones de franela.

–¿Necesitas dinero para la pizza? –preguntó Jenny.

–No –respondió el otro chico–. Mi madre se encarga.

Sin prestar atención a Jake, Austin se dirigió hacia la cocina seguido de Nolan.

–¡Eh, espera un momento! –Jake dio un paso hacia delante, pero los dos chicos ya estaban saliendo por la puerta de atrás.

Jake no sabía si sentirse decepcionado o aliviado. Fuera lo que fuera, estuvo a punto de caer al suelo de rodillas. Dios, debía de haberse imaginado aquel encuentro unas cien veces desde que recibiera la noticia de la muerte de Kathy y Emmett. Sin embargo no había imaginado aquello. Había ido preparado para la rabia de su hijo, para las preguntas incesantes que no sabía si podría responder.

¿Pero cómo se preparaba uno para el desprecio más absoluto?

—¿Es una broma? —le preguntó a Jenny—. ¿Dejas que se vaya sin más?

—¿Qué esperabas? —preguntó ella con frialdad—. Austin acaba de descubrir que su padre, el hombre que nunca estaba aquí cuando lo necesitaba, por fin se ha dignado a aparecer. ¿No crees que tal vez necesite tiempo para asimilarlo?

Sí. Suponía que sí. El propio Austin lo había dicho; tenía trece años. No le faltaba mucho para ser un adulto. Jake había perdido la oportunidad de ser padre.

No. Nada de eso. A Austin le quedaban por lo menos cinco años para ser medianamente adulto, y mucho más para ser un adulto completo. Sí, llegaba tarde, pero aquella era su oportunidad para ser el hombre que debería haber sido. Y lo más importante de todo era establecer una relación con su hijo.

Pero dada la reacción de Austin, era evidente que no iba a resultar fácil. Pero a él no le daba miedo el trabajo duro.

«Aun así. Es una pena que el chico sea demasiado mayor para comprarle un pony», pensó.

Se aclaró la cabeza y centró su atención en Jenny.

—Estoy de acuerdo. Necesita tiempo para asimilarlo. Pero vamos a dejar las cosas claras. He hablado con mi abogado, y voy a recuperar mis derechos como padre.

—No —contestó ella, mirándolo como si acabara de decirle que disfrutaba mutilando cachorros.

—Sí. Mi abogado está redactando los documentos en este instante. Solo tengo que firmarlos cuando regrese a Manhattan. Entonces Austin estará donde tiene que estar. Conmigo —de acuerdo, tal vez no fue muy sensato decirle eso; a juzgar por su mirada, a Jenny no le habría importado fingir un accidente antes que permitir que eso sucediera.

No. No era un brillo asesino lo que veía en sus ojos. Parecía derrotada. Perdida. Triste.

Sabía exactamente lo que sentía, así que suavizó el tono.

—Mire, no pretendo agarrar a Austin y salir corriendo —cierto que su reacción al enterarse de la muerte de los Pierce había sido justo esa; regresar, ordenarle a Austin que hiciera las maletas y llevárselo al lugar donde él se había construido una vida, al menos durante la parte del año que pasaba en el país.

Pero no iba a ser ese hombre. No iba a ser su padre.

—No he venido para desestabilizarlo de esa manera. Sé que necesita tiempo para aceptarlo, para conocerme.

Jenny respiró aliviada, y a él le molestó aquella necesidad de tranquilizarla. Sería mejor para todos los implicados que nadie albergara falsas esperanzas.

—No se equivoque —dijo con toda la frialdad que pudo—, mi vida está en Nueva York y nos mudaremos ahí. Me quedaré aquí para darle tiempo a mi hijo para acostumbrarse a la idea. Mientras lo hace, averiguaré qué hay que hacer con la herencia de Emmett.

Vio la sospecha en los ojos de Jenny y entornó los suyos en respuesta.

—No vaya por ahí. No busco el dinero de Austin. Tengo suficiente.

—¿Y debería creerle porque…?

¡Dios! ¿Por qué aquella mirada y aquel tono le daban ganas de acercarse a ella, de acorralarla y ver cómo se enfrentaba a él?

Aquel impulso le sobresaltó, ¿porque de dónde había salido? Nunca en toda su vida había maltratado ni amenazado a una mujer.

Y al ver su expresión feroz estuvo a punto de resoplar. Probablemente Súper Ratón llamaría al sheriff si veía que estaba a punto de dar un paso en falso. Y haría bien, teniendo en cuenta que era una mujer sola en su casa con él; un desconocido en quien no confiaba.

Pero la guinda del pastel sería que su hermanastro Max apareciera para arrestarlo. Seguro que el muy bastardo disfrutaría metiéndolo en la cárcel.

Tomó aliento.

—No hace falta que me crea, pero dado mi interés por ser amable con los demás, le haré un regalo —sacó su cartera y extrajo una tarjeta, que le entregó a Jenny—. Es mi ayudante. Llámela, dele su número de fax y ella le enviará mi último extracto bancario. Tenemos varios asuntos que resolver, y robarle a mi propio hijo no es uno de ellos.

—¿Qué quiere de mí? —preguntó ella cruzándose de brazos.

El tono racional de su voz sirvió para aliviar parte de la tensión que sentía.

—Obviamente Austin le tiene aprecio. Quiero que sea la mediadora entre nosotros.

Ella se rio en su cara.

—¿Por qué diablos pensaría que voy a hacerlo?

—Porque, aunque estoy dispuesto a quedarme aquí durante dos meses o los que sea para permitirle terminar el año escolar, al final nos mudaremos a Manhattan —se pasó una mano por el pelo—. Le apartaré de todo lo que conoce, y sé que no será una decisión muy aplaudida. Si le tiene aprecio, hará que la transición sea más fácil para él. O puede seguir enfadada conmigo y hacerlo más difícil. Supongo que depende de usted.

Jenny se quedó mirándolo durante unos segundos.

—De acuerdo. Lo pensaré —dijo entornando los párpados–. Por el bien de Austin. Decida lo que decida, no lo haré por usted.

–¿No me diga? –murmuró él, pero simplemente extendió la mano para sellar el trato. Los dedos delgados de Jenny eran cálidos, pero firmes.

Jake no estaba preparado para la descarga eléctrica que recorrió su cuerpo, pero disimuló la reacción y respondió con su sonrisa para todo.

–Confíe en mí, no lo había pensado ni por un minuto.

Capítulo 2

Después de que Jake Bradshaw se marchara, Jenny caminó desde el sofá hasta la chimenea, y de ahí a la ventana, sin detenerse un segundo en cada uno de esos puntos. El salón, ya de por sí pequeño, parecía estar encogiendo por momentos.

No tenía ni idea de cuánto tiempo había pasado cuando al fin se detuvo junto a la ventana. Se quedó mirando más allá del complejo hacia The Brothers, dos picos gemelos situados en las Montañas Olímpicas por los que el hotel recibía su nombre.

–Oh, Dios –se pasó las manos por el pelo y se golpeó la frente tres veces contra el cristal de la ventana–. ¿Qué diablos voy a hacer?

No se le ocurrió nada. Ella, que siempre había tenido un plan desde que enviaran a su padre a la cárcel teniendo Jenny solo dieciséis años. Sin embargo en aquel momento no se le ocurría nada. En su cabeza solo oía ruido blanco, el estómago le daba vueltas y se sentía incapaz de hilar más de dos pensamientos consecutivos.

Necesitaba a Tasha.

Solo con pensar en su mejor amiga se sintió mejor,

de modo que corrió al dormitorio, recogió el bolso de encima de la cómoda, donde siempre lo dejaba, y se dirigió de nuevo hacia la puerta.

Por el camino se miró en el espejo de cuerpo entero que tenía en el interior de la puerta del armario.

—Santo Dios —se había olvidado de que aún llevaba puesta la ropa de limpieza. Por no mencionar que no llevaba ni pizca de maquillaje.

Volvió a dejar el bolso sobre la cómoda, se quitó las zapatillas y las metió en el armario. Se bajó los vaqueros y se sacó la camiseta por encima de la cabeza. No estaba de humor para arreglarse mucho, pero sin duda podía hacerlo mejor.

No le llevó nada de tiempo ponerse unos pantalones de pana ajustados, un jersey rojo y sus botas de cuero negras con seis centímetros de tacón. Se pintó los labios de rojo y se puso algo de rimel. Después se quitó las gomas de las trenzas y se cepilló el pelo.

Le dio el visto bueno.

Dos minutos más tarde ya estaba saliendo por la puerta, poniéndose una chaqueta de estilo militar mientras se dirigía hacia el paseo marítimo que seguía la orilla hacia el pueblo.

El viento le revolvió la melena cuando bordeó el hotel, así que sacó una boina de punto del bolsillo de la chaqueta. Se la puso en la cabeza y sujetó los mechones sueltos que se le metían en los ojos. El día era más tormentoso que frío, y la ventaja del fuerte viento era la claridad del aire, ahora que las nubes se habían ido. Las Montañas Olímpicas se alzaban imponentes a unos tres kilómetros, al otro lado del canal embravecido, con sus picos cubiertos de nieve resplandeciente sobre el cielo azul.

Un poco más adelante se encontraba la bahía de la que el pueblo de Razor Bay tomaba su nombre. El paseo marítimo acababa en la calle del puerto, el principio del barrio de los negocios, con sus escaparates de colores alineados en torno a la ensenada. En el interior de la bahía el viento apenas se notaba y el agua del canal estaba tranquila gracias al abrigo que proporcionaban los tres lados de tierra.

Alguien golpeó en el cristal cuando Jenny pasó frente al café Sunset, y les devolvió el saludo a Kathy Tagart y a Maggie Watson, que estaban sentadas a una mesa en el interior del local. Pasó frente al alquiler de bicicletas y de motos acuáticas de Razor Bay, que ahora estaba a oscuras debido a que solo abría los sábados y domingos en esa época del año. El edificio que había al lado, de color azul, verde y aguamarina, era la pizzería de Bella T, hacia donde se dirigía.

Abrió la puerta y el olor a salsa de tomate la envolvió como una manta caliente. Era un poco pronto para la clientela de la cena, pero había una pareja mayor que no conocía sentada a una de las mesas de la ventana, así como un grupo de adolescentes charlando y riéndose, apiñados en torno a dos mesas que habían juntado cerca del salón de juegos. Al acercarse al otro mostrador, la puerta de esa sala se abrió y se cerró, y pudieron oírse los ruidos de las máquinas de videojuegos que había tras ella.

Tasha, que estaba troceando algo bajo el mostrador de pedidos, levantó la cabeza y sonrió al verla.

—¡Vaya, amiga! —exclamó—. No esperaba verte esta tarde. Pensaba que pasarías tu día libre comiendo palomitas de chocolate y leyendo novela román... —su sonrisa se esfumó y bajó la voz cuando Jenny se acercó—. ¿Qué sucede? ¿Es Austin?

—No. Austin está bien —dejó escapar una carcajada que amenazaba con convertirse en otra cosa—. Bueno, tal vez «bien» sea decir demasiado, teniendo en cuenta que su padre está en el pueblo y está decidido a llevárselo a Nueva York con él.

—¿Qué? —Tasha dejó el cuchillo, se limpió las manos en el delantal blanco y negó con la cabeza—. No, espera. Vamos a la mesa del fondo para tener un poco de intimidad. ¿Quieres un tinto?

—Oh, Dios, te lo agradecería mucho.

—Marchando una copa de vino tinto —seleccionó una copa ancha y sirvió una copa del vino de la casa más generosa que de costumbre—. Aquí tienes, cariño —se la acercó a Jenny con una mano y se sirvió ella otra copa menos generosa. Después se quedó mirando a su amiga—. ¿Cuándo fue la última vez que comiste algo?

—En el desayuno, creo —sinceramente, no se acordaba.

—Deja que te prepare una porción —dijo Tasha mientras se daba la vuelta.

—No sé si puedo tragar —contestó Jenny, pero su amiga ya había sacado una porción de masa del frigorífico y estaba extendiendo la salsa por encima.

—Si esto es tan malo como parece, vas a necesitar carburante. Tengo beicon canadiense y piña de la que te gusta, aunque no entiendo cómo alguien puede comer piña en la... —decidió olvidarse de aquella vieja discusión—. Lleva las copas a la mesa y yo llevaré la comida.

—¡Joder, tío! —exclamó una voz masculina, que hizo que la pareja mayor se quedase mirando con la boca abierta al grupo de adolescentes.

Jenny ni siquiera se dio la vuelta. En su lugar, observó como su amiga sacaba la pistola de cañón ancho que guardaba bajo el mostrador. Después se volvió ligeramente mientras Tasha apuntaba al adolescente y apretaba el gatillo.

La pelota de ping-pong que salió disparada de la pistola impactó en la nuca del adolescente que había blasfemado y rebotó varias veces sobre el suelo de linóleo.

—¿Pero qué...? —el adolescente se llevó la mano a la nuca, se apartó de la mesa y miró a Tasha con cara de indignación.

Pero en cuanto la tuvo a la vista, pareció olvidarse de lo que estaba pensando.

Por primera vez desde que descubriera la identidad de Jake Bradshaw, Jenny tuvo ganas de reírse. Tasha tenía ese efecto en los hombres. A Jenny siempre le había resultado interesante, porque no era por el cuerpo de su amiga; Tasha estaba lejos de ser una diosa. Era larguirucha y desgarbada, con unos pechos de tamaño normal y pocas caderas. Pero con sus ojos azules grisáceos, con su labio superior carnoso y aquellos rizos rubios prerrafaelistas, tenía el aspecto llamativo y la presencia de cualquier modelo de un cuadro de Michael Parkes.

Hacía que los hombres se detuvieran a su paso.

A la mirada que le dirigió al adolescente en aquel momento le faltaba su cordialidad habitual.

—Este es un lugar familiar —dijo sin alzar la voz—. Así que modera tu lenguaje o vete de aquí. Solo tienes una advertencia.

El chico vaciló, como si estuviera tentado de defender su hombría con la actitud desafiante típica de los adolescentes. Sin embargo tragó saliva y dijo:

—Sí, señora. Perdón.

—Sí, perdón, Tasha —dijo Brandon Teller, sentado al lado del chico que había blasfemado—. Es la primera vez que mi primo viene aquí. No conocía las reglas.

—Pues ahora ya las conoces —dijo Tasha con una sonrisa—. Y como admiro que un hombre no tenga miedo a disculparse, te diré que lo has llevado mejor que la mayoría. Bienvenido a Bella T.

Sin embargo, cuando Jenny y ella se llevaron el vino y la comida a la mesa del fondo, preguntó en voz baja:

—¿De verdad? ¿Cuándo me he convertido en «señora»? —hizo un gesto con la mano antes de que Jenny pudiese responder—. Da igual. Eso no es lo importante. Quiero verte comer un poco.

—No creo que...

—Inténtalo.

Así que Jenny levantó la porción de pizza y dio un pequeño bocado. Le producía tantas náuseas la idea de que Jake se llevase a Austin al otro lado del país que tenía miedo de vomitar. Pero los sabores de la pizza explotaron en su lengua y aquello le resultó reconfortante.

La pizza para ella era Tasha, y Tasha había sido su mejor amiga desde su segundo día en el instituto de Razor Bay, al interponerse entre ella y unos chicos que intentaban atormentarla por el escándalo protagonizado por su padre con el caso Ponzi.

También había descubierto que la madre de Tasha hacía que su amiga tuviese peor fama que ella en la escuela. Pero eso solo hizo que Jenny la admirase más, porque la mayoría de las adolescentes, y algunos adultos, habrían preferido mirar para otro lado en vez de defender a una completa desconocida.

Así que le dedicó una sonrisa a su amiga mientras alcanzaba su copa de vino.

—¿Te he dicho últimamente lo orgullosa que estoy de ti? Lo has conseguido, Tash. No solo preparas la mejor pizza del mundo, sino que has hecho de este lugar un

auténtico éxito –Bella T llevaba abierto solo diez meses, pero había despegado desde el principio, no solo con los turistas durante la época estival, sino también con los lugareños.
Tasha sonrió.
–Te dije hace mil años que iba a ser así.
Y así había sido, la primera vez que le había preparado a Jenny una pizza casera en la casa prefabricada de su madre. La misma noche en que le había contado su sueño de tener algún día su propia pizzería.
Desde el principio ambas habían compartido su determinación por dejar atrás sus circunstancias. Pero Jenny se había quedado asombrada al descubrir que su nueva amiga, que solo le sacaba seis meses, tenía un plan de negocios detallado en el cajón de la ropa interior. Ella, sin embargo, vivía al día, intentando sacar buenas notas en la escuela y mantener a su madre gracias al trabajo como limpiadora después de clase en el hotel Brothers, que era lo que la había llevado a Razor Bay. Jenny admiraba todo lo que Tasha había conseguido y se alegraba de su éxito. Porque nadie trabajaba más duramente.
Con el acuerdo tácito de las buenas amigas, charlaron de todo durante la comida salvo de lo que había llevado a Jenny a la pizzería. Finalmente, Tasha agarró la jarra de vino que había llevado a la mesa y rellenó ambas copas.
–Pareces un poco más relajada –le dijo–. Así que respira hondo e intenta darme los detalles sin alterarte otra vez.
–Pides demasiado –respondió Jenny–. No sé si eso es posible –pero respiró profundamente como su amiga le había aconsejado y le contó todo lo que había ocurrido desde que descubriera quién era Jake Bradshaw.

—Maldita sea —murmuró Tasha cuando terminó—. ¿Qué vas a hacer?

Jenny resopló.

—No lo sé. Ha ignorado a Austin toda su vida; nunca se me había ocurrido que pudiera aparecer. Pero no solo ha aparecido, sino que tiene intención de destrozarle la vida a Austin apartándolo de todo lo que conoce. Dios, solo quiero...

Se quedó mirándose las manos y respiró profundamente otra vez antes de mirar a su amiga y dedicarle una media sonrisa.

—Sería agradable poder decir que estoy siendo altruista, que solo me preocupa el bienestar de Austin. Pero, Dios, Tash, pensaba que me quedaría con la custodia permanente. No puedo soportar la idea de que se vaya tan lejos.

—Claro que no. Has estado en su vida desde que tenía, ¿qué? ¿Dos años?

—Tenía casi tres y medio cuando empecé a estar verdaderamente unida a él.

Su amiga se encogió de hombros.

—Suficiente —estiró los brazos por encima de la mesa y le estrechó las manos—. Y tal vez no llegue a eso. Has dicho que Bradshaw va a quedarse aquí hasta que termine la escuela, ¿verdad? Tal vez se aburra de jugar a ser padre y se vaya antes de junio —frunció el ceño—. Sí, sé que es horrible desear algo así.

—Lo sé —Jenny se llevó la mano a la frente, porque empezaba a dolerle la cabeza—. No es que yo no lo haya pensado. Pero es difícil olvidar lo mucho que Austin ha fantaseado con tener a su padre. Es una situación sin salida. Está garantizado que uno o los dos saldremos heridos con todo esto. Pero tengo que pensar como una adulta. Porque por mucho que me duela perder a Austin, me da más miedo que Bradshaw se gane su perdón y después haga justo lo que tú has dicho y le destroce el corazón al chico.

Sin embargo, nada más pronunciar aquellas palabras, pensó en ese brillo que había advertido en los ojos de Jake Bradshaw al ver a su hijo por primera vez. No estaba segura de qué era exactamente, pero le había pillado por sorpresa porque no esperaba que un tipo que había ignorado a su hijo desde que naciera pudiera albergar emociones tan fuertes.

Pero después desechó esa idea. ¿Y qué? Probablemente fuese impaciencia por tener que estar allí, por tener que lidiar con Austin y con ella.

–Si dice la verdad –dijo lentamente–, Jake Bradshaw se quedará con la custodia legal de Austin.

–No sé por qué iba a mentir al respecto, dado que es algo que puede comprobarse fácilmente –respondió Tasha.

–Eso pienso yo también, porque te aseguro que voy a comprobarlo. Pero, si es así… Bueno, tiene razón en eso de que, si le tengo aprecio a Austin, tendré que hacer que el cambio sea fácil para él.

Tasha asintió.

–Lo siento, Jen. Pero creo que tienes razón. Mira –se inclinó sobre la mesa–, hoy no puedes hacer nada al respecto, y no quiero que te vayas a casa a darle vueltas a la cabeza. Has dicho que Austin va a pasar la noche donde Nolan, ¿verdad?

–Sí. Una parte de mí está aliviada por no tener que fingir delante de él. Pero me conoces demasiado bien. Porque, por mucho que me gustaría decir que te equivocas con lo de darle vueltas a la cabeza, tengo la sensación de que esta noche en casa se me va a hacer eterna.

–Pues no te vayas a casa. Después de las siete la cosa está bastante tranquila en la pizzería. Puedes quedarte por aquí hasta entonces, o hacer recados, o lo que sea, y después regresar. Le diré a Tiff que cierre esta noche. Y tú y yo nos vamos al Anchor. Allí siempre hay algo que hacer. Podemos emborracharnos o echar monedas en la gramola y darles una paliza a los dardos. ¿Qué te parece?

Realmente no estaba de humor para ir al bar del pueblo, pero tampoco quería irse a casa a dar vueltas de un lado a otro. Además estaba segura de una cosa; estar con Tasha la ayudaría.

–Trato hecho. Creo que me quedaré aquí hasta que estés lista. Así tendré tiempo para pensar si quiero jugar a los dardos o emborracharme.

Capítulo 3

Jake no podía tranquilizarse. Había dado una vuelta con el coche por la zona para ver los lugares que recordaba y descubrir qué cosas habían cambiado; le sorprendió ver que eran muchas. De vuelta en el hotel, había explorado su suite, cosa que había tardado solo cinco minutos en hacer, y también el terreno del complejo hotelero de sus antiguos suegros, que al menos le había llevado algo de tiempo. Había llamado al servicio de habitaciones para que le llevaran la cena, porque estaba demasiado alterado para sentarse en el comedor.

Pero eran solo las seis y media y la habitación se le caía encima. Tenía que salir de allí.

Agarró su sudadera, se la puso y se abrochó la cremallera. Después se puso la cazadora mientras se dirigía hacia la playa. Caminaría hasta el pueblo para ver si podía matar el tiempo.

Apenas miró la cadena montañosa situada al otro lado del canal que hacía que los turistas se detuvieran asombrados. Con la cabeza agachada para protegerse del viento y las manos en los bolsillos, caminó con decisión por el paseo marítimo, una de las novedades que había descubierto.

Poco después llegó a Razor Bay y descubrió que prácticamente no había nadie en las calles.

—Maldición —¿cómo podía haberse olvidado de eso? Aquella era otra de las razones por las que había querido marcharse de allí. No había casi nada que hacer en el pueblo en temporada baja. Tampoco era que hubiese una gran selección durante la temporada alta.

El café Sunset, la pizzería Bella T y un nuevo local de bocadillos vietnamitas permanecían abiertos, probablemente solo porque era viernes por la noche. Al menos en verano la calle del puerto tenía actividad hasta las once de la noche.

Recordó que Austin había dicho que la madre de su amigo iba a pedir pizza y estuvo a punto de entrar en Bella T. Intentó convencerse a sí mismo de que aquel impulso se debía únicamente a que el local era nuevo para él y sentía curiosidad. Pero no era tan buen mentiroso. Sabía perfectamente que se debía a la posibilidad de ver a su hijo.

Incluso aunque Austin estuviera allí en ese momento, ¿realmente deseaba un enfrentamiento público con el chico? Jenny tenía razón; tenía que darle tiempo a Austin para acostumbrarse al hecho de que su padre había vuelto.

No sabía por qué, pero solo con pensar su nombre, la imagen de la cuidadora de su hijo apareció en su mente. Pero no solo podía ver su melena brillante, sus ojos grandes y oscuros y su piel de aceituna, sino que la imagen mental era de alta definición.

Parpadeó para borrarla de su imaginación. ¿De dónde diablos había salido aquello? Jenny no era su tipo.

Cuanto más lo pensaba, mejor le parecía su idea de permitir que la señorita Salazar le allanara el camino con Austin. En su momento no había sido más que una idea espontánea de las que a veces salían de su cabeza. Pero era un plan sólido.

Claro, que dependía de que Jenny accediese a ello. Y dada la opinión que tenía de él, eso era algo improbable.

De pronto se acordó del Anchor y se dirigió hacia el callejón que había entre la tienda de helados de Swanson y la de ultramarinos. Aquel callejón conducía a Eagle Road, paralela a la calle del puerto, que constituía el resto del barrio de las tiendas. Siendo el único bar de Razor Bay, sin contar el bar del hotel Brothers, el Anchor tenía que estar abierto aquella noche.

Divisó el cartel con marco blanco que recordaba nada más atravesar el callejón que conectaba las dos calles. En él podía leerse el nombre del bar con letras azules, y a cada lado seguían estando las anclas de neón azules y amarillas que recordaba de su juventud.

Sintió cierta anticipación y hubo de admitir que tenía curiosidad. Había abandonado el pueblo antes de tener edad suficiente para entrar al bar. En aquella época había intentado hacerse con algún carné falso con la idea de entrar, pero no había resultado.

Resopló. Incluso aunque hubiera conseguido el mejor carné falso del mundo, jamás habría podido salirse con la suya. No en el Anchor. En un pueblo tan pequeño, todo el mundo se conocía.

Abrió la puerta y entró en el establecimiento.

Con una iluminación tenue, el interior tenía suelos de madera oscuros desgastados por el paso del tiempo y paredes a juego cubiertas de fotos en blanco y negro del pueblo a mediados del siglo pasado.

Una larga barra con taburetes altos ocupaba casi toda la pared del fondo, y las dos pizarras situadas detrás mostraban una sorprendente selección de cervezas. Una gramola, una máquina de *pinball* y un par de dianas ocupaban un pequeño espacio al otro extremo de la pared. Las mesas y las sillas ocupaban el resto del local, así como algunos reservados junto a la ventana.

No sabía qué era lo que había esperado, pero aquel era un bar bastante parecido al que habría encontrado en cualquier otra parte, quizá un poco más moderno de lo que había imaginado. Pero al menos podría matar el tiempo allí con una cerveza mientras echaba un vistazo a aquellas fotos.

–Vaya, mira lo que ha traído la marea –dijo una voz profunda desde uno de los reservados.

Jake se detuvo en seco y por un instante volvió a sentir que era un chico de cuarto curso que había olvidado que su padre los había abandonado a su madre y a él, porque por fin estaba en el patio de los mayores del colegio Chief Sealth. Habían sido unos segundos maravillosos, hasta que un chico dos años mayor que él le dio un empujón que casi le tiró al suelo y dijo:

–Esto es lo que te mereces. Si tu madre no se hubiera quedado preñada, mi padre seguiría con mi madre y conmigo.

Había sido una sorpresa en todos los aspectos, porque ¿cuántas familias tenía el padre al que hasta hacía poco tiempo adoraba? Y Jake no había esperado comenzar el año escolar con un empujón del hermanastro cuya existencia desconocía. Un hermano, según descubrió durante sus múltiples peleas en el colegio, al que Charlie Bradshaw, el padre que tenían en común, había ignorado incluso cuando vivían en el mismo pueblo; del mismo modo en que le ignoraba a él ahora tras irse con su nueva familia.

Pero aquel recuerdo de su infancia no duró más que unos segundos. Se despojó de aquella mezcla de confusión y rabia que siempre le producían los enfrentamientos con Max Bradshaw y se acercó a su hermanastro.

—Vaya. Hola, hermano mayor —le dijo—. Cuánto tiempo sin vernos. Había oído que a alguien le pareció buena idea ponerte una pistola en la mano. Apuesto a que eso debe de intimidar a todos los habitantes.

—Oh, la mayoría de la gente no tiene nada de lo que preocuparse —respondió Max—. Tú, sin embargo... —se quedó mirándole el pecho como si estuviera viendo una diana.

Era difícil saber cuándo Max hablaba en serio y cuándo no, pero Jake le dedicó la misma mirada fría que le habría dedicado en ambos casos.

—¿Por qué esposa vas ya? ¿Por la tercera? ¿La cuarta, quizá? ¿Algún sobrino o alguna sobrina que yo deba saber?

Nada más pronunciar aquellas palabras se arrepintió. Max y él compartían varios rasgos, y cuando su padre se marchó del pueblo, tuvieron una pequeña oportunidad de enterrar el hacha de guerra. Al fin y al cabo probablemente serían los únicos en Razor Bay que comprendían lo que se sentía con el rechazo de Charlie. Habría sido agradable tener a alguien que lo entendiera, alguien con quien no tener que fingir que no te importaba que Charlie Bradshaw fuese un padre fantástico siempre y cuando fueses su favorito del momento, pero que se olvidaba de tu existencia en cuanto seguía con su vida. Podrían haber compartido eso.

Si no hubieran estado tan empeñados en odiarse mutuamente.

Incluso con la escasa luz del local, pudo ver que su comentario provocó cierta reacción en su hermanastro, pero Max simplemente se encogió de hombros y dijo:

—No tengo ni esposas ni hijos. Fuiste tú quien se dedicó a eso y siguió los pasos de nuestro viejo.

«Tú te lo has buscado, Jake», se dijo a sí mismo. Fue un golpe directo que hizo despertar el sentimiento de culpa que llevaba fraguándose en su interior más de diez años.

Porque por mucho que le hubiera gustado responder al comentario de su hermanastro como cuando eran pequeños, Max tenía razón. Cuando su novia del instituto, Kari, se quedó embarazada en el último curso, Jake había empezado con muy buenas intenciones, decidido a estar a la altura como su propio padre no había sabido hacer. Y durante un tiempo eso era lo que había hecho.

Sin embargo, al final había resultado ser justo igual que Charlie.

Aquella certeza seguía doliéndole como le había dolido entonces, así que en vez de actuar con frialdad e ignorar el comentario de Max, respondió:

—No sabes absolutamente nada de mí. No lo sabías cuando tenía nueve años y convertiste el patio de la escuela en un campo de batalla, y desde luego no lo sabes ahora. ¿Cuándo se te va a meter eso en la cabeza? Mi madre y yo no fuimos los culpables de que nuestro viejo os abandonara a tu madre y a ti, igual que la mujer con la que se fue después no fue la culpable de que nos abandonara a nosotros. En lo referente a las esposas y los hijos de Charlie, su atención dura lo que dura una mosca del vinagre.

Su hermanastro se llevó los nudillos a la frente, justo encima de la nariz, después golpeó la mesa con la mano y levantó la mirada.

—Sí —convino con voz profunda.

Jake se sentó frente a él al otro lado de la mesa.

—¿Sabes una cosa? —preguntó en voz baja—. No tengo cuerpo para esto. Ya tengo bastante intentando compensar los errores de mi pasado y poder conocer a mi hijo. No tengo energía suficiente para pelearme contigo también.

Max lo miró desconcertado.

—Sabes que estás dándome mucha munición, ¿verdad?

Jake se encogió de hombros.

—Vas a hacer lo que quieras hacer, no puedo detenerte. Así que me da igual.

—Bien. Ya no estamos en el instituto. No creas que vas a ser mi amigo alguna vez, pequeño Bradshaw. Pero supongo que podré aguantar tenerte cerca de vez en cuando.

Jake tuvo que contener una sonrisa al oír lo de «pequeño Bradshaw». No era especialmente pequeño. Medía un metro ochenta, pero Max medía casi uno noventa y pesaba diez kilos más.

—Dame un minuto —le dijo—. Me siento algo abrumado. No sé cómo gestionar tanto entusiasmo —negó con la cabeza y miró al hombre que tenía sentado enfrente—. Tanta emoción va a acabar conmigo.

—Eso espero.

De pronto un posavasos de cartón aterrizó en la mesa frente a él. Levantó la mirada y se fijó en la camarera; una rubia que le dirigió una amplia sonrisa.

—Vaya, sangre nueva. No te había visto por aquí antes. Créeme, te recordaría. ¿Queréis algo, chicos?

—Él quiere otra mesa —contestó Max.

Jake le dirigió a la camarera una sonrisa.

—Mi hermano está de broma.

—¡Qué dices! —exclamó la chica—. ¿Vosotros dos sois hermanos?

—Hermanastros —resaltó Max.

—Hermanos, hermanastros —dijo Jake encogiéndose de hombros—. ¿Cuál es la diferencia? La sangre es sangre.

—Déjalo ya, Jake —dijo Max—, antes de que me den ganas de derramar la tuya.

—Lo que tú digas, hermanito —le guiñó un ojo a la rubia—. Tráele al viejo Bradshaw lo mismo que estuviera bebiendo y para mí una Fat Tire.

—Marchando una Bud y una Fat Tire.

—¿Budweiser? —le preguntó Jake a su hermano mientras la camarera se alejaba en dirección a la barra—. ¿En serio?

Max estiró los hombros.

—Es una buena cerveza americana. Y no tiene un nombre estúpido, como esa Fat Tide.

—Es Fat Tire, ignorante. Apuesto a que no sales mucho de este pueblo.

—¿Por qué iba a hacerlo? Aquí tengo todo lo que necesito.

Jake se estremeció. Si tuviera que quedarse en Razor Bay un minuto más del necesario para lograr que Austin confiara en él, se abriría las venas.

La camarera regresó con las cervezas casi antes de que terminaran la conversación, Jake sacó la cartera del bolsillo, pagó y dejó una propina generosa en la bandeja.

Max se quedó mirándolo.

—Se nota que vives en una gran ciudad.
—¿Por qué? ¿Porque dejo propina?
Su hermanastro frunció el ceño.
—Yo dejo propina. Quizá no dejo billetes de cinco por una cerveza de cuatro dólares, pero sí dejo propina. Pero hablaba más bien de ese aire metrosexual que te das.
—¡Qué diablos estás diciendo! —tal vez disfrutara de las comodidades de la gran ciudad, pero nunca se había hecho la manicura ni una limpieza de cara.
—Claro que sí —contestó Max con una sonrisa—. Eres un niño mono.
—Tengo un atractivo descuidado —se golpeó el pecho con el puño—. Soy un hombre masculino. Aun así tienes razón con lo de la gran ciudad. Tengo un loft en el Soho.
—¿Estamos hablando de Nueva York? —preguntó Max—. Dios, yo me abriría las venas si tuviera que vivir ahí.
—¿Cómo lo sabes? ¿Has estado alguna vez?
—No. Tampoco me he depilado nunca las pelotas y puedo decirte que no me gustaría.
Jake no pudo evitar carcajearse.
—Sí, como si eso tuviera algo que ver. ¿Pero has estado en alguna parte, Max?
—Claro —contestó su hermanastro—. En California. En Carolina del Norte. En Afganistán. En Irak.
—Por supuesto. ¿Qué iba a hacer un hombre de la ley sino alistarse en... qué? —se carcajeó de nuevo—. No, espera, me la sé. Seguro que eras un marine. O supongo que también uno de esos SEAL. O un boina verde.
—Por favor. Ni loco me alistaría con esos cobardes. Yo fui uno de los pocos elegidos.
—Claro, y ahora eres el sheriff de Nottingham.

–Ayudante del sheriff de Nottingham. El sheriff tiene como cien años.

Pero Jake apenas estaba escuchándole. Al oír un estallido de risas femeninas al otro lado de la sala, levantó la cabeza. No podía ser...

Escudriñó la multitud que comenzaba a abarrotar el bar, en busca de la dueña de aquella risa, y descubrió que, efectivamente, Jenny Salazar estaba en el bar, riéndose con la camarera y otra mujer.

Tenía un aspecto distinto. No se parecía a la niña pequeña por quien la había tomado al principio. Llevaba los labios pintados de rojo. Su melena sin las trenzas era más larga de lo que había imaginado, y realzaba sobre el jersey rojo que llevaba puesto. Y sus...

–¿Qué diablos estás mirando? –preguntó Max girándose sobre su asiento para mirar por encima del hombro–. Ah. Tasha. Produce ese efecto en los hombres. No sé por qué; tampoco es que sea una tía buena. Aun así tiene esa capacidad.

Jake apartó la mirada y se dio cuenta de que no tenía ni idea de lo que Max estaba diciendo.

–¿Quién?

–Tasha Riordan. La rubia. ¿No estabas mirándola a ella? ¿Entonces a quién? ¿A Jenny? No vayas por ahí.

Eso llamó su atención.

–¿Por qué? Quiero decir que no me interesa en ese sentido. ¿Pero por qué no debo ir por ahí? ¿Acaso es tuya? –no sabía por qué, pero aquella idea le molestaba.

Sin embargo su hermanastro pareció horrorizado con esa posibilidad.

–¡No!

–De acuerdo. ¿Entonces es de otro tío?

Max negó con la cabeza.

—Entonces es monja.

—Escucha una cosa —le dijo Max—. Intenta no ser más idiota de lo que ya eres.

—No tengo ni idea de lo que estás hablando. ¿Es lesbiana?

—No. Simplemente es... dulce. Leal. Amiga de todo el mundo. No es tu tipo.

—¿Sí? ¿Y también se pone panza arriba y menea el rabo cuando le acaricias detrás de las orejas?

Max frunció el ceño, pero Jake estaba demasiado familiarizado con esa expresión como para dejarse intimidar.

—¿Qué? Es una mujer, Max. Haces que parezca un perro.

—Tú no lo comprendes.

—Claro que sí. Cuando la he conocido esta tarde creí que era una niña, pero ella misma me ha sacado de mi error. Deduzco que es soltera, así que no veo el problema en que algún hombre, no yo, quisiera intentar ligar con ella. De modo que, si no es ninguna de las cosas que ya he mencionado, ¿qué nos deja eso? ¿Está terminal? —negó con la cabeza—. No. Por la conversación que he tenido con ella no me ha dado esa impresión. ¿Leprosa? —disfrutaba viendo la cara de asco de su hermano, hasta que de pronto una idea le borró la sonrisa de la cara—. Dios, ¿víctima de violación?

—No. ¿De dónde sacas toda esa mierda?

Jake se encogió de hombros.

—Soy periodista. He visto cosas.

—Creí que eras un gran fotógrafo del *National Explorer*.

—Lo soy. Al menos soy fotógrafo. Lo de «gran» está por ver. Pero solo porque mi trabajo se exprese a través del objetivo de una cámara no significa que no me cuestione las cosas –Jake volvió a mirar hacia la mujer sobre la que estaban hablando. Su amiga y ella se habían sentado a una mesa. La amiga, que estaba de cara a él, sí que tenía algo. Pero era Jenny, sentada de perfil, la que más llamaba su atención.

Bueno, era lo normal. De ella dependía cualquier relación que pudiera tener con Austin.

Volvió a mirar a Max.

–He hablado con ella unos quince minutos. Así que cuéntame cosas sobre ella. ¿Qué papel juega en la vida de Austin?

–Es como su hermana.

–Sí, eso ya lo imaginaba. Lo que no entiendo es cómo ha llegado a ser así. No son parientes. Kathy era hija única, y Emmett tenía una hermana mayor que nunca se casó.

Max se encogió de hombros.

–Jenny llegó aquí con quince años... –hizo una pausa–. ¿O dieciséis? La edad exacta no importa. Vino aquí siendo una adolescente en mitad de un escándalo tremendo. Yo estaba en casa de permiso cuando llegó al pueblo.

Eso llamó la atención de Jake, pero su hermano le quitó importancia con un gesto de la mano.

–El escándalo no era por ella. Era por su viejo. El tipo había salido en las noticias debido a una estafa que le había salido mal e hizo que acabase en la cárcel de Monroe. Jenny vino aquí con su madre, la cual decidió quedarse en casa, avergonzada por lo sucedido, mientras su hija la mantenía gracias a un trabajo de limpiadora en el hotel Brothers después de clase y los fines de semana.

—¿Y Emmett y Kathy dejaron entrar en su casa a dos desconocidas con un pasado turbio? —en cierto modo era algo que podrían haber hecho. Pero, por otra parte, no era propio de ellos, sobre todo después de la muerte de Kari, que debía de haber tenido lugar un año o dos antes de esa época.

Max negó con la cabeza.

—Eso fue más tarde. Cuando llegaron aquí, Jenny y su madre alquilaron la casa de los Baker.

—Dios —dijo Jake—. ¿Ese gallinero rehabilitado?

—Sí. Y allí se quedó su madre hasta que murió. Por lo que he oído, la mujer no podía soportar la pérdida de su estatus social y quería morirse literalmente. Pero le costó un tiempo. Cuando sucedió, Jenny ya estaba en el último año de instituto y llevaba dos años trabajando para los Pierce.

—¿Así que sustituyeron a Kari con ella? —nada más hacer la pregunta, Jake supo que era la persona menos indicada para sentirse indignada, pero no podía evitarlo.

—La única vez que fui a su casa a ver a Austin, me disuadieron, así que no sé bien lo que pensaban.

—¿Querías ver a Austin?

—Creí que debía conocer a mi sobrino.

—Nunca me había parado a pensar que fueses su tío. Pero lo eres, claro.

—No en lo que respectaba a Emmett y a Kathy —contestó Max secamente—. Dijeron que, teniendo en cuenta mi pasado contigo y el hecho de que el niño no sabía quién era yo, no tenía sentido que pasara tiempo con él. Que eso solo le confundiría —se encogió de hombros—. Probablemente tuvieran razón. Quiero decir que tú y yo nunca nos comportamos como hermanos de verdad. ¿Por qué iba a ser diferente mi relación con tu hijo? Aunque siempre me pregunté si no debería haber insistido un poco más. Dios, me esforcé más en conocer a los chicos de Cedar Village —añadió, refiriéndose al hogar para chicos delincuentes situado en Orilla Road, a las afueras del pueblo.

Entonces negó con la cabeza.

—Pero no estábamos hablando de eso. Porque una cosa que sí sé sobre los Pierce es que lloraron mucho la muerte de Kari. Así que dudo que pensaran en sustituirla con Jenny. Creo que vieron en ella a una chica trabajadora que tenía la edad de su hija cuando murió, y que luchaba por llegar a fin de mes, y pensaron que podrían ayudarla. Al final creo que pensaban en Jenny como lo más cercano a una hija.

—¿Y ella? ¿Qué beneficio obtuvo con la relación, aparte de lo evidente?

Max entornó los párpados.

—No me gusta lo que estás insinuando, hermanito.

—Pasó del gallinero de los Baker a la residencia de los Pierce.

—Y allí se negó a llevar una vida ociosa —contestó Max—. Y sabes que podría haberla llevado. Pero Jenny siguió trabajando en el hotel y, tras terminar el instituto, se pagó la universidad. Por lo que he oído, no quiso aceptar la ayuda de los Pierce. Se ganó sus ascensos mediante el trabajo duro. Y acabó mudándose. Se fue de la residencia de los Pierce y le compró a Emmett la pequeña cabaña en la que vive ahora. Así que no la prejuzgues. Te diré lo que creo que sacó de su relación con Emmett y Kathy. Ellos eran mayores que sus propios padres, y creo que los veía como a sus abuelos. Ya sabes cómo malcriaban a Kari...

Jake asintió. Claro que lo sabía.

—Hacían lo mismo con Austin, pero Jenny lo impedía siempre que podía. Así que el chico está menos malcriado que su madre. Y también se negó a que la malcriaran a ella.

—Sí, veo que es un dechado de virtudes —murmuró Jake mientras miraba hacia Jenny.

—Desde luego —convino Max alegremente—. Mucho más de lo que tú podrás aspirar a ser jamás.

De pronto Jake se dio cuenta de que la rubia estaba viendo cómo miraba a Jenny. La mujer se inclinó sobre la mesa para decirle algo a su amiga y Jenny se giró con una sonrisa en la cara.

Una sonrisa que desapareció nada más verlo.

—Mierda.

Max miró por encima del hombro y después volvió a mirar a su hermanastro con las cejas arqueadas.

—¿Y tú te las das de cosmopolita sofisticado? Hasta nosotros los paletos sabemos que, si te quedas mirando a una mujer como un perro miraría a un hueso...

—¡Yo no he hecho eso!

Max le señaló con el índice.

—Perro —dijo antes de señalar a Jenny—. Hueso. Dios, me avergüenza reconocer que por nuestras venas corre la misma sangre. Era cuestión de tiempo que te viera.

Capítulo 4

Jenny entró al comedor del hotel a la mañana siguiente y se detuvo en seco al ver a Jake Bradshaw sentado solo a una de las mesas de la ventana. ¿Cómo lo hacía? ¿Cómo se las apañaba para estar en todas partes?

¿No era suficiente que hubiera arruinado su noche con Tasha? ¿Ahora tenía que invadir también su salón? Aquel era su momento de la mañana, maldita sea. Su territorio. Su hotel.

De acuerdo, tal vez no fuera su hotel en el sentido legal, salvo la parte que Emmett le había legado. Pero en todos los demás sentidos ella era la dueña. El hotel Brothers había formado parte de su vida desde que llegara a Razor Bay a los dieciséis años. Era la razón por la que había ido al pueblo; la promesa de un trabajo cuando su estilo de vida se había desmoronado tras el arresto y encarcelación de su padre.

Y desde que Emmett la ascendiera a gerente, había adquirido la costumbre de ir al comedor cada mañana al terminar la hora del desayuno para hacer la comida más importante del día. Además le resultaba muy beneficioso desde que Austin se había mudado a vivir con ella.

El desayuno en el hotel era su manera de comenzar el día, la transición perfecta entre que enviaba al chico a la escuela y comenzaba su turno en el hotel.

Atravesó la sala saludando a los pocos clientes que estaban terminando de desayunar antes de detenerse frente a la mesa de Jake.

–¿Qué estás haciendo aquí? –de acuerdo, eso era evidente a juzgar por la taza de café y el plato con huevos revueltos y pan que había sobre la mesa, y que él había apartado para dejar espacio para el *Bremerton Sun* que estaba leyendo.

Pero era lo mejor que Jenny podía hacer, ya que no se le permitía decir: «Respiras, por lo tanto me molestas. Así que largo de mi comedor».

–Hola –contestó él con una sonrisa resplandeciente–. Estoy desayunando. ¿Tú también?

Jenny se cruzó de brazos y se quedó mirándolo sin sonreír.

–¿Te molesta que me hospede aquí? ¿Quieres que me vaya?

Sí. En cuanto Austin se había marchado aquella mañana, ella había llamado al abogado de los Pierce para hablar de sus posibilidades para quedarse con él ahora que el padre ausente del chico había decidido luchar por la custodia. Tras enterarse de que los parientes de sangre solían ser los elegidos por encima de cualquier otra persona, lo único que deseaba era que Jake Bradshaw se fuera lejos, muy lejos.

Y que no regresara jamás.

Pero él había dejado muy claro que eso no iba a ocurrir. Y el muy bastardo tenía razón al decirle que lo mejor que podía hacer era ponerle las cosas fáciles a Austin. De modo que suspiró y descruzó los brazos.

—No. No tenemos por costumbre rechazar a los clientes en el hotel Brothers solo porque no nos guste su aspecto —al oírse a sí misma estuvo a punto de carcajearse, pero logró contenerse. Dudaba que alguien hubiese rechazado a aquel hombre alguna vez por su aspecto—. O su historial. No si no están haciendo nada malo en la actualidad.

Jake arqueó las cejas.

—Pero es solo cuestión de tiempo, ¿verdad?

—Lo has dicho tú, no yo.

Él se rio.

—No te avergüenza dejar claro lo mal que te caigo, ¿verdad? Me gusta eso de ti.

—Siempre dispuesta a complacer al cliente —contestó ella con su mejor sonrisa de gerente de hotel.

—Apuesto a que sí —le dio una patada a la silla que tenía enfrente—. Toma asiento.

La respuesta que le dieron ganas de dar no era muy propia de una gerente de hotel, por no mencionar que se trataba de una imposibilidad anatómica. «Austin», se recordó a sí misma. «Tengo que pensar en lo que es mejor para Austin».

Así que se sentó.

—Gracias. Creo que nunca me habían ofrecido una invitación tan amable.

Jake sonrió.

—Es mi educación de la gran ciudad.

Maldita sea, Jenny no quería que le gustase nada de aquel hombre, pero no pudo evitar sonreír ante su comentario. Entonces recordó la decisión que había tomado tras una noche en vela.

Y su sonrisa se esfumó.

—He pensado mucho en tu propuesta —dijo—. Y he

decidido hacer todo lo posible para que la transición sea fácil para Austin.

–Gracias.

–Como ya te dije ayer, no lo hago por ti. Y tal vez debas guardarte los agradecimientos, porque no sé si te va a gustar cómo pienso que debes manejar el asunto.

–Cuéntamelo.

–Para empezar, si fuera tú, yo no le contaría todavía tus planes de llevártelo a Nueva York.

–¿No crees que debería estar preparado?

En ese momento colocaron frente a ella una fuente con huevos revueltos, tostadas y un cuenco con yogurt y *muesli* casero. Jenny levantó la mirada y le dirigió una sonrisa a la camarera.

–Gracias, Brianna.

–No hay de qué –respondió la joven mientras le llenaba la taza de café–. ¿Te traigo algo más?

–No, gracias –Jenny miró a su alrededor y vio que Jake y ella eran los únicos comensales que quedaban en el comedor–. Ve a por tu desayuno. Y dile al personal que puede preparar las mesas para la comida aunque sigamos aquí.

–De acuerdo –respondió la camarera con una sonrisa.

Jenny vio como Brianna se alejaba y se volvió hacia Jake.

–Creo que Austin tiene que estar preparado –respondió para retomar la conversación–. Pero si empiezas diciéndole que vas a llevártelo del pueblo, se cerrará en banda y no te dará ninguna oportunidad. Y así tardarás más en ganarte su confianza. Mira, puede que estés acostumbrado a hacer las maletas y marcharte a otro lugar sin previo aviso, pero confía en mí, Austin no lo está.

Jake se quedó mirándola.
—¿Qué te hace pensar que yo sí?
—Por favor. Hay mucha información sobre ti en Internet.
—¿Me has buscado?
—Por supuesto. ¿Te parece que no estoy en lo cierto?
—No. La verdad es que has acertado.
—De modo que estás acostumbrado a vivir en movimiento. Y además eres adulto. Él es un crío que ha vivido en el mismo lugar toda su vida.
—Y probablemente se muera por cambiar.
—¿Por qué? ¿Porque a ti te pasaba eso a su edad? Eso es algo que deberías hablar con él, pero aparte de haber deseado tener un padre cuando era más joven, me parece que Austin está bastante satisfecho con su entorno.

Jake empezó a darse golpecitos en el pecho y ella frunció el ceño.

—¿Qué estás haciendo? —preguntó.
—Me has clavado el cuchillo tan suavemente que quería asegurarme de no desangrarme antes de darme cuenta de que me han apuñalado.

Ella se encogió de hombros.

—Ponte en su lugar por un momento en vez de intentar meterle a él en el tuyo con calzador. Sé que ya no eres joven, pero...

Jake se carcajeó.

—Dios, eres una aguafiestas.

Jenny lo ignoró.

—Pero intenta recordar cuando tú tenías trece años. ¿Cómo te habrías sentido si un hombre al que no habías visto nunca hubiera aparecido en tu vida y, sin darte tiempo a conocerlo, te hubiera dicho que te iba a apartar de todo lo que te era familiar y a llevarte al otro extremo del país?

–¿Sinceramente? –le dedicó una sonrisa irónica–. Probablemente habría hecho la maleta sin tardar un minuto. Pero, si intento ponerme en su lugar, estoy de acuerdo en que podría molestarle. Mantendré mis planes en secreto hasta que nos conozcamos mejor.

–Y yo intentaré que pase algo de tiempo contigo.

–Gracias.

Jenny se encogió de hombros y agarró el tenedor. Habría preferido marcharse a otra mesa en la que pudiera desayunar tranquila, pero se quedó allí por el bien de Austin, aunque el desayuno aquel sábado por la mañana le supo a serrín.

Jake no dijo nada mientras ella intentaba terminarse el plato. Al principio se sintió agradecida, pero, a medida que se prolongaba el silencio, empezó a sentir la necesidad de llenarlo con algo.

Cualquier cosa.

Cambió de posición en la silla. Dejó el tenedor en el plato y lo miró.

Se quedó colgada de aquellos ojos durante un minuto.

¿Qué diablos era? Nunca había sido de las que se quedaban embobadas con una cara bonita. Sin embargo con él... daba miedo pensar en lo rara que se sentía cuando lo miraba. No era de las que decían: «oh, qué ojos tan bonitos tienes. ¿Cuál es tu signo del zodiaco?».

¿Por qué entonces se sentía tan idiota cuando miraba a aquel hombre?

Se reprendió mentalmente y se enderezó en su silla.

–¿Por qué has tardado tanto en venir desde la muerte de Emmett?

Jake la miró con aquellos ojos verdes.

–Llamaron a mi casa en vez de a mi ayudante.

–Tal vez porque nadie sabía que tenías ayudante –respondió ella.

–Mira, doy por hecho que todo es culpa mía.

Jenny se contuvo, porque aquellas frases acusadoras no ayudaban.

–Lo siento –dijo intentando sonar sincera–. Continua.

–Le dijo la reina al campesino.

Jenny le dirigió su mirada más altanera e hizo gestos con la mano para que siguiese hablando.

Él solo se carcajeó.

–Fue todo un golpe de mala suerte. El ama de llaves llevaba trabajando para mí menos de un mes cuando me marché de viaje, así que, cuando se le ocurrió ponerse en contacto con Lucinda, mi ayudante, ya habían pasado semanas. Estaba fotografiando los arrecifes y el volcán Karangetang en el archipiélago Sangihe-Talaud, al norte de Sulawesi, cuando ocurrió. Es un lugar aislado y es la época del monzón, cosa que el organizador debería haber sabido antes de planear el viaje. Y solo teníamos acceso a un teléfono vía satélite cuando regresábamos a Minahasa, cada tres fines de semana. Incluso cuando me enteré de la noticia, me obligaron a quedarme seis días más. Después tardé en encontrar un vuelo a Filipinas, y tardé más aún en encontrar un vuelo desde ahí hasta Seattle. No viajo a lugares muy accesibles.

–Así que, aunque te hubieras enterado nada más ocurrir, ¿no habrías podido llegar antes?

–¡Tenía un contrato! ¿Tú habrías abandonado este hotel?

–¿Por Austin? Sin dudarlo.

—Me quito el sombrero ante tus maravillosas habilidades parentales, pero para mí es nuevo, ¿de acuerdo?

Y dado que Jenny había advertido cierto dolor en sus ojos antes de volver a poner su cara de póquer, asintió. Por primera vez pudo ver que estaba intentándolo, y que tal vez no fuese tan fácil para él como había hecho parecer.

—De acuerdo. Supongo que lo importante es que ahora estás aquí. Pero has de entender que esto no va a ser fácil.

—Lo sé. Créeme, sé que tengo que compensar muchas cosas.

Dejó el plato a un lado, alcanzó su taza de café y la agarró con ambas manos para intentar calentarse los dedos. A pesar de todo lo que había dicho, una parte de ella albergaba la esperanza de que aquello desapareciera si lo deseaba con fuerza.

Sin embargo cada vez parecía más real, más concreto. Tomó aire y lo expulsó lentamente. Dejó la taza en el platito y extendió las manos sobre la mesa para disimular su temblor.

—Dale tiempo a Austin y no le mientas —le dijo a Jake—, y llegará a quererte. De pequeño siempre quería conocerte.

Jake se inclinó sobre la mesa y extendió las manos por la superficie, como si quisiera tocarla, pero se detuvo cuando estaba a escasos centímetros.

Jenny no entendía por qué aquello le produjo escalofríos.

—¿Y tú me ayudarás? —preguntó él.

—Te he dicho que sí, ¿no?

Jake asintió.

—Pues entonces lo haré.

Aunque probablemente aquello le desgarraría el corazón.

—¡Bradshaw! ¡Vuelve de las nubes y presta atención!
Austin dio un respingo al oír el grito del entrenador Harstead y levantó la mano con el guante de béisbol.
—¡Perdón, entrenador! —tomó aliento y se obligó a concentrarse en el entrenamiento del miércoles con los Bulldogs.
Pero resultaba difícil. Su supuesto padre llevaba una semana y media intentando acorralarlo para hablar y formar vínculos y todo eso. Él había hecho todo lo posible por esquivarlo, pero, sorprendentemente, Jenny no le había sido de mucha ayuda. De hecho, ella pensaba que debía mostrarse abierto.
Ni hablar. Se recolocó la gorra y se fijó en el bateador. Su amigo Lee estaba preparado. Era diestro y el noventa por ciento de sus lanzamientos iban directos hacia donde Austin jugaba de parador de corto, entre la segunda y la tercera base.
—Ven con mamá —murmuró.
Sin embargo, mientras se concentraba en estar preparado, se preguntó dónde habría estado su padre cuando realmente había querido uno. En ninguna parte. O tal vez, dado el trabajo de aquel tipo, hubiera estado en todas partes.
En todas partes salvo en Razor Bay.
El sonido de la bola al rebotar contra el bate llamó su atención de nuevo y, al ver como la bola de Lee describía un arco hacia su izquierda, Austin se puso en posición. Un segundo más tarde atrapó la bola en el aire y se la lanzó al jugador de la segunda base para que eli-

minara a Oliver Kidd, que debía haberse quedado en la primera.

—¡Buen trabajo, Bradshaw! —gritó el entrenador Harstead. Después se dirigió al resto del equipo—. Ha sido un clásico ejemplo del doble juego que tiene lugar con frecuencia cuando le lanzas la bola a un parador en corto. Así que intentemos no hacer eso, ¿qué os parece?

Animado por la jugada, Austin estuvo más concentrado durante el resto del entrenamiento. De hecho se sentía bastante bien cuando el entrenador gritó el final. Le ayudaba a aliviar el estrés que había sentido durante toda la semana con su padre de vuelta en el pueblo.

Nolan se acercó y le dio una palmadita en la espalda.

—Buena jugada la que les has hecho a Lee y a Oliver.

Austin sonrió.

—Sí, lo he hecho bien por una vez. Normalmente el entrenador siempre me ve haciéndolo mal.

—No. Sabe que eres bueno. Tal vez incluso sirvas para la liga nacional...

—Austin.

Se tensó al oír la voz de Jake y se volvió hacia él intentando controlar su expresión y no fruncir el ceño.

Pero le costó.

Aquel hombre no se parecía en nada al padre de sus amigos. Para empezar era más joven. E incluso aunque deseara hablar con él, tampoco sabría qué decir. Jake llevaba una cámara de fotos colgada del cuello, y entre las estupendas fotos que sacaba para una famosa revista y su aspecto de héroe de acción, podía resultar intimidante. Si a Austin le hubiera importado alguna de esas cosas.

Cosa que no era así.

Jake se volvió hacia Nolan.

—Tu madre ha llamado a Jenny —dijo—. Ha tenido que llevar a tu hermano pequeño al médico. No tienes por qué preocuparte —le aseguró al chico—, pero, como ella está ocupada, he venido yo a llevaros a los dos.

Maldición. Aun así no había mucho que pudieran hacer por evitarlo. De modo que, mediante un acuerdo tácito, Nolan y él se montaron en el asiento trasero del Mercedes de Jake, por el que todo el mundo había estado preguntándole, y se pasaron el camino hablando entre ellos, sin hacer caso al conductor.

Cuando Jake aparcó frente a la casa de Nolan, su amigo abrió la puerta trasera, pero se detuvo para decir:

—Gracias, señor Bradshaw.

Austin, que no pensaba darle las gracias por nada a su padre, simplemente asintió.

—Sí —murmuró mientras salía del coche detrás de Nolan. Sus miradas se encontraron cuando se dio la vuelta para agarrar su mochila—. Dile a Jenny que voy a hacer los deberes con Nolan —agregó antes de cerrar con un portazo. Después se dio la vuelta y se alejó.

Se negaba a sentirse culpable por la expresión de decepción que había visto en la cara de aquel tipo que parecía no necesitar a nadie.

Capítulo 5

Jake se quedó mirando hasta que los niños desaparecieron por la puerta de la casa de Nolan.

–Vaya, ha ido de maravilla –resopló, puso el coche en marcha y dio marcha atrás. ¿Qué iba a hacer ahora?

Había albergado la esperanza de aprovechar mejor la oportunidad que Jenny le había ofrecido gracias a la llamada desesperada de Rebecca Damoth, pero simplemente le habían tratado como si fuera el chófer invisible. Intentó ignorar el vacío que había sentido con el comportamiento de su hijo y condujo por el pueblo sin ningún destino en mente.

No podía sino admirar la ironía. Al enterarse de la muerte de Emmett y darse cuenta de que aquella era su última oportunidad para responsabilizarse del hijo al que había abandonado tantos años atrás, lo que debería haber sido una decisión clara no lo había sido. No quería admitirlo, pero una parte de él se había visto tentada de seguir haciendo lo que había estado haciendo hasta el momento. Pero al final eso no había sido una opción. Estaba cansado de la culpa. Tal vez fuera capaz de enterrarla en su conciencia durante determinado tiempo, pero siempre resurgía para atormentarlo.

Tal vez fuera como esas chicas que solo se sentían atraídas hacia hombres que las trataban mal. Porque cuanto más le ignoraba su hijo e intentaba evitarlo, más fascinante le resultaba.

Al ver el cartel de acceso al canal situado en el extremo norte del pueblo, se salió de la carretera, entró en el aparcamiento y lo atravesó en dirección a la rampa para barcos, hasta detenerse a escasos metros del agua. Apagó el motor, apoyó las manos en el volante y se quedó mirando el canal.

No solo estaban a mitad de semana, sino que el día era gris, con densas nubes de lluvia que tapaban las montañas del otro lado del canal. En el aparcamiento no había un solo vehículo con remolque, y Jake creía que ni siquiera el marinero más intrépido de Bangor, la base naval del otro lado de Kitsap, se aventuraría a meter un barco en el agua aquel día.

Salió del coche y se acercó a la orilla.

Había hecho viento durante toda la semana y media que llevaba en Razor Bay, pero aquel día no corría más que una leve brisa. Parecía que el cielo iba a descargar un torrente de lluvia en cualquier momento, pero por el momento aguantaba. Se agachó, escogió varias piedras planas de la playa, dio un paso hacia atrás con el pie derecho y lanzó una de ellas sobre la superficie. Rebotó cuatro veces antes de hundirse. Sacó otra del bolsillo y la lanzó también.

Había dado por hecho que ya habría hecho algún progreso con su hijo, pero Austin lo evitaba como si fuera la peste. ¿Cómo iba a llegar a conocerlo si resultaba imposible de encontrar o se esfumaba como el humo en el viento las pocas veces que lograba localizarlo?

No ayudaba el sentimiento de agobio que Razor Bay siempre le generaba. Se sentía nervioso, de modo que abandonó el lanzamiento de guijarros y seleccionó varias rocas, que lanzó una detrás de otra todo lo lejos que pudo. Todas y cada una se hundieron en el agua con una salpicadura considerable.

Pero ahí fue donde terminó su satisfacción.

Al ritmo que iba, Austin cumpliría los treinta antes de estar preparado para mudarse con él a Nueva York. Jake tenía que acelerar el proceso.

Se sentía tremendamente frustrado por no haber logrado ningún progreso. Estaba acostumbrado a enfrentarse a los problemas de manera rápida y competente. Pasaba gran parte del año en lugares remotos donde se presentaban con frecuencia situaciones de difícil solución. Aun así, cuando se enfrentaba a un dilema, era un hombre en quien se podía confiar para encontrar la solución.

Sin embargo no era eso lo que estaba haciendo allí. Y lo peor era que, cada vez que intentaba encontrar una manera de romper el hielo con su hijo, en lugar de funcionar con la eficacia acostumbrada, su cerebro parecía desconectarse por completo.

Oyó unos neumáticos que aplastaban las piñas que habían caído de los pinos que adornaban el aparcamiento, pero no le interesaba saber quién había llegado. ¿Qué le importaba a él que alguien hubiera decidido contemplar las nefastas condiciones climatológicas? Tal vez hiciese mal día, pero el canal estaba tranquilo por primera vez desde que llegara a aquel maldito pueblo.

Se agachó de nuevo sobre la arena junto a la rampa

de los barcos y seleccionó un nuevo arsenal de rocas. Dado su estado de ánimo, no le habría importado lanzar un pedrusco o dos, pero en la playa no abundaban las piedras grandes.

Fue vagamente consciente de que el vehículo no había dado la vuelta para desenganchar un remolque en la rampa situada junto a su Mercedes. En vez de eso, una puerta se abrió y se cerró a sus espaldas, y cuando se incorporó para lanzar la primera roca, oyó el ruido de unos zapatos sobre el pavimento de la rampa. Lo ignoró y empezó a lanzar piedras.

—Los turistas pagan mucho dinero para acceder al agua —dijo Max—. Esperan que siga ahí la próxima vez que vengan. Así que, si sigues así, tendré que ponerte una multa por construir diques a menos de seis metros de la orilla.

La voz de su hermanastro le produjo el habitual brote de rabia, pero en aquella ocasión se mezclaba con cierto placer inesperado. Debía de ser casualidad, pues Max y sus receptores del placer eran conceptos antagónicos.

—¿Seis metros? —preguntó volviéndose hacia él—. Por favor. Podría lanzar estas piedras a diez metros sin sudar.

Max le dedicó una media sonrisa.

—Me parece que el álgebra no era tu punto fuerte.

—Cierto —contestó él también con una sonrisa—. Los alumnos de Empresariales no necesitan el maldito álgebra —un título que se había sacado para demostrar que era el estratega financiero que no había sido su padre. No era que Charlie Bradshaw no le hubiera dado dinero a su familia, fuera cual fuera esa familia según el momento. Pero mientras que él había sido un vendedor medio, Jake sabía manejarse con el dinero. Lo más importante era que había sentido la necesidad de tener más éxito que su padre. De ser mejor en todos los aspectos.

Al recordar aquello dejó de sonreír. Porque no le había servido de nada. No había tenido precaución, Kari se había quedado embarazada y él se había sentido incapaz de ser padre.

No era mucho mejor que su viejo. Y en algunos aspectos tal vez fuese peor.

Miró a Max mientras este se acercaba. Su hermanastro llevaba una camisa color caqui y una corbata negra bajo el jersey negro de lana. Llevaba una insignia en el pecho y los brazos decorados con parches en forma de escudo, todos con la estampa de un águila con las alas abiertas y el nombre de la oficina del sheriff de Razor Bay. Llevaba también unos vaqueros y un cinturón multiusos con diversas herramientas, ninguna de las cuales podía considerarse un arma seria.

—¿Me está siguiendo, ayudante Dawg?

—Sí, porque vivo asombrado por tu existencia —contestó Max con sarcasmo—. No te lo tengas tan creído. He oído que la marina estaba haciendo maniobras aquí esta semana, y vengo todos los días por si puedo ver el espectáculo. ¿Cuál es tu excusa?

Aquella pregunta le dio ganas de gritar, pues le recordaba todos sus fracasos recientes. Sin embargo hizo todo lo posible por contenerse. No quería darle importancia a la pregunta de Max. Tenían una relación en la que ninguno de los dos le mostraría al otro sus preocupaciones. De hecho, él no tenía ese tipo de relación con nadie.

De modo que le sorprendió admitir:

—Estoy intentando llegar a conocer a mi hijo, pero, si

no logra evitarme, actúa como si fuera invisible. ¿Sabías que juega de parador en corto en la liga infantil?

–Sí. Le he visto jugar –al oír aquello, Jake debió de parecer sorprendido–. Soy el ayudante del sheriff. Es mi deber controlar a los chicos del pueblo.

Debía de considerarlo un tonto si creía que Jake iba a tragarse eso.

–Juega en la misma posición que tú, ¿verdad? –añadió Max antes de que pudiera decirle nada–. Oí que entre el béisbol y las notas, conseguiste una buena beca para una universidad de la costa Este. No puede ser fácil estar a tu altura.

Jake lo miró sorprendido, pero después no entendió por qué se asombraba tanto. Probablemente ambos supieran muchas cosas el uno del otro. En otra época él mismo había estado al corriente de todo lo que hacía Max, diciéndose a sí mismo que era una buena práctica empresarial para seguirle la pista al enemigo. Lo cierto era que siempre se había sentido fascinado por aquel tipo que llevaba su misma sangre, pero que era un adversario.

–Dudo que haya comparaciones –contestó–. Yo llevaba al menos seis años alejado del deporte local cuando Austin asistió a su primer entrenamiento de béisbol. No habría sido como intentar imitarme cuando lo mío aún estaba reciente. En cualquier caso, a juzgar por lo que he visto hoy, el chico es bueno –notó que empezaba a dolerle ligeramente la cabeza–. Y eso tampoco ha sido gracias a mi influencia.

–¿Entonces por qué te fuiste? –preguntó Max.

Jake se quedó muy quieto y sintió los latidos de su corazón.

–¿De verdad te interesa saberlo? –¿quién habría creído que Max, de entre todas las personas, sería el que se lo preguntaría directamente? Nadie más lo había hecho desde su vuelta.

—En realidad no —Max se dispuso a darse la vuelta, pero entonces se detuvo, estiró los hombros y miró a Jake—. No. Eso no es cierto. Sí que me interesa.

Jake se quedó callado durante unos segundos. Después respiró profundamente.

—Desde que recuerdo siempre he querido salir de este pueblo —dijo mirando hacia el agua cristalina—. Kari y yo hicimos muchos planes para mudarnos a un lugar cosmopolita, y yo me pasé el primer año de instituto pensando en maneras de conseguirlo sin acabar haciendo hamburguesas el resto de mi vida —se metió las manos en los bolsillos—. Lo cierto es que tenía planes mucho antes de conocerla. Llevaba tiempo queriendo conseguir esa beca. Cuando lo conseguí, pensé que íbamos por el buen camino. Pero poco después de empezar el último año, el maldito preservativo se rompió.

—Pero estuviste a la altura y te casaste con ella. Por lo que he oído, aceptaste un trabajo en el hotel.

—Porque no quería ser otro Charlie Bradshaw, ¿sabes?

—Sí, claro. Tenemos eso en común —Max se quedó observándolo durante unos segundos—. Debías de quererla mucho.

Jake no pudo evitar carcajearse.

—Como si eso durase —dijo con desprecio—. De la noche a la mañana dejó de ser la jefa de animadoras divertida que conocía y se convirtió en una arpía quejicosa que estaba convencida de que le había arruinado la vida. Aunque yo no era mucho mejor. Se me daba fatal atender la recepción del hotel, y eso me ponía de mal humor.

—Y entonces ella murió.

—Sí —se apretó las sienes con los dedos para aliviar el dolor de cabeza y le dio la espalda al agua, recordando el horror que había experimentado al ver las sábanas manchadas de sangre cuando Kari había empezado con la hemorragia—. Hoy en día le dan el alta a la gente en los hospitales demasiado rápido. Si Kari hubiera seguido ingresada, probablemente habrían logrado detener la hemorragia. Pero le dieron el alta, y en cuestión de horas había muerto. Y yo me quedé como único responsable de un bebé al que no sabía cómo cuidar. Cuando Emmett y Kathy se ofrecieron a cuidar de él mientras yo estudiaba en la universidad, di saltos de alegría.

Y, consumido por la culpa, se había odiado a sí mismo por ello. Se había convertido justo en lo que había jurado que nunca sería; de tal palo tal astilla. Su esposa había muerto trágicamente, ¿y él se había quedado destrozado? Nada de eso. Nunca había deseado su muerte, pero secretamente se había sentido aliviado por no tener que quedarse preso de un trabajo que odiaba, en un pueblo dejado de la mano de Dios y con una esposa a la que había dejado de querer.

Al menos Charlie le había querido durante un tiempo. Sin embargo, él solo había sentido pánico al mirar a su hijo.

Su hermanastro parecía tan incómodo oyendo todo aquello como Jake se sentía contándoselo. Probablemente, Max ya se hubiese cansado de escuchar, porque desvió la mirada hacia el agua.

—¿Qué sé yo? —dijo con una naturalidad demasiado forzada—. Ahí hay dos patrulleras. Probablemente el Tridente no ande lejos.

Agradecido por el cambio de tema, pues deseaba salir del peligroso territorio de los sentimientos, Jake se volvió para mirar.

No había nada que ver salvo dos barcos de la marina patrullando a menos de un kilómetro de la costa, pero aun así fue a sacar su cámara del asiento del copiloto del coche. Regresó junto a Max y juntos observaron cómo los barcos navegaban en círculos.

No ocurrió nada.

–Siento lo de tu madre –dijo Max de pronto, tal vez para llenar el silencio incómodo–. Me enteré cuando estaba en el campamento Lejeune.

Jake asintió sin dejar de mirar hacia el agua.

–Gracias. Nadie esperaba que fuese a tener un ataque al corazón. Solo tenía cuarenta y seis años –se giró y miró a Max–. Me sorprende que la gente de aquí lo supiera. Se mudó a California en la misma época que yo empecé la universidad.

–Ya sabes cómo son los contactos en los pueblos pequeños. Mantuvo el contacto con Maureen Gilmore, que era amiga de mi madre.

–¿Tu madre sigue en el pueblo?

–No. Vive en Inglaterra, de entre todos los lugares.

–¿Por qué de entre todos los lugares?

–Mi madre tiene el típico prejuicio de pueblo pequeño contra los pueblos que son más grandes que Razor Bay, por no hablar de las grandes ciudades en un país extranjero. Pero conoció a un tipo de Londres en el comedor del hotel una noche, y eso fue lo único que escribió.

De pronto el submarino negro emergió de las profundidades y ambos centraron su atención en él. Era casi tan largo como dos campos de fútbol, esbelto como un tiburón y más silencioso que la muerte. Resultaba increíble de ver.

—No me dan ganas de ponerme a cantar el estribillo de *Yellow Submarine* —comentó Jake mientras se llevaba la Nikon D3 a los ojos.

Max se rio.

—Nunca me canso de mirarlo. Es como el Darth Vader de los submarinos. Disuasión estratégica en estado puro.

Jake bajó la cámara el tiempo suficiente para dirigirle a su hermanastro una mirada sardónica.

—Habló el auténtico soldado.

—No era soldado, hermanito. Ya te lo dije. Soy marine.

—Exmarine.

Max resopló.

—No existen los exmarines. Antiguo marine, en todo caso.

—Lo que sea —Jake le hizo un par de fotos a Max, que frunció el ceño de inmediato—. Cuéntame. Sé que hay más de uno de estos submarinos en Bangor. ¿Por qué los llaman a todos Tridente?

Max se carcajeó.

—Para tener el título de Empresariales de una universidad de éli...

—Nunca llegué a tener el título —dijo Jake—. En mi primer año hice prácticas en *National Explorer*. Me surgió la oportunidad de demostrar mi talento para la fotografía cuando su fotógrafo habitual contrajo disentería, y nunca volví a clase.

Max asintió.

—Supongo que eso explica por qué no eres el tipo más brillante que conozco. Ninguno de los submarinos se llama así. Hay ocho cerca de Bangor, y salvo por el *Henry M. Jackson*, en honor al difunto senador Scoop

Jackson, todos tienen nombres de estados. Alaska, Alabama, Nebraska... Los tridentes son los misiles que transportan.

–Ah. ¿Quién iba a saberlo?

–Obviamente tú no.

Poco tiempo después, el submarino se sumergió con el mismo silencio con que había emergido, y Max dejó de ser un tipo relativamente amistoso y se convirtió en el severo ayudante del sheriff.

–Tengo trabajo que hacer –anunció, y señaló el coche de Jake, que bloqueaba un acceso que nadie estaba utilizando–. Quita el coche de la rampa –gruñó, y sin dejar nada más, se dio la vuelta y se alejó hacia su vehículo.

Dejando a Jake con una inexplicable sonrisa en los labios.

La preocupación por la falta de progresos con Austin había reemplazado a su buen humor cuando regresó al hotel. Se dirigió directamente hacia el despacho de Jenny.

La oyó antes de llegar.

–... para prever el personal necesario para la semana que viene. Y tengo que reunirme contigo antes de que acabe el día para hablar sobre la posibilidad de ofrecer descuentos en Groupon o LivingSocial. ¿A qué hora te viene bien?

Jake se detuvo frente a la puerta abierta. Jenny estaba sentada mirando hacia allí, pero se encontraba ligeramente ladeada hacia la izquierda, con el teléfono sujeto entre el hombro y la cabeza, mientras consultaba la agenda y una hoja de cálculo que tenía sobre la mesa. Las luces del techo y la lámpara del escritorio realzaban la curva de sus pómulos y el brillo de su melena oscura.

Se había sujetado los mechones más largos detrás de las orejas, y las puntas colgaban desordenadas sobre su blusa negra. Jake casi podía distinguir el contorno de un sujetador negro bajo la tela.

—A las cinco me parece perfecto —dijo ella—. Te veré entonces —colgó el teléfono, se inclinó hacia delante, anotó algo en la agenda y centró su atención en la hoja de cálculo.

Jake habría jurado que no había hecho ningún ruido, pero de pronto ella levantó la cabeza y lo miró. Y durante unos segundos vibró entre ellos una chispa que no era solo cosa suya.

Todo su cuerpo se puso alerta.

No lo entendía. De su relación con Kari había salido con el convencimiento de que no existía el compromiso auténtico, y con la determinación de no volver a poner a prueba esa creencia. Desde los dieciocho años había elegido a mujeres que conocieran las reglas. Comprendían que pasarían un buen rato, pero que cualquier relación con él tenía fecha de caducidad.

Jenny no era el tipo de mujer fría y sexual que él solía buscar. Sin embargo era capaz de alterar sus hormonas.

«¡Concéntrate, Bradshaw!», se dijo a sí mismo. Relegó el deseo al fondo de su mente, entró en el despacho y, durante unos segundos, no supo por dónde empezar.

Jenny frunció el ceño.

—¿Estás bien? ¿Puedo hacer algo por ti?

Jake se acercó al escritorio, apoyó las manos en la superficie desordenada y se inclinó hacia delante. Agachó la cabeza un segundo antes de que el orgullo le hiciera enderezarse de nuevo.

—Ni siquiera me habla.

–¿Quién? –preguntó Jenny–. ¿Austin? ¿Y por qué crees que es problema mío? Te he dado una oportunidad. Lo que hayas hecho con ella es asunto tuyo.

–Lo sé –al advertir el delicioso aroma femenino que desprendía su cuerpo, Jake se incorporó y dio un paso atrás–. Claro que lo sé. Maldita sea –se llevó una mano a la nuca para intentar aliviar la tensión mientras intentaba explicarse–. Es solo que... se montaron en el asiento de atrás –se dio cuenta de que Jenny no tenía ni idea de lo que estaba hablando–. Austin y Nolan. ¡Se montaron en el asiento de atrás como si yo fuera el maldito chófer!

La carcajada que dejó escapar Jenny iluminó su rostro como si fuera una niña pequeña con un vestido de princesa.

–¡No es divertido! –contestó él, aunque no podía evitar sentirse atraído por su regocijo.

–Sí –dijo ella–. Sí que lo es. Es rebeldía, pero educada, lo cual tiene cierto encanto creativo. Lo que no es divertido es el hecho de que hayas ignorado a tu hijo durante trece años y ahora esperes que se adapte a tus planes en una semana. ¿Pues sabes una cosa, Bradshaw? –se puso en pie, salió de detrás del escritorio y se dirigió hacia la puerta–. No todo gira en torno a ti. Así que te sugiero una cosa; deja de esperar que yo te haga todo el trabajo preliminar e intenta averiguar algunas cosas por ti mismo –golpeó la alfombra del suelo con la punta de un zapato y se cruzó de brazos.

No podía dejar más claro que quería que se marchara, y el primer impulso de Jake fue disculparse por haberla interrumpido y marcharse como si sus palabras no le hubieran afectado en lo más mínimo.

Salvo que ella estaba en lo cierto.

Odiaba admitirlo, pero esquivar la verdad no cambiaría los hechos.

—Mira, estoy de acuerdo —le dijo—. Esperaba demasiadas cosas demasiado pronto, y he confiado en tus esfuerzos sin poner de mi parte para intentar que Austin pase de odiarme a, al menos, tolerarme. Pero supongo que te das cuenta de que estoy muy perdido. Así que, si prometo marcharme a mi habitación... —aunque la idea le agobiase— y pensar seriamente en el asunto, ¿podrías al menos darme un empujón en la dirección adecuada? Como...

—¿como qué? Y entonces se le ocurrió—. Por ejemplo, hoy ha jugado muy bien en el entrenamiento, y me encantaría verle en acción durante los partidos. Pero no sé cuándo son.

—Te daré un calendario —dijo ella—. Y supongo que no pasaría nada si quisieras venir con Tasha y conmigo a ver el próximo partido.

Jake sonrió.

—¡Eso sería fantástico! Gracias.

Ella le devolvió la sonrisa y, por un momento, Jake pensó que podrían entenderse bien.

Pero entonces Jenny se puso tensa.

—Bueno, tengo que seguir trabajando. Te haré un calendario cuando tenga un hueco. Mientras tanto, sigue pensando ideas.

—Sí, señora —contestó él—. Me voy a mi habitación a hacer eso mismo —pensó que darle un beso, aunque solo fuera como muestra de gratitud, no sería apropiado, así que dio un paso atrás—. Gracias de nuevo.

—No hay de qué.

Jake abandonó el despacho, pero se detuvo en seco al llegar al pasillo. No podía meterse en su habitación.

«Pues vete fuera», pensó.

Y de pronto se le ocurrieron dos cosas. No una, sino dos ideas productivas. Eso hacía un total de tres ideas en los últimos minutos.

Había estado demasiado centrado en el objetivo final en vez de en los pequeños pasos que podrían conducirle hasta allí. Sí, tendría que llevar a cabo su primera idea antes de poder pensar en la segunda, pero aun así sonrió.

Porque, mientras se dirigía hacia el pequeño vestíbulo del hotel, sintió por fin que había recuperado la confianza en sí mismo.

Capítulo 6

–Ey, mira eso.

Jenny levantó la vista cuando Austin dejó de fregar los platos, que era su tarea del sábado por la mañana, y se inclinó hacia la ventana situada encima del fregadero. Ella sacó un plato del escurridor y arqueó las cejas mientras lo secaba.

–¿Qué estoy mirando?

Austin se volvió hacia ella.

–¡El cielo azul! –exclamó con luz en la mirada–. No sé de dónde ha salido, porque hace dos minutos estaba todo nublado. ¡Pero, tío!

–¡Tía! –respondió ella.

–Perdona, Jenny. Se me olvidaba que no te gusta que te llame así. ¿Y sabes qué más se me olvidaba? –volvió la cara hacia la luz que entraba por la ventana–. Lo bien que sienta.

–Es cierto que hace tiempo que no brillaba el sol –convino ella, y Austin tenía razón. Aquello servía para levantar el ánimo–. Apuesto a que eso hará que tu partido sea más divertido.

–Es verdad. ¡Va a ser bestial!

El cambio de tiempo les hizo sentir mejor a ambos, y estuvieron bromeando mientras terminaban de limpiar la cocina. Pero mientras Austin escurría el exceso de agua de la esponja que había utilizado para limpiar el desastre que había organizado mientras fregaba, de pronto se puso rígido.

−¿Pero qué diablos...? ¿Qué está haciendo en el Sand Dollar?

−¿Qué? −de acuerdo, le había oído perfectamente. Pero aun así, Jenny se asomó por la ventana con la esperanza de que no estuviese refiriéndose a la persona que creía.

El corazón se le aceleró al ver el coche de Jake aparcado en el aparcamiento que compartían con la casa más lujosa de toda la propiedad. Después vio a Jake metiendo una enorme caja de cartón dentro de la casa.

Acto seguido Austin salió hecho una fiera por la puerta trasera.

−Genial −susurró ella, dejó el trapo a un lado, respiró hondo y salió tras él.

Subió los escalones del porche de la otra casa y oyó los gritos furiosos del adolescente.

−¿Qué estás haciendo aquí? −cuando llegó al salón, se lo encontró cara a cara con su padre entre un montón de cajas.

Jake le puso la mano en el pecho a su hijo y dio un paso atrás para poner distancia entre ellos. Austin le apartó la mano con más fuerza de la necesaria, pero Jake no respondió a la agresión. Simplemente dirigió la mirada hacia ella antes de devolverle la atención a su hijo.

−Mudarme −respondió.

−¡Eso ya lo veo! ¿Por qué a esta casa?

−Porque es la más grande disponible y voy a estar

aquí un tiempo. Necesito espacio para trabajar. Me marché de Indonesia apresuradamente y tengo unas mil fotografías que he de descargar y examinar para seleccionar las cien mejores. Y aunque las revele o las deje en formato digital, tendré que retocarlas antes de que estén listas para el número de julio del *National Explorer*.

Austin resopló, pero Jenny se sintió aliviada al ver que la explicación había logrado disminuir su rabia.

–¿Y cuánto puedes tardar en hacer eso? Tienes dos malditos meses.

–No, tengo dos semanas. Tienen que estar listas la primera semana de mayo para que los editores puedan seleccionar las que necesitan para la revista. El número exacto cambiará una docena de veces mientras lo maquetan. Hay un pequeño cuarto de baño arriba que podré usar como sala de revelado. Últimamente revelo menos, pero me será útil de todas formas. Y poniéndole algunas mesas plegables, el dormitorio del piso de arriba podrá convertirse en estudio de trabajo.

–Lo que tú digas –contestó el chico–. Siempre y cuando te mantengas alejado de mi camino.

–Sí, bueno, con respecto a eso –Jake miró a su hijo directamente a los ojos–, no va a ocurrir.

–¿Cómo? –preguntó Austin.

–Te guste o no, Austin, soy tu padre.

–¡No me gusta!

–Pero eso no cambia nada. No cambia el hecho de que tengas los ojos verdes y se te dé bien jugar al béisbol, cosa que has heredado de mí y de tu tío Max.

–¿De quién?

–El ayudante Bradshaw –al ver la confusión en la cara de Austin, Jake frunció el ceño–. Maldita sea. No sabías que es mi hermanastro.

–Ah –dijo Austin–. Él. Ya sé que es tu hermanastro y todo eso, pero no tengo nada que ver con ese tío. Aparte de verlo en mis partidos alguna vez, el ayudante Bradshaw ha sido un tío para mí igual que tú has sido un padre.

–Max y yo nunca tuvimos una buena relación, y la única vez que él intentó tener una contigo, Emmett y Kathy le disuadieron. Así que, ¿por qué ibas a considerarlo un pariente de verdad?

–¿Por qué tú no lo hiciste? –preguntó Austin–. Me refiero a tener una relación con él –aclaró cuando Jake arqueó las cejas.

Era la primera vez que Austin mostraba algún interés en él, y estuvo a punto de desviarse del tema, pero entonces negó con la cabeza.

–Mira, es una larga historia, y estaré encantado de contártela en otra ocasión. Pero primero tenemos que conocernos mejor.

–Has tenido muchos años para conocerme –respondió Austin–. No lo has hecho y ahora no me interesa –se volvió hacia Jenny–. Voy a sacar la barca.

Ella miró a Jake, que se encogió de hombros. Interpretó que estaba de acuerdo en posponer la conversación, aunque fuera por el momento, e imaginó que Austin probablemente ya habría sufrido bastante por un día, así que no se opuso a la idea.

–Solo una hora –dijo–. Despéjate la cabeza y luego vuelve aquí. Esta tarde tienes un partido que jugar.

El chico asintió y se dirigió hacia la puerta.

–Sé que he sido un padre horrible –dijo Jake mientras Austin se alejaba–. Pero ahora estoy aquí e intento hacerlo mejor. No voy a irme, Austin.

El chico aminoró el paso.

—Genial —murmuró antes de salir y cerrar de un portazo tras él.

—Ha ido bien —le dijo Jake a Jenny.

Ella simplemente resopló.

—¿He oído bien? ¿Tiene una barca?

—Sí.

—¿Es suya?

Ella asintió.

—¿De qué estamos hablando? Por favor, dime que es un kayak o algo pequeño.

—Claro. Si consideras que una lancha motora de casi seis metros es algo pequeño.

—¿Qué? —exclamó Jake—. ¡Solo tiene trece años! Eso es absurdo.

Jenny se encogió de hombros, pero estaba de acuerdo. Había discutido con Emmett sobre la idea de regalarle la motora a Austin por su cumpleaños.

—Los Pierce tenían tendencia a malcriarlo.

—Dímelo a mí —murmuró él—. Hacían lo mismo con Kari, y te aseguro que aquello no le ayudó a saber defenderse sola. No estaba en absoluto preparada para el primer obstáculo del camino. Sí, ya sé que el embarazo adolescente es un gran obstáculo. Aun así me casé con ella y contaba con el apoyo de sus padres. Eso es más de lo que pueden decir muchas chicas en su situación.

Jenny se quedó mirándolo durante unos segundos. Sabía que había estado casado con la hija de los Pierce, claro. Sin embargo se dio cuenta de que la opinión que tenía de él estaba condicionada por el desprecio que Emmett y Kathy sentían por él, por haberse marchado a estudiar a Columbia tras la muerte de Kari sin mirar atrás. Ella nunca había pensado que Jake hubiese dado la cara, aunque fuera durante un breve periodo de tiempo. Emmett y

Kathy nunca habían hablado de aquello, ni del hecho de que él también era un adolescente por entonces.

Pero cerró la boca. Porque incluso aunque hubiese más puntos de vista, aquello no compensaba todos los años en los que había ignorado a Austin. Pero sería bueno recordar que tampoco era el monstruo que ella creía.

Jake se quedó mirándola y entornó los párpados.

—¿Qué? ¿No es la historia que habías oído?

—Sabía que habías estado casado con la hija de los Pierce.

—¿Y mencionó alguien que nadie me obligó a hacerlo? Era lo correcto, así que renuncié a mi sueño de estudiar en Columbia y acepté el trabajo de recepcionista en el hotel.

Eso no lo sabía. Debió de ser un duro golpe sacrificar la beca por la que tanto había luchado para aceptar un trabajo en el hotel que sin duda habría sido mucho menos estimulante.

—Tras la muerte de Kari, fue Emmett quien tuvo la idea de que aceptara la beca después de todo.

Eso tampoco lo sabía. Aun así...

—¿Y también fue idea suya que no regresaras nunca para ver a tu hijo?

—No —se metió las manos en los bolsillos y miró para otro lado—. Eso es solo culpa mía.

Jenny se preguntó en qué momento habría dejado de ser el chico que hacía lo correcto y se habría convertido en el padre ausente en la vida de Austin. ¿Habría sido al morir su esposa? ¿Se habría sentido devastado?

Era lo suficientemente sabia como para reservarse su curiosidad, de modo que se volvió hacia él con su cara de gerente de hotel y dijo:

—Te dejo que sigas con la mudanza.

Sin embargo no pudo disimular su asombro al fijarse en la multitud de cajas y de bolsas de la compra que abarrotaban el salón.

–¿De dónde han salido todas estas cosas? ¿Has ido a Kitsap?

–No –Jake levantó una caja con cubetas, latas y jarras que chocaron entre sí cuando se la puso al hombro–. En Kitsap y en Bremerton no tenían lo que necesitaba, así que he tenido que ir a Tacoma.

Jenny vio como se incorporaba con su brazo bronceado sujetando la caja y pudo imaginárselo en algún país lejano y caluroso lleno de polvo y arena.

–¿Son cosas de fotografía? –preguntó señalando la caja.

–Líquidos de revelado –contestó él, y señaló con la barbilla otro montón de cajas–. En esas está el equipo que tengo en mi estudio de Nueva York y que no quería volverme loco intentando comprar de nuevo...

«En esta península rural», parecía querer decir.

–... así que le pedí a mi ayudante que me lo enviara.

–Sí, bueno. Seguramente estarás muy ocupado –dijo ella intentando no sonar prepotente.

Pero tal vez no logró disimular sus pensamientos como le hubiera gustado, porque Jake recorrió la distancia que los separaba, la miró y frunció el ceño.

–¿He dicho algo que te haya ofendido?

–No, claro que no –contestó ella. Pero luego se arrepintió, ¿porque acaso podía leer la mente?–. Quiero decir que no es nada. Cuando has dicho que no querías volverte loco intentando comprar de nuevo tu equipo, he captado cierto tono en tu voz y lo he convertido en algo que probablemente no querías decir –hizo un movimiento con la mano para quitarle importancia–. En cualquier caso no es asunto mío. Como ya te he dicho, te dejo que sigas con la mudanza.

Pero Jake se acercó tanto que, entre su cuerpo musculoso, la caja que se balanceaba sobre su hombro y los demás trastos esparcidos por el suelo, ella se sintió acorralada.

−¿Qué creías que quería decir?

Jenny dijo las palabras que se le habían pasado por la cabeza.

Jake se quedó mirándola inquisitivamente y después sonrió, pero no dijo ni una palabra.

A medida que se alargaba el silencio, ella empezó a notar que el calor le subía por el cuello, y dio un paso atrás.

−Ya te he dicho que probablemente haya tergiversado tus palabras.

−No −contestó él−. Tienes muy buen instinto.

Jenny se detuvo con el pie derecho levantado para seguir retrocediendo.

−Yo... ¿Qué?

−Tienes razón −Jake encogió el hombro que le quedaba libre−. Eso resume mi actitud.

Jenny nunca había tenido cara de póquer, de modo que la rabia debió de notársele al instante, porque Jake se apresuró a justificarse.

−No es que critique tus decisiones; solo critico las mías. Casi todo el tiempo que estuve en Razor Bay lo pasé imaginando maneras de salir de aquí, así que no es que de pronto me crea demasiado importante para vivir aquí solo porque he recorrido el mundo y he vivido en ciudades más cosmopolitas. Sé que la vida en un pueblo pequeño tiene mucho que ofrecer. Pero para mí nunca ha sido así. Este pueblo siempre me ha puesto nervioso.

Jenny tomó aire por la nariz y relajó los puños que sin darse cuenta había apretado. De acuerdo. No a todo el mundo tenían que gustarle las mismas cosas.

—No puedo decir que lo entienda —admitió—, porque para mí Razor Bay siempre ha significado la aceptación; algo que no encontré en la gran ciudad en la que vivía antes de venir aquí —se obligó a encogerse de hombros, a pesar de que aún se sentía un poco... decepcionada.

Pero era una idea ridícula, y lo sabía.

—Supongo que tenemos puntos de vista diferentes, nada más.

Jake se quedó mirándola y se humedeció el labio inferior con la lengua.

—Sí. Estamos de acuerdo en que no estamos de acuerdo.

Maldita sea, ¿por qué solo con mirarlo pensaba en sexo? Tampoco era que el tipo se paseara por la casa sin camisa, aunque no le habría importado ver eso, ni hacía movimientos provocativos con la lengua al estilo de Gene Simmons, el cantante de KISS. Pero había de reconocer que despertaba algo en su interior.

Y eso resultaba de lo más injusto, teniendo en cuenta las circunstancias.

Estiró la espalda y dio un paso atrás, esta vez con firmeza y determinación.

Pero acabó con el pie dentro de una de las cajas que había esparcidas por el salón.

—¡Maldita sea! —agitó los brazos para no perder el equilibrio, pero se le doblaron las rodillas y supo en ese instante que iba a dar con el trasero en el suelo.

Pero entonces Jake le rodeó la cintura con un brazo fuerte y no solo evitó que cayera al suelo, sino que la presionó con tanta fuerza contra su torso que hizo que se quedara sin aire durante unos segundos.

Ella se quedó quieta, como un ratón intuyendo al gato, con los sentidos alerta.

Porque lo único que sentía era calor.

Un calor intenso que manaba de debajo de su camisa, y de su antebrazo desnudo, que rozaba la piel de su cintura que su camiseta dejaba al descubierto.

Él también se quedó quieto, y Jenny aguantó la respiración mientras la miraba.

—No podría haberme salido mejor ni aunque lo hubiera intentado —susurró él con voz rasgada—. Parece una escena de los Tres Chiflados, ¿verdad?

Jenny sentía que le ardía la cara. Oh, Dios. Ya era suficientemente horrible sentirse atraída hacia el último hombre del planeta por el que debería sentirse atraída. Pero lo había empeorado pensando en sexo ardiente con él entre las sábanas, mientras Jake la miraba y solo pensaba en payasadas.

Tuvo que hacer un esfuerzo por no deshincharse como un globo pinchado, pues resultaba de lo más humillante.

Se apartó de él, sonrió e intentó hablar con normalidad.

—No sé si eso me convierte en Curly o en Moe —cuando estuvo a salvo, alejada de Jake y del calor que desprendía, se recolocó la camiseta y se obligó a mirarle a los ojos—. El partido de Austin empieza a las cuatro —dijo—. Quizá quieras llegar temprano si quieres sentarte con Tasha y conmigo.

—Eso haré —contestó él.

—Bueno. Entonces supongo que te veré más tarde.

Y con toda la dignidad que pudo, salió de la casa y cerró la puerta tras ella.

Capítulo 7

Cuando Jake entró en el estadio de béisbol aquella tarde, fue como entrar en el túnel del tiempo. Se detuvo para observarlo bien y sonrió. Porque no había cambiado en absoluto. Habría podido cerrar los ojos y describir con todo lujo de detalles el campo y los alrededores.

No estaba preparado para el torrente de alegría que aquello le produjo. Algunos de los momentos más felices de su juventud habían tenido lugar en aquel campo. Cuando las cosas en casa estaban mal, o cuando había tenido algún altercado con Max, siempre había podido refugiarse en el béisbol. Le encantaba ese deporte; desde la camaradería con los compañeros hasta la velocidad con la que corría tras batear.

Los olores asociados al béisbol también le transportaron al pasado. El aroma a hierba recién cortada que inundaba el aire, junto con el olor de los perritos calientes que vendían en el puesto y el sutil toque de tiza que utilizaban para definir las bases. Esos eran los olores de su juventud.

Ambos equipos estaban calentando, y al distinguir los colores verde y dorado del equipo local, buscó a

Austin con la mirada. Lo localizó en su puesto, entre la segunda y la tercera base. Paró una pelota, se giró y se la lanzó al primera base. Las gradas también comenzaban a llenarse, y Jake se dirigió a buscar a Jenny.

Vio primero a su amiga, probablemente porque Tasha era mucho más alta y resultaba más fácil localizarla. Pero nada más verla se fijó en Jenny, sentada a su lado.

Y aquello *no* le produjo ningún vuelco en el corazón.

Llegó hasta las gradas y vio que le habían reservado un asiento junto a Tasha, de modo que se abrió camino entre los padres que ya estaban sentados y se unió a ellas.

—Hola —dijo—. Gracias por guardarme un sitio.

—No hay de qué —contestó la rubia—. Soy Tasha. A cambio tú puedes guardarme el mío. Voy a por un perrito y al baño. No necesariamente en ese orden —añadió mientras se ponía en pie. Miró entonces a Jenny—. ¿Tú quieres algo?

—No, gracias —respondió Jenny.

—¿Y tú? —le preguntó a Jake.

—No me importaría un perrito —contestó mientras dejaba la bolsa de la cámara debajo del asiento—. Y tal vez una coca cola, si tienes suficientes manos.

—Fíjate en mis bolsillos, Bradshaw. Soy una mujer preparada. Mientras que tú... —lo miró de arriba abajo antes de terminar la frase—. Pareces el típico tío que carga con todo.

—Supongo que mi aspecto me delata —sacó la cartera del bolsillo y le entregó un billete de veinte—. Paga el tuyo con esto también.

Tasha lo miró con ironía.

–Vaya, qué generoso.
–No me llaman Jake el caballero sin razón.

Tasha se volvió hacia Jenny y preguntó:

–¿Seguro que no quieres nada, ahora que el señor multimillonario se encarga de la cuenta?

–Qué diablos –dijo la morena–. Tráeme una coca cola light –miró a Jake a los ojos por primera vez desde que había llegado y le dedicó una sonrisa sin despegar los labios–. No queremos que tengas demasiado cambio en los bolsillos.

–Claro –contestó él–. ¿Quieres también un perrito?

–No. Me reservo para la pizza de Tasha después del partido.

–Aún no he tenido ocasión de probarla –dijo él con cara de pena.

–Mala suerte –contestó Jenny.

–Entonces deberías venir con nosotras –agregó Tasha–. Será mejor que vaya a por nuestras cosas si quiero estar de vuelta antes de que empiece el partido.

Jake se acomodó cuando Tasha se marchó, satisfecho con la invitación. Tal vez debiera sentirse culpable por haberse acoplado a sus planes después del partido, pero no le importaba. Tenía que intentarlo; la excusa de la pizza era una oportunidad más de intentar acercarse a Austin.

O, mejor dicho, otra oportunidad para que su hijo volviese a ignorarlo una vez más. Pero no le importaba arriesgarse a recibir el mismo tratamiento. Tenía que aprovechar todos los momentos que pudiera.

Se volvió hacia Jenny, a la que había estado intentando no mirar fijamente desde que llegara a su asiento. Sin embargo no pudo evitarlo y se quedó mirándola.

Se había puesto una camiseta de rayas rosas y verdes, o un jersey, o como fuera que lo llamaran las mujeres. Lo único que sabía era que estaba hecha de un material lo suficientemente fino para que cualquier persona observadora pudiera ver el sujetador rosa que llevaba debajo.

Y que el dobladillo de la camiseta ni siquiera tocaba la cinturilla de sus vaqueros.

Aquello último llamó su atención. Aún recordaba la suavidad de su piel cuando la había agarrado aquella mañana y la camiseta se le había levantado.

Pero no iba a pensar en eso.

Se aclaró la garganta y se volvió hacia ella.

—¿Cómo van los Bulldogs esta temporada? —preguntó.

—Dos victorias y un empate —respondió ella mirando hacia el campo—. Empiezan a ser un buen equipo —apartó su atención de aquello que estuviera mirando y se volvió hacia él—. El empate fue con los Warriors, que son el equipo más duro de vencer desde hace dos años.

—Sí, vi a los Bulldogs en el entrenamiento. Austin es especialmente bueno.

A Jenny se le iluminó la cara.

—¿Eso crees? Quiero decir que yo también lo creo, pero no sabía si era por falta de imparcialidad.

—¿Y crees que a mí no me podría pasar lo mismo con él?

Aquello borró su sonrisa.

—No quería decir que... ¿aunque por qué iba a pasarte a ti lo mismo? No es que hayas sido una gran presencia en su vida. Pero lo que quería decir es que probablemente tú sepas mejor que yo lo que hace falta para ser un buen jugador de béisbol. La única vez que utilicé un bate fue en un partido durante un picnic de la empresa, y eso fue hace unos ocho años. Mi único acercamiento al deporte ha sido ver jugar a Austin durante los años.

Visto así... Jake cambió de posición en su asiento.

–Lo siento si he sacado conclusiones precipitadas –dijo.

Jenny se encogió de hombros y eso le hizo pensar en su hijo adolescente. Era como decir: «lo que tú digas».

Lograron charlar de cosas insustanciales durante varios minutos, pero Jake se sintió aliviado al ver a Tasha regresar con una bandeja de cartón que contenía la comida y la bebida, y aumentó la distancia que, sin darse cuenta, había acortado entre Jenny y él.

¿Qué pasaba? Probablemente tuviese que ver con el hecho de estar de vuelta en el estadio. Aquel lugar hacía que se sintiese como un estudiante de instituto intentando ligar.

Tasha señaló a su amiga con la barbilla mientras ascendía por las gradas.

–Córrete –le ordenó mientras se acercaba por su izquierda–. Así tendré que saltar por encima de una persona menos.

Mala idea. ¡Muy mala idea! Jake se dio cuenta de que el camino que estaba siguiendo Tasha por entre los espectadores era mucho más fácil, pero había de tener en cuenta el tema de la atracción. ¿Por qué tentar al destino si podía hacer algo al respecto?

–¿Y si me subo al asiento y así te dejo espacio para pasar?

–No. Córrete –insistió Tasha a medida que se acercaba–. No solemos tener a muchos hombres solteros y guapos en los partidos. Me parece que lo justo es que te sientes en medio –dijo antes de mirar a su amiga–. Te parece bien, ¿verdad?

La morena sentada junto a él no dijo exactamente: «No, puedes quedártelo», pero el sonido que hizo con la garganta tampoco fue muy alentador. De modo que Jake se movió en el banco hacia ella.

Tasha llegó hasta ellos, pasó frente a la mujer que había estado sentada junto a él hasta hacía unos segundos y se sentó a su lado. Se inclinó hacia delante, le dio a Jenny su lata de coca cola, después le entregó a él la suya y le ofreció también la caja de cartón.

–Ese es tuyo –dijo con un movimiento de barbilla antes de reclinarse para desenvolver su perrito y abrir su lata.

De pronto le dio un codazo en el costado.

–Échate un poco hacia allí. Hace tiempo que no me rozaba con unos hombros tan anchos y prácticamente estoy sentada en el regazo de Maryanne –dijo señalando a la otra mujer–. Necesito espacio para mover los codos –cuando Jake no obedeció al instante, Tasha le dio un golpe con el hombro–. ¡Muévete, Bradshaw!

Su respuesta a la orden fue puramente refleja. Levantó el trasero y se sentó un poco más allá. Tasha aprovechó la oportunidad al instante y ocupó mucho más espacio del que había pensado cederle. De modo que acabó pegado a Jenny desde la rodilla hasta el hombro.

Y, abrumado por las sensaciones, solo podía pensar: «¿Qué es esto? ¿El día de la marmota?».

Maldita sea, estar pegado a esa mujer no era lo mejor para él. Aquella mañana había sido un chiste el que le había librado de deslizar la mano por debajo de su camiseta para sentir su piel cálida, o por debajo de sus vaqueros para agarrar aquellas nalgas. Había tenido que hacer un gran esfuerzo por controlar la necesidad de darle un buen mordisco.

Y allí estaba, el mismo día, respirando el mismo aroma a champú, consciente del calor de su cuerpo, de la suavidad de sus curvas contra sus músculos. Miró hacia abajo.

Y su pene se agitó al ver como ella se inclinaba hacia él.

—Tasha, deja de acaparar todo el espacio —le dijo a su amiga—. Maryanne no es la única que de pronto tiene a alguien prácticamente sentado en su regazo. Y Jake pesa mucho más que tú.

—Oh —dijo Tasha—. Perdona, cielo.

Jake se sintió tremendamente agradecido por poder volver a respirar. Y aquello era una locura. Según las normas de la atracción sexual, un poco de roce entre dos cuerpos plenamente vestidos en un lugar público no era nada erótico. Era más bien algo inocente.

¿Qué diablos estaba haciendo sentado allí, después de aquel roce sin importancia, con un pene semi erecto? Ni siquiera el tiempo que llevaba sin acostarse con alguien podía explicar una respuesta tan adolescente.

Se bebió la mitad de su lata de un solo trago. Si no era la falta de sexo reciente, tenía que ser entonces el mundo de los recuerdos, la sobrecarga sensorial provocada por estar sentado viendo el partido de su hijo en el mismo campo en el que él había pasado todas las primaveras de sus años de estudiante.

Aunque no podía decir por qué eso debería importar. Habían pasado muchos años y muchos kilómetros desde sus días de instituto.

Muchísimos kilómetros. Se llevó el perrito a la boca.

Aun así, su respuesta parecía ir en esa dirección.

Se quedó quieto, con el perrito a medio camino hacia la boca. Porque, con distancia o sin ella, así era como se había sentido. No como el hombre sexualmente responsable que había sido durante los últimos trece años, sino como un chico de instituto, frotándose con una chica solo porque olía bien y era agradable.

Y mira lo bien que había acabado. Cerró la boca y arrancó un pedazo del perrito caliente.

Racionalmente sabía que una cosa no tenía nada que ver con la otra. Pero aun así...

No se permitiría caer de nuevo en una trampa semejante.

—Buen partido. Buen partido. Buen partido.

Fue lo único que Austin pudo decir para no reírse como un loco mientras el resto de sus compañeros de equipo y él saludaban a los miembros del equipo contrario, como hacían siempre después de cada partido. Porque había sido mucho más que un buen partido. Aquel día les habían dado una paliza y habían logrado quedar seis a dos.

Ni siquiera le importaba que su viejo hubiera ido a verle. De acuerdo, tal vez se alegrara un poquito.

Porque el tipo se había mostrado muy entusiasta. Sabía de béisbol y se notaba cada vez que el equipo de los Bulldogs hacía algo bien, incluso aunque la estrategia de juego del momento no tuviese como resultado punto alguno. Había dado gritos de apoyo con cada jugada de los Bulldogs, e incluso había logrado que los demás padres corearan «ey, bateador, bateador, bateador» cada vez que llegaba un nuevo bateador. Probablemente fuese algo de los noventa, pero tenía que admitir que molaba.

Pero lo que molaba más aún era que Jake cantaba

«¡Lánzala ahí, pequeño!» cada vez que él le lanzaba la bola al jugador de base, y después gritaba «¡Así se hace, Austin!». Y en las tres ocasiones en las que había fallado el tiro, había gritado «¡Buen intento!».

Y luego estaban las fotografías. Eso era otra historia.

Al final de la tercera entrada, su viejo había bajado de las gradas con una cámara colgada al cuello. Era como si estuviera en todas partes, como si la cámara fuese una extensión de su ojo, con una mano sujetando el objetivo. Cada vez que Jake estaba cerca, le acompañaba un *clic* constante.

Iba de un lado a otro del campo sacando fotos, a veces incluso en cuclillas. En una ocasión, cuando Daniels corrió a la tercera base en la sexta entrada, su padre se había tumbado boca abajo en el suelo, y solo se había sujetado con los codos.

A Austin le sorprendía que no hubiera trepado la verja metálica para sacar algunas fotos a vista de pájaro.

A sus amigos todo el asunto les parecía lo más, y decían que podían imaginárselo acechando a los tigres en la jungla y cosas así. Si alguien le hubiera amenazado con prenderle fuego, Austin tal vez habría admitido que a él también le parecía lo más.

Solo tal vez.

Jenny se volvió hacia Tasha en cuanto se subieron al coche para ir a Bella T. Estiró la mano y le clavó un dedo a su amiga en el brazo.

–¿A qué demonios ha venido eso?

–¿Eh? –preguntó Tasha, desconcertada–. ¿A qué ha venido qué?

—Lo de compartir al tío bueno y sentarlo entre las dos.

—Creía que... —Tasha se quedó sin palabras y la miró perpleja—. ¿Entonces no te sientes atraída por él?

Jenny resopló con incredulidad.

—Claro que sí. ¿Es que no le has mirado? Sin embargo, él no se siente atraído por mí. Y eso ha hecho que lo de sentarnos juntos haya sido bastante incómodo.

La rubia resopló también.

—Por favor. Vi cómo te miraba la noche del Anchor. Por no hablar del hecho de que prácticamente estaba sentado en tu regazo antes de que yo le empujara. ¡Desde luego que se siente atraído!

—No, de verdad que no —lo último que Jenny quería era tener que contarle la referencia a los Tres Chiflados de aquella mañana, así que fue directamente al quid de la cuestión—. Le parezco divertida.

Vio la cara de indignación de Tasha, pero se apresuró a seguir hablando antes de que su amiga pudiera decir nada.

—La verdad es que la única razón por la que me atrae el cuerpo de Bradshaw, aparte de que tiene un cuerpo de escándalo, es la sequía que estoy experimentando. Además del hecho de que los hombres no abundan por aquí.

—Al menos hasta que empiece a venir gente en verano —admitió Tasha, y se cruzó de brazos—. Aunque tenemos a Max Bradshaw. Está casi tan bueno como Jake, si te gustan los tipos taciturnos al estilo Heathcliff.

—Cosa que, por desgracia, nunca ha sido así. Es demasiado neurótico. Me gustan un poco más... bueno, no de sangre caliente, exactamente, porque bajo toda esa actitud disciplinada, creo que debe de ser bastante fogoso —miró a su amiga antes de devolver la atención a la carretera—. Supongo que me gusta la espontaneidad en los hombres.

—Estoy de acuerdo. Yo también capto el sex appeal de Max, pero simplemente no me atrae.

—¿Y entonces quién nos queda?

—¿Wade Nelson?

Jenny negó con la cabeza.

—No. Sigue esperando a que Mindy Neff vuelva a por él.

—En serio, tiene que superar eso. Curt y ella acaban de celebrar su séptimo aniversario.

—Lo sé —Jenny negó con la cabeza—. También tenemos a Guy Wilson. Aunque acaba de divorciarse.

—¿Y qué me dices de David Brill? —sugirió Tasha.

—¿Estás de broma? ¡Puede que Jake Bradshaw esté un poco fuera de mi alcance, pero al menos me merezco a un hombre que tenga todos los dientes!

—Sí, tienes razón —contestó su amiga—. Estamos rascando el fondo. Solo nos queda una solución. Lo sabes, ¿verdad?

—Lo sé —dijo Jenny asintiendo con solemnidad—. En cuanto podamos, tú y yo nos vamos a Kitsap.

—Claro que sí. A buscar sangre nueva.

Todo el mundo se reunió en Bella T después del partido. Cuando Tasha se marchó a la cocina, Jenny se acercó a los demás padres y se aseguró de sentarse lo más lejos posible de Jake.

Aunque él no lo notó, ni le habría importado si lo hubiera notado. Estaba demasiado ocupado encandilándolos a todos.

—Habéis hecho un partido excelente —le oyó decir antes de pasar a describir diversas jugadas.

Jugadas que a ella no le decían nada.

Aunque no les pasaba lo mismo a Austin y a sus amigos, así como a varios padres y al entrenador Harstead.

Jenny miró de reojo mientras mantenía una conversación con Rebecca Damoth y vio que Jake se acercaba a su hijo.

—Eres un parador en corto realmente bueno —le dijo a Austin.

Austin intentaba hacerse el distante, pero era evidente que estaba encantado.

—¿De verdad?

—Por supuesto. Tengo algunas sugerencias para mejorar lo que ya tienes —continuó Jake—. Tal vez podamos hablar de ello algún día de estos.

—Tal vez —contestó el chico encogiéndose de hombros.

Dios. Jake estaba haciéndolo mucho mejor de lo que había esperado. Había estado mucho más pendiente del partido de lo que había imaginado, y su entusiasmo sin límites había animado a todos a su alrededor haciendo que se pusieran como locos.

Lo cual era decir mucho, teniendo en cuenta lo locos que se volvían en aquel pueblo con los deportes.

Debería alegrarse de que Bradshaw estuviera más entregado a conocer a su hijo de lo que había pensado... y se alegraba.

Principalmente. Porque la única manera de hacer que el traslado a Nueva York fuese menos traumático sería que el chico tuviese una buena relación con su padre cuando llegase el momento.

Pero saber que el chico al que había llegado a querer como a un hermano pequeño pronto estaría viviendo al otro lado del país...

Maldición. Aquello era como una piedra en su estómago, como un dolor en su corazón que se volvería permanente.

Y la atracción sexual que Bradshaw ejercía sobre ella no ayudaba. Era horrible ser consciente de su presencia a todas horas. Y aquel día había sido un infierno. Entre el incidente de por la mañana y después el episodio de las gradas...

Suspiró. Era difícil no sentirse atraída.

Estiró los hombros y pensó que tendría que superarlo. Era una mujer adulta, y las mujeres adultas evitaban las cosas que no eran buenas para ellas. Especialmente si esas cosas dejaban su ego hecho pedazos.

Había descubierto que nada destrozaba más deprisa el ego que sentirse atraída por alguien que no solo no correspondía a esa atracción, sino que además te encontraba divertida.

Así que tomó una decisión. Evitaría estar en su presencia en la medida de lo posible.

Por desgracia aquello le hizo pensar en la carta de su padre que había recibido antes de salir hacia el partido. En ella le decía que tenía buenas noticias que quería compartir, y que deseaba que fuese a visitarle antes de lo que había planeado.

Sintió una aprensión muy familiar. Porque sabía por experiencia que lo que era bueno para su padre no necesariamente era bueno para los demás.

No. Ya no era la chica de dieciséis años que había tenido que renunciar al estilo de vida que conocía; hacía mucho que no era esa chica.

Por el rabillo del ojo vio que Jake se inclinaba sobre la mesa.

—Eh, Austin —le dijo a su hijo, que estaba sentado a varias sillas de distancia—. Jenny me ha dicho que la barca de la que has hablado esta mañana es una lancha motora.

—¡La mejor del mundo, tío! —declaró Nolan, el amigo de Austin.

Los dos adolescentes golpearon los puños antes de que Austin le devolviera la atención a su padre.

—Sí, así es.

—¿Y te la regalaron por tu cumpleaños?

—Sí.

—Me gustaría que me llevaras a dar una vuelta en ella.

El chico se quedó con la boca abierta.

—¿Perdona?

—Es mucho barco para un chico de trece años. Aunque, habiendo crecido en el agua, estoy seguro de que sabrás manejarla. Y también estoy seguro de que debes de ser un marinero responsable.

—¿Pero? —preguntó Austin.

—Pero yo no sería un padre responsable si te diera rienda suelta antes de ponerte a prueba. ¿Así que cuándo te viene bien?

—¿Qué tal nunc...?

—Jenny nos acompañará, claro.

¿Perdona? Jenny dio un respingo en su asiento y se alegró de no haber reprendido a Austin cuando había dicho justo lo mismo, porque ahora lo entendía.

Jake le dirigió una mirada culpable a la que ella respondió con una mirada de: «¿Y a mí qué me importa?», hasta que se dio cuenta de que Austin estaba mirándola y sonrió con la esperanza de parecer calmada.

–¿Jenny? –preguntó Austin.

Dejando a un lado el hecho de que Jake la había metido en aquello, no le hacía falta ver la cara de aprobación de los demás padres para saber que la idea de Jake tenía sentido.

–Tendrás que admitir que es una petición razonable –le dijo al chico–. Lo poco razonable sería que Jake se convirtiera en tu tutor legal y no le preocupara lo que haces en el agua. ¿Así que qué tiene de malo hacerle una demostración?

–Está bien –contestó Austin con un asentimiento de cabeza.

–Excelente –dijo su padre con una sonrisa deslumbrante–. ¿Cuándo te viene bien?

Austin le dirigió a Jenny una mirada de súplica.

–¿Por qué no echamos un vistazo a tus entrenamientos y a mi agenda cuando lleguemos a casa? –sugirió–. Entonces podremos tomar una decisión.

«Y tú», pensó mirando a Jake después de que Austin se volviera hacia sus amigos, «será mejor que te prepares, porque vamos a tener una pequeña conversación sobre las barreras que no deben cruzarse».

Capítulo 8

—¿Podemos terminar ya con esto?

Jenny miró a Austin, que estaba de pie en el muelle junto a su barca, con el sol descendiendo lentamente a sus espaldas. Con los brazos cruzados y el ceño fruncido dejaba claro lo poco que le gustaba la idea de tener que demostrar sus habilidades náuticas.

Ella tragó saliva e intentó no suspirar, porque a decir verdad tampoco estaba entusiasmada con la idea de que Jake la hubiese metido en sus planes sin ni siquiera consultarle. Pero, mediante un acuerdo tácito, ambos actuaban como los adultos que eran e ignoraban el mal humor del adolescente. En su lugar, mientras caminaban hacia el muelle, habían charlado del entrenamiento de los Bulldogs, que Jake había presenciado aquella tarde, pero que ella se había perdido debido al trabajo.

Pero al parecer ya habían agotado la paciencia de Austin.

Jenny tomó aire y lo dejó escapar lentamente. Tenían que depurar sus modales.

Pero tenía que ser justa con Jake. Él simplemente miró a su hijo, asintió con la cabeza y dijo:

–Claro. Dime las normas de seguridad antes del despegue.

–Tío, esto no es un avión –pero Austin les hizo subir a la lancha y se agachó para desenganchar del muelle la cuerda de popa. La enrolló con eficiencia y se inclinó para guardarla en un pequeño cubículo del barco antes de caminar a cuatro patas hacia la cuerda delantera. Desenganchó esa también y la guardó en la cabina–. Aun así –dijo el chico al incorporarse–, tenéis que poneros un chaleco salvavidas. Supongo que eso es una norma de seguridad. Sin chaleco no hay viaje. Eso me lo enseñó mi abuelo.

–Es una norma excelente –convino Jake.

–Sí, lo es –el chico relajó un poco los hombros–. Encontrarás los chalecos bajo esos asientos de ahí atrás –tras meter la llave en el contacto, Austin pasó junto a ellos y sacó su chaleco del compartimento situado bajo los cojines del banco trasero. Se lo puso y miró a su padre antes de señalar los demás chalecos guardados en el compartimento y dar la primera muestra de sentido del humor en toda la tarde–. El chaleco de niño de color naranja y amarillo es para Jenny.

Los dos sonrieron y Jenny le dio un capirotazo a Austin en la frente.

–Mocoso.

El chico se rio y se apretó los cierres del chaleco mientras Jake le tiraba a Jenny el suyo.

–Sabes que es cierto, bajita. ¿Todo el mundo lo tiene puesto?

Terminaron de abrocharse los chalecos y Jenny le hizo gestos a Jake para que se sentase en el asiento del copiloto mientras Austin comenzaba con las maniobras para zarpar. Ella se sentó en el banco de proa, se abrochó la sudadera hasta arriba y estiró los pies.

Emmett le había enseñado a Austin a navegar de manera responsable, y el chico mantuvo la embarcación a poca velocidad hasta que llegaron a aguas más profundas. Entonces aceleró hasta que alcanzaron la máxima velocidad.

Jenny sonrió y se recogió el pelo en la nuca para hacerse un moño antes de ponerse la capucha de la sudadera. Cuando llevaba tiempo sin navegar, siempre se olvidaba de lo mucho que disfrutaba haciéndolo, y de lo excitante que resultaba correr por el canal en días como aquel, cuando el agua era como un espejo y los demás barcos eran pocos y distantes.

A medida que se aproximaban al otro extremo del fiordo, Austin viró hacia el sur. Las laderas de la montaña daban paso a más laderas, que finalmente se convirtieron en picos nevados. Casi parecía que podían tocarlos con los dedos.

Navegaron por la costa oeste y, cuando Austin metió el barco por detrás de una lengua de tierra, aminoró la velocidad. Poco después estaban acercándose a la entrada del puerto Tranquil.

Los árboles de hoja perenne, intercalados con alisos y arces de hoja nueva, rodeaban el puerto por tres lados. En la parte oeste había espacio suficiente para amarrar, conectado a tierra firme mediante puentes estrechos en forma de arco.

Las plazas de alquiler permanente del puerto deportivo estaban ocupadas, pero las demás estaban vacías en esa época del año. Debido a las barbacoas nocturnas que se celebraban allí los viernes y los sábados, muchas de esas plazas se llenarían los fines de semana. Y, por supuesto, a medida que mejorase el tiempo, el número aumentaría.

Hasta que, llegado el verano, igual que en el hotel, el puerto tendría tantos clientes que se formarían largas listas de espera con la esperanza de que se produjera una cancelación.

—Este es uno de los lugares favoritos de Jenny —le dijo Austin a su padre mientras avanzaban lentamente por el puerto—. Agarra la cuerda de popa —le ordenó mientras acercaba la embarcación a uno de los muelles y ponía la marcha atrás un momento para frenar la inercia.

Jenny sacó la cuerda de proa, y Jake y ella estaban amarrándolas al muelle cuando alguien saludó a Austin. Levantó la cabeza y vio que la cara del chico se iluminaba.

—¡Ey, es el barco del señor D! Parece que Nolan, Josh y sus padres y... —asomó la cabeza por encima del parabrisas de la lancha y se encogió de hombros—. No sé quién es la chica.

El barco se detuvo junto a ellos.

—¡A del barco! —dijo Mark Damoth, y empleó la misma técnica de Austin para detener la embarcación antes de estirar una pierna y agarrar la lancha con el pie, de manera que las dos embarcaciones quedaron paralelas, pero sin chocar. Les dedicó a todos una sonrisa antes de dirigirse de nuevo a Austin—. A Nolan le parecía que era tu motora.

—No sabía que ibais a venir hoy —contestó Austin mirando a su amigo.

—Yo tampoco —dijo Nolan—. Pero queríamos enseñarle la zona a Bailey, y recordé que habías dicho que ibas a traer a Jenny y a tu pa... a él —añadió señalando a Jake. Se notaba que quería cambiar de tema, así que le dio la mano a una chica que debía de tener la misma edad que Austin y él—. Esta es Bailey.

–Es nuestra prima –intervino Josh, el hermano pequeño de Nolan.

–Así es –añadió Nolan–. Creo que ya te hablé de ella, ¿no, Austin? La chica a la que se le da tan bien el béisbol.

–Claro, ¿quién podría olvidar algo así? –Austin se metió los pulgares en los bolsillos y miró a la chica–. ¿Cómo va eso?

–Bien –murmuró la chica.

–Mi tía Debbie ha estado enferma –dijo Nolan–. Así que Bails va a vivir con nosotros este verano.

Jenny vio que la mirada de Bailey se oscurecía. Fue tan rápido que no sabía si lo habría imaginado, o si habría sido la sombra de alguna de las nubes que poblaban el cielo, o tal vez la visera de la gorra azul y marrón que la niña llevaba puesta.

Sin embargo sospechaba que no era ninguna de esas cosas. No, si la madre de la niña estaba lo suficientemente enferma para enviar a su hija a una nueva escuela cuando el curso escolar estaba a punto de acabar.

La mirada que intercambió con Rebecca Damoth aumentó sus sospechas.

–Estos son Jenny y Jake, Bailey –le informó Austin con un movimiento de cabeza–. Creo que no conoces a Jake, Josh –le dijo al hermano de su amigo, y se volvió después hacia el padre de este–. ¿Y usted, señor D? ¿Le conoce?

Jake apretó la mandíbula, obviamente debido a la insistencia de Austin en llamarle por su nombre en vez de referirse a él como su padre. Pero aun así cambió su expresión tan deprisa que Jenny no podía estar segura de lo que había visto.

–Puede que tu padre no se acuerde –dijo Mark Damoth amablemente inclinándose por encima de su barco para ofrecerle la mano–, pero durante un verano yo ayudé a mi padre a entrenar al equipo infantil de Jake.

–Vaya –Jake le estrechó la mano al otro padre por encima del agua que separaba ambas embarcaciones–. No te asociaba con aquel chico de entonces. Cuando tenía doce años me parecías lo más. Pero ahora has crecido.

Mark se carcajeó.

–Y he engordado –comentó entre carcajadas–. Quería haberte visto en la pizzería después del partido, pero me liaron en el trabajo.

–Pensábamos ir a la cafetería a comprarles un helado a los niños –dijo Rebecca–. ¿Queréis acompañarnos?

Obviamente el plan entusiasmó a Austin, y Jake asintió.

–Me parece un plan excelente.

–Voy a amarrar el barco –dijo Mark.

–¡Sí! –Austin era todo sonrisas cuando saltó al muelle y corrió hacia donde Mark había situado su barco. Atrapó la cuerda que Nolan le lanzó y juntos amarraron el barco.

Jenny vio que Jake vacilaba un instante antes de alcanzar el paquete de papel marrón que había visto que llevaba antes. Después se volvió hacia ella y le ofreció una mano. Dado que no tenía la longitud de piernas de los Bradshaw, Jenny sabía que no debía despreciar el gesto. Salir del barco como si fuera una niña de dos años no tenía ningún atractivo, así que le dio la mano a Jake y permitió que la ayudara a saltar al muelle.

Él fue detrás, y ejecutó el movimiento sin esfuerzo alguno.

Austin y los Damoth se reunieron con ellos segundos

más tarde, y juntos cruzaron un puente cercano y recorrieron el sendero hacia la cafetería y la heladería situadas en un claro soleado entre los árboles.

Entraron en la heladería y los niños ocuparon enseguida una mesa blanca que apenas era lo suficientemente grande para los cuatro después de que Austin acercara dos sillas más de una mesa cercana. El mensaje era claro; no querían adultos cerca.

Mark se rio y ocupó una mesa ligeramente más grande al otro extremo de la sala. El local no era lo suficientemente grande como para tener mucha intimidad, pero los adolescentes parecían satisfechos con la pequeña independencia que les proporcionaba la distancia.

Josh parecía encantado de poder relacionarse con los mayores.

Jenny descubrió que la mesa de los adultos tampoco era muy espaciosa cuando sus pies se enredaron con los de Jake. La segunda vez que sucedió, decidió meterlos detrás de las patas de la silla.

Los Damoth eran amables y abiertos, y todos charlaron felizmente mientras una joven camarera repartía las cartas de los helados en ambas mesas. Mark, orondo y simpático, señaló con una mano rolliza hacia la mesa de los niños.

–Pon en mi cuenta lo que ellos pidan.

Jake había dejado el paquete de papel sobre la mesa, pero tuvo que ponerlo en el suelo cuando llegaron el café y los helados.

–¿Qué tienes ahí? –preguntó Mark cuando Jake colocó el paquete junto a la pata de su silla.

–Una cosa que le he hecho a Austin.

Jenny vio que el adolescente levantaba la cabeza y miraba a su padre. Obviamente lo había oído y estaba dividido entre su curiosidad adolescente y la necesidad de mantener la distancia. Sus ojos verdes, tan parecidos a los de Jake, se iluminaron cuando Mark preguntó:

–¿Qué es?

Al ver que Jake estaba a punto de responder, Jenny intervino antes de que pudiera hablar.

–¿Nunca fuiste a pescar cuando eras pequeño? –preguntó.

Jake la miró confuso, no solo por lo inoportuno de la interrupción, sino por lo desconcertante de la pregunta.

–No mucho –respondió educadamente–. Mi padre me llevó una o dos veces, pero nos abandonó a mi madre y a mí cuando yo era aún muy pequeño. ¿Por qué?

–Porque una de las reglas cuando pescas un pez es dejar que se aleje un poco con el cebo para que se le clave bien el anzuelo antes de sacarlo del agua –como si ella lo supiera. Aun así, había oído hablar a suficientes pescadores durante los años como para saber lo que decía.

–De acuerdo –contestó Jake con el ceño fruncido.

Mark, que estaba sentado junto a Jenny mirando hacia la mesa de los niños, lo entendió mucho más deprisa.

–Es cierto –dijo–. Intentar sacar un pez demasiado deprisa no suele funcionar –miró a los niños durante un segundo antes de dirigirse a Jake–. Obtienes un resultado mucho más satisfactorio si juegas un poco con ellos antes de sacarlos lentamente del agua.

–Ah –murmuró Jake al comprenderlo–. Claro. Probablemente tengas razón.

–De acuerdo, no tengo ni idea de lo que estáis hablando –intervino Rebecca–. Pero este helado está riquísimo.

Todos se rieron y cambiaron de tema.

–¿Tío, cómo tienes tanta suerte? –preguntó Austin de pronto. Nolan respondió algo y Austin se levantó de su silla y se acercó a la mesa de los adultos–. Nolan y Bailey van a ver la nueva película de los Transformers esta noche en el Blu–ray del señor D.

–¡Yo también! –exclamó Josh.

–Sí, incluso Josh va a verla –añadió Austin–. ¿Te acuerdas, Jenny? ¿La que no pude ver cuando la echaban en Silverdale porque tenía la gripe porque me la había pegado el tío de la habitación 118? El que...

–¿El que iba por ahí repartiendo gérmenes en vez de tener la decencia de quedarse en casa cuando estaba enfermo? –concluyó Jenny.

Sí, se acordaba. Era difícil de olvidar cuando el niño se había quejado amargamente de que le habían robado la película que llevaba esperando ver toda su vida.

Nolan y Bailey se acercaron también, seguidos de Josh.

–Le he dicho que podía verla con nosotros, mamá –dijo Nolan–. A Bailey también le gustaría, ¿verdad?

La niña asintió educadamente y Nolan se volvió hacia su madre.

–¿Lo ves? Y creo que debería volver a casa con nosotros para ahorrar tiempo. Estaría bien, ¿verdad?

«No», pensó Jenny. No pensaba quedarse a solas con Jake.

–Bueno, sí –contestó Rebecca–, salvo porque es muy injusto para Jenny y para Jake. Ellos habían salido de excursión juntos antes de que nosotros nos los encontráramos.

–Por no mencionar que mañana es día de escuela –añadió Jenny.

—No es verdad —le recordó Austin—. Mañana es el día del profesor, ¿recuerdas?

Maldición. Lo había olvidado.

—¿El día del profesor? —preguntó Jake.

—O algo así —dijo el chico con una sonrisa—. ¿A quién le importa, mientras no haya clase?

—¡A mí no! —exclamó Nolan.

—A mí no —repitió Josh con un brillo en la mirada y helado de chocolate en la comisura de los labios.

—¿Entonces qué te parece? —le preguntó Austin a Jenny.

—A mí no me mires. Depende de tu padre —Jenny se recostó en su silla y se felicitó a sí misma por pasarle la pelota a Jake. Si tan desesperado estaba por ser padre, podía empezar cuando quisiera. Ella llevaba años siendo la principal figura de autoridad en la vida de Austin. Sería agradable no ser ella la mala para variar.

—De acuerdo —contestó Jake.

Jenny se volvió hacia él.

—¿Perdona?

—Simplemente me ciño a la norma del anzuelo, el cebo y la caña de pescar —respondió él encogiéndose de hombros antes de volverse hacia Rebecca—. A mí me parece bien, pero eres tú la que debería tener la última palabra. Si no estás de humor para tener a los niños otra noche, dilo. Siempre podemos alquilar la película este fin de semana.

—¡Tío! —protestó Austin—. Nosotros no tenemos Bluray.

—Aun así estoy seguro de que podremos verla —contestó Jake con severidad.

—Supongo —murmuró su hijo mirando al suelo.

—Austin será bien recibido —dijo Rebecca—. Los pondremos en la sala de estar con la película y un cuenco de palomitas, nada más.

Los niños gritaron entusiasmados y Bailey, que había estado muy callada, al menos con los adultos, sonrió.

–Por cierto, creo que deberíamos irnos –intervino Mark–. Iré a pagar.

Jake llamó a su hijo con un dedo y, cuando Austin acercó la cabeza, extendió la mano.

–Necesito la llave de la lancha.

El chico sacó la llave del bolsillo, pero miró a su padre con desconfianza.

–¿Alguna vez has gobernado un barco?

–No muy a menudo, pero lo suficiente para saber lo que hago. Pero, si prefieres venir con nosotros...

Austin le entregó la llave de inmediato.

Jake levantó el paquete del suelo y se lo ofreció.

–Toma. Esto es para ti –dijo antes de volverse hacia Rebecca–. Deja que te dé mi tarjeta. Ahí viene mi móvil. Dile a Austin que me llame después de la película e iré a buscarlo.

–Puede quedarse a pasar la noche –dijo Nolan, pero cerró la boca cuando Jake se quedó mirándolo–. Quiero decir... que haremos eso, ¿de acuerdo?

Rebecca vio como su hijo se daba la vuelta avergonzado y sonrió.

–Tengo que aprender a hacer esa mirada –murmuró mientras aceptaba la tarjeta de Jake–. Has jugado bien tus cartas.

Jenny tenía que admitir lo mismo. Jake había actuado como un padre de verdad por primera vez desde que entrase en la vida de Austin. No había intentado ser su amigo. Había dejado claro no solo que sabía que estaban manipulándolos, sino que irse con los Damoth aquella noche era un privilegio, no un derecho, y había establecido las condiciones mediante las cuales su hijo podría obtener ese beneficio.

–Oh, tío.

Al oír las palabras de asombro de Austin, se volvió hacia él. El chico tenía en sus manos una fotografía enmarcada que miraba con los ojos muy abiertos.

Pero mientras Jenny lo observaba, Austin puso cara de aburrimiento.

Los demás chicos no compartían sus reservas.

–¡Tío! –exclamó Nolan.

–¡Eso es genial! –añadió Bailey.

–¿Puedo verla? –preguntó Jenny.

Austin le entregó la foto sin decir palabra.

–Oh, vaya –dijo al verla. Miró a Jake y vio el rubor en sus mejillas, pero la foto en blanco y negro resultaba asombrosa.

Era una foto de Austin justo después de lanzar la bola hacia la primera base. La bola se veía difuminada en el aire, y también se apreciaba la determinación y la concentración en la cara del chico.

–Es increíble –dijo Mark por encima de su hombro.

Rebecca se abrió paso entre ellos.

–Qué suspense. ¡Dejadme ver! –en su cara apareció la misma expresión de asombro que en los demás cuando Jenny le dejó ver la foto–. ¡Vaya! Es asombroso.

–Ha salido bastante bien –dijo Jake–. Me alegro. Pensé que a Austin le gustaría.

–Sí, no está mal –era evidente que el chico estaba intentando actuar con la indiferencia habitual de su padre–. Gracias.

–No hay de qué. ¿Quieres que la lleve a casa de Jenny?

–No, no pasa nada –se apresuró a contestar Austin.

Jake, sin embargo, se dio cuenta en seguida de que su hijo no estaba aún preparado para separarse de la foto.

–Bueno, supongo que Jenny y yo deberíamos marcharnos. Quiero echarle un vistazo a la lancha antes de ponerla en marcha. Llámame cuando estés listo para volver a casa.

–De acuerdo.

Le dieron las gracias a Mark por los helados, se despidieron y se alejaron en dirección al muelle. Jake no dijo nada más y, una vez en el barco, se sentó en el asiento del capitán para observar el panel de mandos.

Jenny sacó los chalecos salvavidas y empezó a relajarse. No importaba que estuviesen solos los dos. Había poca distancia hasta el embarcadero del hotel al otro lado del canal, Jake estaba concentrado en el barco y lo único que ella tenía que hacer era quedarse sentada durante quince minutos como máximo. Y volvería a estar sana y salva en su casa. Le pasó a Jake su chaleco, soltó la cuerda de popa y se quedó en la proa para desatar esa también cuando él estuviera listo para zarpar.

Con economía de movimientos, Jake se puso el chaleco y puso en marcha el motor de la lancha. En cuanto ella soltó la cuerda, él puso la embarcación en marcha y se alejó del muelle lentamente en dirección a la entrada del puerto.

Jenny regresó a su asiento, imaginando que Jake aceleraría en cuanto llegaran a aguas profundas.

Sin embargo la miró desde su asiento y mantuvo la velocidad de un caracol.

–¿Así que este es tu lugar favorito?

–De hecho es el lugar favorito de Austin, pero le gusta atribuírmelo a mí.

–¿Tienes algún plan para esta noche?

–¿Qué? No –¡maldita sea! Respuesta incorrecta. Pero, desconcertada por el cambio de tema, se quedó mirándolo y fue incapaz de decir: «Sí, claro. Claro que tengo planes. De hecho tengo mucha prisa».

Siempre se le había dado mal improvisar.

–Excelente –contestó él–. Tengo mucha energía y me parece que hace una noche demasiado agradable como para irse a casa. Vamos a explorar un poco.

«Mejor no», pensó ella, pero no quería darle más importancia de la que merecía. Le daría unos diez minutos y después diría que había sido un día muy largo, y que la esperaba uno más largo aún al día siguiente en el trabajo.

Intentó ignorar el vuelco que sintió en el estómago cuando sus miradas se encontraron.

–Excelente.

Capítulo 9

De acuerdo, Jenny no estaba entusiasmada con la idea. La idea inicial de Jake fue ignorar aquello y disfrutar de la libertad de estar en el agua. Tenía la mano en el acelerador y estaba preparado para salir volando por el canal.

Pero no podía hacerlo, de modo que puso la embarcación en punto muerto y se volvió hacia ella.

—Estás enfadada conmigo —dijo. A pesar de que Jenny se hubiese mostrado educada aquella tarde, había notado sus reservas.

—¿Lo estoy? —preguntó ella arqueando las cejas.

El moño que se había hecho antes se había ido deslizando a lo largo de la tarde de manera que ahora estaba situado justo detrás de su oreja. Algunos mechones de pelo habían escapado de la goma y adornaban su cara y su cuello.

Jake ignoró aquel súbito picor en sus dedos.

—Sé que dije que dejaría de depender de ti para intentar acercarme a Austin, y te juro que esa era mi intención. Pero no he sido muy oportuno, porque... maldita sea, Jenny. Sé que no debería haber sacado el tema del barco delante de sus amigos, porque podría haberle avergonzado o puesto a la defensiva. Pero me preocupaba la idea de que gobernara una lancha tan poderosa sin supervisión, y de pronto las palabras salieron de mi boca. Confía en mí, hablar sin pensar no es mi estilo.

–¿De verdad? –preguntó ella secamente–. Qué afortunado.

Jake se pasó una mano por el pelo.

–Mira, no estoy alardeando. Normalmente soy muy cuidadoso con ese tipo de cosas. El hecho de no haber pensado nada antes de abrir la boca me ha hecho sentir pánico, y he recurrido a lo que sabía que funcionaría. Porque mientras parece que yo no puedo hacer nada a derechas con Austin, tú no cometes un solo error.

–¿Estás de broma? Claro que los cometo –contestó ella, aunque sonrió ligeramente–. Aun así, gracias por el cumplido.

Durante unos segundos se quedaron mirándose en silencio.

–¿Quieres ver cuál es mi verdadero lugar favorito? –preguntó ella tras la pausa.

Jake no tenía razón para sentirse tan contento, pero así era.

–Claro.

–¿Sabes dónde está Oak Head?

–¿No es la playa que hay junto a Dabob Bay?

–Sí. Llévame ahí y a cambio te haré un cumplido sobre tus habilidades como padre.

–Trato hecho.

Jake aceleró y sonrió al oír su risa. Siempre le había gustado navegar, aunque no lo había hecho desde que abandonara Razor Bay. Sin embargo, hasta entonces había pasado los veranos haciendo esquí acuático y explorando cada recoveco de su orilla del canal.

Llegaron a Oak Head pocos minutos más tarde. Jake apagó el motor a unos metros de la orilla y levantó las hélices. La proa de la motora arañó el fondo de guijarros a medida que se acercaban a la playa.

Jenny se había sentado en la punta de la proa con la cuerda y el ancla en la mano, y él vio que el moño del pelo seguía deslizándose por su cuello. Después la vio saltar a la playa y sujetar la cuerda con fuerza.

Saltó también a la orilla, le quitó la cuerda y tiró del barco hasta que media proa quedó fuera del agua. Dejó la cuerda en tensión y clavó las puntas del ancla en la arena para evitar que la lancha se alejara con la marea creciente. Cuando terminó con su misión, siguió a Jenny por la playa, apartando la mirada cada vez que se quedaba mirando el bamboleo hipnótico de sus caderas.

Se detuvieron frente a un montón de troncos que separaban la playa de los acantilados y se sentaron en uno de los leños. Se acercaba el crepúsculo, y durante un rato se quedaron allí sentados, en silencio, con los pies hundidos en la arena, contemplando como el sol comenzaba a ocultarse tras las montañas.

Entonces Jake se volvió hacia ella y se quedó observando su perfil, admirando el rubor que el sol había provocado en sus mejillas.

Tomó aire y lo soltó lentamente.

–Muy bien, dímelo. Ahora mismo me vendría bien un cumplido sobre mis habilidades como padre. Porque, desde mi punto de vista, se me da fatal.

–No sabes lo mucho que me gustaría darte la razón –contestó ella en voz baja. Agarró un puñado de arena y observó como se deslizaba por entre sus dedos hasta que se quedó con un par de guijarros que lanzó hacia la orilla–. Tal vez entonces podría convencerte para dejar a Austin aquí cuando regresaras a tu vida en Manhattan. Entonces no me sentiría tan triste por la idea de que te lo lleves –dijo mirando la arena entre sus pies–. ¿Pero sabes una cosa, Bradshaw? No se te da mal.

–¿No?

–No. Hiciste bien al obligar a Austin a demostrar su habilidad en el manejo del barco.

–Resulta que es un marinero responsable.

–Desde luego que lo es, y hemos de agradecerle eso a Emmett. Era un gran defensor de la seguridad en el agua. Pero, dejando eso a un lado, has manejado la manipulación de Austin y Nolan con todo el asunto de la película de los Transformers como lo habría hecho un auténtico padre.

Jake resopló.

–He dejado que se salieran con la suya.

–Sí, lo has hecho –respondió ella con una sonrisa–. Pero no del todo, y a veces la paternidad va de eso; de elegir tus batallas. No merece la pena pelear por ver una película si al día siguiente no hay clase cuando los padres de los otros niños te han dicho claramente que no les importa.

–Gracias –Jake se balanceó hacia ella para chocar los hombros, pero entonces deseó no haberlo hecho. Sucedía algo cada vez que tocaba a esa mujer; algo que sería mejor evitar. De modo que se apartó.

Y sintió que ella lo miraba.

–¿Puedo preguntarte una cosa? –preguntó Jenny.

–Claro –«cualquier cosa para no pensar en lo que no quiero pensar».

—¿Qué planes tienes para el hotel?

—¿Qué? —se giró hacia ella y se sentó a horcajadas sobre el leño para mirarla—. ¿Qué quieres decir con qué planes tengo?

—Cuando vuelvas a Nueva York. ¿Pensabas venderlo? —obviamente estaba intentando que no se le notara la tensión, pero tenía los hombros más tensos que el cuello de un predicador en una convención de prostitutas.

—¡No! Dios, no. ¿Por qué dices eso?

—Porque vivirás en un extremo del país cuando el complejo está en el otro.

—Puede, pero es evidente que tú lo has llevado bien sin mi ayuda. Y es el legado de Austin. ¿No?

—Sí. Emmett me dejó la cuarta parte, pero el resto será para Austin.

—¿Y tú eres la administradora?

—Sí —respondió ella con la barbilla levantada.

Aquella respuesta defensiva le hizo sonreír.

—Créeme, no me parece mal. Mejor tú que yo.

Ella arqueó las cejas.

—Es un comentario... interesante. Viniendo de alguien con un título en Empresariales.

—Como ya le dije a Max, no llegué a sacarme el título. ¿Y por qué diablos sabe todo el mundo cuál era mi carrera?

—Por favor. Estamos en una charca muy pequeña —dijo señalando sus alrededores con los brazos—, y tú eres un pez muy grande —añadió señalándole a él.

—¿Sabes? Lo de que todo el mundo sepa lo que haces era una de las cosas que más detestaba de Razor Bay cuando era pequeño. Aun así, siendo la administradora de Austin, ya debes de saber que no tienes por qué preocuparte por el complejo. Emmett te dejó a cargo de las finanzas de Austin, lo que significa que puedes hacer lo que te plazca.

–¡Yo nunca...!

–¿Crees que no lo sé? Lo que quiero decir es que no necesitas mi permiso para seguir haciendo el trabajo que has estado haciendo hasta ahora. Pero, si lo quieres, lo tienes. Si quieres seguir encargándote del dinero de Austin, me parece bien. Cualquiera con ojos en la cara verá que estás loca por él, y sé que nunca harías nada por él que no fuese lo mejor. No he venido aquí a meterme en tus asuntos. Solo deseo conocer a mi hijo.

–De acuerdo –evidentemente avergonzada, Jenny se quedó mirando al frente mientras el sol se ponía tras las montañas y coloreaba las nubes de un dorado intenso–. Gracias.

Jake había contemplado aquella imagen miles de veces, así que optó por mirarla a ella. Ella decidió ignorarlo, si acaso era consciente de que estaba mirándola, así que tomó aire y observó la playa desierta.

–A pesar de todos mis problemas con Razor Bay, y tengo bastantes –admitió–, esto es muy agradable.

–Lo sé –convino ella, se volvió hacia él y pasó una pierna por encima del leño para imitar su postura. Apoyó las manos en la madera y se inclinó hacia delante con un brillo de entusiasmo en la mirada–. Me encanta este lugar. Me encanta que pueda verse la civilización al otro lado del canal, pero que este extremo de la península siga intacto. He oído que hay algunas construcciones más arriba del acantilado, pero aquí está todo tan tranquilo, y es tan bonito y agradable.

Jake se acercó más a ella. A pesar del instinto de supervivencia que había desarrollado siendo un adolescente, y que había activado las alarmas en su cabeza, no se le ocurría razón alguna lo suficientemente seria como para apartarse.

Apoyó las manos en el tronco hasta que sus dedos estuvieron a pocos centímetros de los de ella, clavó los pies en el suelo, levantó el trasero y se inclinó hacia delante. Cuando volvió a bajar el torso, sus rodillas rozaron las de Jenny.

–Bonito, agradable y tranquilo –dijo suavemente–. Como tú.

–Sí, bueno. Obviamente no me has visto cuando no estoy en el complejo. En mi tiempo libre no soy especialmente tranquila.

–¿Pero estás de acuerdo en lo de bonito y agradable?

–Oh, claro –contestó ella con una sonrisa–. ¿No te han dicho que soy la reina de la belleza de Razor Bay? Lo sabe todo el mundo. Y soy tan agradable que desprendo bondad como si fuera polvo de estrella. A veces se forman estampidas para recoger toda la bondad que desprendo a mi paso.

Él asintió con solemnidad.

–He oído que eres un dechado de virtudes.

–Oh, sí –entonces echó la cabeza hacia atrás y dejó escapar esa risa profunda y contagiosa que Jake había oído la noche del Anchor.

Fue parando poco a poco hasta que finalmente se llevó una mano al pecho y tomó aire. Entonces le dedicó una sonrisa de medio lado que resultó increíblemente sexy.

–Oh, Dios, lo necesitaba. ¿Hay algo que siente mejor que unas buenas carcajadas?

–Sí –contestó él, y sintió que el corazón empezaba a

acelerársele contra el pecho–. Esto –recorrió la distancia que los separaba, agachó la cabeza y la besó.

No estaba preparado para la descarga eléctrica que experimentó al rozar sus labios, y no sabía si había sido la cosa más inteligente que había hecho nunca o un gran error. Paradójicamente, le parecía que era ambas cosas.

Lo que sí sabía era que pretendía que hubiese sido algo breve. O casi.

La verdad era que no sabía cuál había sido su intención; era como si no estuviese pensando en lo que hacía. Como si el sentido común hubiese abandonado su cerebro y hubiese desaparecido como el agua sobre la arena. De modo que, aunque sintió el respingo de sorpresa de Jenny, solo podía concentrarse en sus labios.

Sus labios suaves y carnosos. Y dulces, como si acabase de comerse una cereza.

Aquello le dio ganas de más. Levantó la cabeza y se acercó a ella desde otro ángulo. Abrió la boca y la cerró de nuevo para succionar ligeramente. Después le acarició la comisura de los labios con la punta de la lengua, alentándola para que se abriera.

Jenny hizo un sonido profundo con la garganta, deslizó las manos bajo las solapas de su chaqueta y le empujó hasta que sus bocas se separaron.

Maldición.

Se quedaron mirándose el uno al otro. El único sonido era la marea contra la arena y su respiración entrecortada.

–¿Pero qué...? No puedes... –empezó a decir ella, pero cerró la boca ante la incoherencia de sus palabras y se aclaró la garganta–. ¿A qué ha venido eso? –preguntó antes de humedecerse los labios con la lengua.

Jake se dio cuenta de que los tenía enrojecidos después del beso.

–Ha sido... –intentó pensar algo que decir–. Y yo qué sé. Deseaba besarte y no he podido contenerme. Confía en mí, lo he intentado, pero hay algo en ti que me vuelve loco.

–Oh, Bien. La defensa de la enajenación mental –dijo ella–. «No fue mi culpa, juez» –añadió intentando imitar la voz de un hombre–. «Ella me obligó a hacerlo».

Jake no pudo evitarlo y se carcajeó.

–Sí. Algo así –su determinación de no aceptar estupideces de nadie no debería provocarle tanto placer, pero por alguna razón era así. Para no tener que analizar aquello con demasiado detenimiento, cambió de tema–. Apuesto a que te han dicho cientos de veces que sabes a cerezas.

–¿Qué? –lo miró como si se hubiese vuelto loco–. No, claro que no.

–Estás de broma. ¿Cómo puede ser eso? Tus labios son como cerezas. Nunca había experimentado nada parecido.

Jenny parpadeó.

–Oh, Dios mío. Es una frase para ligar, ¿verdad? –preguntó entornando los párpados–. Apuesto a que se la dices a todas las...

–Dios, te vendes cara. ¿Sinceramente crees que cualquiera en su sano juicio iría por ahí diciendo esas tonterías a propósito? Me avergüenza oírmelo decir. Pero puedes creerme. Lo he dicho porque es cierto y porque no puedo creer que nadie te lo haya dicho antes. ¡Sabes a cerezas!

–El diablo con lengua de plata, ese es Jake –contestó ella con una sonrisa torcida–. Pero estoy segura de que no me hace falta decirte eso. Apuesto a que las mujeres te lo dicen a menudo.

—Yo te daré lengua de plata —frustrado, se quedó mirando su boca, pero fue un error, porque aquello hizo que se humedeciera los labios y saboreara las cerezas.

—Maldita sea —susurró ella—. Me voy a arrepentir de esto —levantó las manos, que seguían en su pecho, le agarró la capucha de la sudadera y tiró de él para besarlo.

¡Sí! Jake abrió los labios y respiró hondo cuando ella deslizó la lengua por su labio inferior. Le agarró las pantorrillas y tiró de ella. Después la levantó sin esfuerzo y la sentó a horcajadas sobre sus muslos. Resistió la tentación de sentarla sobre su erección y, en su lugar, le rodeó la cara con las manos.

Rozó con los dedos el precario moño que sujetaba su melena detrás de la oreja. El pelo perdió la batalla contra la gravedad y cayó alrededor de su cuello y su espalda, como una cortina de seda que le acariciaba los nudillos y las muñecas.

Aquello fue lo único que hizo falta para terminar de volverle loco. Las sensaciones llegaban hasta su cerebro desde su boca, sus dedos, sus muslos, y volvían a salir propulsadas como cientos de imágenes caleidoscópicas.

Un aroma de mujer que no le debía nada a los perfumes ni a los jabones. Una piel suave, cálida. No, cálida no. Ardiente. Aquel sabor a cerezas.

Más que delicioso. Casi adictivo.

Deslizó las manos por su cuello, bajo su melena suelta, hasta llegar a los hombros. Era una mujer pequeña; cosa que era incapaz de recordar, teniendo en cuenta lo mucho que le sorprendía cada vez que la veía.

Pero mientras deslizaba las manos por su espalda, decidió ser más tolerante consigo mismo. No solo veía lo que veían sus ojos, sino la imagen que ella proyectaba. Y, obviamente, ella se veía a sí misma como a una amazona.

Jenny hizo algo maravilloso con la lengua, y Jake dejó de pensar al tiempo que la sangre de su cabeza tomaba rumbo al sur. Le rodeó las caderas con las manos, la levantó una vez más y en esa ocasión la colocó justo donde quería.

Entonces tomó aliento al sentir su peso contra su miembro.

Jenny apartó la boca y tomó aire. Al mirarlo tenía los párpados hinchados y los ojos más oscuros que el cielo a medianoche. Durante unos segundos movió las caderas y lo montó como una vaquera sobre un toro mecánico a cámara lenta, friccionando su sexo con el de él.

Hasta que de pronto se detuvo, y el brillo sensual de su mirada comenzó a evaporarse y a dar paso a algo peligrosamente parecido al pánico. Un segundo más tarde se apartó de su regazo y se puso en pie.

—¡Dios mío! —pasó la pierna por encima del tronco y se quedó de pie, con la respiración entrecortada, mirándolo confusa—. ¿Qué diablos has hecho?

—Oye, no me eches toda la culpa a mí —respondió él—. Puede que haya empezado yo, pero nadie te ha obligado a seguir —aunque tampoco tenía ninguna queja al respecto.

Jenny estiró los hombros y se cruzó de brazos.

—Veo que eres todo suavidad.

Jake sintió el rubor en su cara. Normalmente era suave como la seda; no sabía por qué con ella tenía la delicadeza de un chico con acné que, tras su primer beso, le tiraba del pelo a la chica para hacerle ver que no había significado nada.

–Aun así –continuó ella–, tienes razón. Yo también he participado –miró hacia el cielo–. Empieza a oscurecer. ¿Nos vamos?

Sí. Debían irse. Jake ni siquiera sabía cómo habían acabado en aquella situación.

Tras la muerte de Kari se había sentido incapaz de mirar a otra mujer. La universidad era mucho más dura que el instituto, y para seguir sacando buenas notas había tenido que esforzarse al máximo. Para cuando recuperó el interés por las mujeres, ya había tenido tiempo de pensar en lo que buscaba en una relación.

Y lo que buscaba eran relaciones cortas. Al fin y al cabo tampoco era un gran partido. Al principio había interferido la necesidad de centrarse en el objetivo; no podía permitir que nada afectase a sus estudios. Después había aprovechado la oportunidad en el *National Explorer* durante las prácticas. Y eso significaba que estaba fuera del país con demasiada frecuencia, y a veces durante demasiado tiempo como para construir una relación incluso aunque le hubiese interesado.

Fuera cual fuera la razón en cada momento, aquella decisión le había proporcionado muy buenos momentos con algunas de las mujeres más hermosas del planeta. Mujeres que, como él, no deseaban nada más que lo que podía ofrecerles.

Jenny no era como ellas. Como había dicho Max, no era de las que buscaban sexo sin compromiso. Y, aunque era mona, distaba de ser una belleza.

¿Por qué entonces le atraía de esa manera?

«Probablemente porque hace mucho que no te acuestas con nadie», se dijo a sí mismo. Sí, tenía que ser esa la razón.

Fuera lo que fuera, tras ayudarla a subir al barco y soltar el ancla, estuvo seguro de una cosa.

Aquella extraña atracción que sentía por Jenny estaba abocada al desastre, así que, desde ese momento se mantendría alejado de ella.

Capítulo 10

Nolan, el amigo de Austin, estuvo a punto de llegar tarde al entrenamiento el martes siguiente, y Bailey iba con él cuando llegó. Se bajaron de sus bicicletas, las dejaron tiradas en la hierba junto a las de los demás miembros del equipo y corrieron hacia el campo.

Austin se quedó mirando a Bailey del mismo modo que la había mirado la otra noche en casa de los Damoth, pero le quitó importancia. Aunque fuese casi tan alta como él, era muy guapa con sus ojos azules y sus labios rosas. Además tenía unos dientes muy bonitos, con los paletos ligeramente separados y algo más grandes que el resto. Había algo muy femenino en eso.

¿Qué chico no se quedaría mirándola?

–Ey, entrenador –dijo Nolan cuando llegaron al campo–. Esta es mi prima Bailey. ¿Puede entrenar con nosotros hoy?

–¿Estás de broma, Damoth? –preguntó Sam Jenkins cuando terminó de atarse las zapatillas–. ¡Es una chica!

–Eh, tío –intervino Austin–. Solo es un entrenamiento. Y has oído a Nolan hablar de ella lo suficiente como para saber que es buena –bueno, tal vez no fuese tan buena como un chico, pero no era más que un entrenamiento.

El entrenador Harstead lo ignoró todo salvo la pregunta inicial.

–Claro –dijo señalando a Bailey–. Veamos lo que sabes hacer.

La niña sonrió, sacó una gorra de béisbol del bolsillo del pantalón, se la puso y se sacó la coleta por el agujero de detrás. Atrapó el guante que Nolan le lanzó y corrió hacia el campo.

Austin ocupó su puesto entre la segunda y la tercera base. Pocos minutos más tarde comenzó el entrenamiento.

Cuando habían pasado unos diez minutos, Oliver Kidd golpeó una bola que voló por encima de la cabeza de Austin, este se dio la vuelta y vio como Bailey se encargaba. La bola iba alta y ella corrió hacia atrás como una profesional para situarse debajo. Sin embargo la bola iba muy alta, y se dio cuenta de que, para cuando comenzase a descender, probablemente ya estaría en los árboles.

Entonces Bailey corrió hacia los árboles y, sin dejar de mirar la bola por encima del hombro, dio un gran salto hacia arriba.

Fue como si hubiera levitado, con un brazo estirado por encima de la cabeza y el guante extendido hacia el cielo. Su cuerpo esbelto con aquella camiseta blanca y esos vaqueros gastados era como un paréntesis sobre los árboles de detrás.

El equipo se quedó tan en silencio que pudo oírse el sonido de la bola al tocar el guante.

Entonces todos se pusieron como locos. Nolan era el que gritaba con más fuerza.

–¡Te lo dije, te lo dije!

Cuando Bailey aterrizó de nuevo en el suelo, el equipo corrió hacia ella.

Austin fue el primero en llegar.

–¡Ha sido alucinante! ¿Cómo lo has hecho?

Bailey tenía las mejillas sonrosadas, pero se encogió de hombros como si no tuviera importancia.

–Ocho años de ballet.

–Si ese es el resultado, debería apuntar a mis chicos a clase –dijo el entrenador al reunirse con ellos en el campo–. Bueno, volvamos al entrenamiento, chicos. Bailey, toma un bate. Veamos lo que puedes hacer bateando.

Resultó que también era una bateadora excelente. Habría podido correr más, pero aun así llegó a la segunda base sin esforzarse. Fue la estrella del entrenamiento, mejor que algunos de los miembros más débiles, y tal vez mejor que algunos de los más sólidos. Austin no había visto algo así en su vida.

–Tío –dijo mientras Nolan, Bailey y él regresaban al pueblo en sus bicis–. ¡Has estado genial!

–Gracias –contestó ella con una sonrisa–. Tú también.

–Sí, pero yo soy un chico. ¿Quién habría dicho que una chica podría ser tan buena?

Los cálidos ojos azules de la chica se volvieron fríos.

–¿Perdona? ¿Tienes idea de lo machista e insultante que es eso? Son actitudes como esa las que hicieron que el Título Nueve se convirtiera en ley.

–¿Qué?

–¿Lo hago genial... para ser una chica? ¿No te das cuenta de que puedo interpretar eso como un cumplido con doble intención? Soy buena, punto.

Austin se sonrojó y abrió la boca para cortarla. Pero

entonces pensó en cómo había jugado durante el entrenamiento, rodeada de todos esos chicos. Y tuvo que tragarse el orgullo y admitir:

–Tienes razón. Lo siento. Has jugado casi tan bien como los demás. Y mejor que Mikey y Dan.

–Y que yo algunos días –intervino Nolan–, aunque hoy me he salido.

Bailey le dirigió una sonrisa a su primo.

Cuando Nolan y Bailey se desviaron por el camino que conducía hacia su casa, Austin pedaleó hacia el hotel. Jenny seguía trabajando cuando entró en la casa poco después. Le alegró ver que el Mercedes de su padre no estaba en el aparcamiento.

Aunque...

Sacó de la mochila la foto del béisbol que Jake le había hecho y se quedó mirándola durante varios segundos antes de colocarla de nuevo sobre la cómoda, donde la había tenido desde el pasado jueves, cuando Jake se la había regalado. Aunque cuando no la tenía en las manos, le costaba trabajo no mirarla.

Y tenía que admitir que no estaba tan enfadado con su padre desde entonces. Tampoco se había sentido tan molesto al no poder evitar pasar tiempo con él. Jake era más persistente de lo que había imaginado.

Pasó el dedo por la foto. Debía de ser la foto más chula del mundo, e incluso se la había llevado al entrenamiento aquel día para enseñársela a todos. Pero la aparición de Bailey y su participación en el entrenamiento le había hecho olvidarse de la foto hasta casi llegar a casa.

Tampoco era para tanto. Pero aun así... Tal vez la llevase al entrenamiento el jueves o, si no, al partido del sábado.

Pero para eso quedaba una eternidad. En ese momento tenía mejores cosas que hacer. Abrió la puerta del frigorífico y empezó a sacar comida. Cosas mucho mejores.

Como prepararse un sándwich o dos para no morir de hambre antes de la cena.

–Me marcho, Jenny.

Jenny levantó la mirada. Estaba sentada en la mecedora del porche, bebiendo una taza de té y viendo como los huéspedes del sábado por la noche descargaban su coche detrás del edificio Starfish, una casa de alquiler situada a dos cabañas de distancia, un poco más cerca de la orilla que la suya. Arqueó una ceja al mirar a Austin, que había asomado la cabeza por la puerta.

–¿No quieres que te lleve? –preguntó sorprendida.

–No. Me llevo la bici.

–Habrá mucho ajetreo en el Anchor esta noche. Asegúrate de ponerte la chaqueta con la cinta reflectante.

–Sí, mamá –contestó el chico poniendo los ojos en blanco.

–De acuerdo, perdona. Ya sé que lo harás. Y además tu bici tiene esa luz parpadeante bajo el asiento. Lo que quería decir es que te diviertas. Y dile a Nolan que puede pasar aquí la noche la próxima vez.

–No importa –le aseguró Austin–. Los Damoth tienen más espacio que nosotros.

Era curioso, porque aquello nunca le había impedido invitar a su amigo antes. ¿Y era colonia eso que olía? Se dijo a sí misma que serían tonterías, algún arbusto que estuviese floreciendo, y se concentró en lo que realmente le preocupaba. Aquello que temía que Austin no le decía.

−¿Echas de menos tu casa, Austin?

−A veces −contestó el chico encogiéndose de hombros.

−¿Quieres volver a mudarte ahí? −sabía que llegaría el día en que querría, pero había estado encantada de retrasarlo todo lo posible. Le encantaba vivir allí, un hogar que se había ganado gracias al trabajo duro. La mansión de Emmett y Kathy era preciosa, pero no era suya. No podía evitar sentir que no sería apropiado vivir allí sin ellos.

−En realidad no −contestó Austin apoyado en el marco de la puerta−. Quiero decir que echo de menos la sala de televisión, y había mucho más espacio, pero... −pareció estremecerse por un momento−. No quiero vivir ahí. No sin el abuelo.

−Sabes que puedes decírmelo si alguna vez cambias de opinión, ¿verdad? −de pronto se sintió culpable al recordar que probablemente ya no estaría allí en verano.

−Claro. Tengo que irme. Nolan y Bailey tienen un nuevo videojuego que vamos a probar.

Y antes de que Jenny pudiera decirle otra vez que se divirtiera, desapareció de nuevo en el interior de la casa. Segundos más tarde le oyó cerrar la puerta de la cocina y marcharse con la bici.

¿Nolan y Bailey? Eso explicaba algunas cosas.

Dado que no tenía que conducir esa noche, entró en la casa para cambiar el té por una copa de vino. Cuando volvió a salir, dejó la copa sobre la mesita del porche y se envolvió con una manta que había sacado del respaldo del sofá. Volvió a sentarse en la mecedora y disfrutó con el crujido del mimbre bajo su peso. Había dejado la luz del porche apagada y observó las luces del camino, que se habían encendido poco antes a medida que el cielo se oscurecía.

Hacía una noche despejada y las estrellas se agolpaban en el cielo.

La pareja del Starfish cerró el maletero de su coche y entró en la cabaña de un dormitorio. Dos chicas adolescentes con albornoces del hotel y zapatillas se reían mientras caminaban hacia la piscina climatizada, a juzgar por las toallas que llevaban.

A Jenny le gustaban las noches como esa, cuando podía sentarse en la oscuridad y contemplar todo lo que sucedía a su alrededor sin tener que mostrarse.

Por no mencionar la ventaja de poder alejarse de la tentación de esa maldita ventana de la cocina que daba al Sand Dollar.

Más allá del Starfish se encontraba el jacuzzi del complejo, situado bajo un techo rústico de madera rodeado de plantas, a la izquierda de la piscina. Por el rabillo del ojo vio que se encendía la luz del sensor de movimiento. Suspiró con la esperanza de que no fueran las adolescentes, pues a los menores de trece años no les estaba permitido entrar al jacuzzi sin supervisión adulta, y no quería tener que ser ella la que les estropease la diversión.

Los vales de descuento que había hecho con las webs de Groupon y LivingSocial estaban dando mejores resultados de lo que había imaginado. Lo que habían perdido al rebajar sus tarifas habituales a la mitad se compensaba con el considerable número de reservas para lo que quedaba de abril y principios de mayo, cosa que normalmente no era así en esa época del año. Estaba encantada no solo por los ingresos que estaban generando el bar y el restaurante, sino por el número de reservas de clientes que habían querido darle una oportunidad al hotel, pero no durante las fechas señaladas en la oferta.

La desventaja, claro, era que tener más clientes hacía que tuviera que trabajar más. De modo que se llevó la copa a los labios y, con la esperanza de no tener que echar a las chicas del jacuzzi, empezó a ponerse en pie para acabar cuanto antes.

Pero las adolescentes entraron en la piscina antes de que terminara de levantarse, así que se volvió hacia el spa desconcertada.

Y estuvo a punto de atragantarse con el vino al ver a Jake, desnudo de cintura para arriba, metido en el jacuzzi. ¿Qué diablos estaba haciendo allí? Aparte de lo evidente, claro.

Desde el jueves anterior había sido incapaz de olvidarse de los besos que habían compartido en Oak Head. Dios sabía que había hecho todo lo posible para no recordarlo, pero el recuerdo seguía resurgiendo incansable. Como un charlatán de feria, llamaba su atención prometiéndole un asiento de primera fila y todas las palomitas que pudiera comer.

Vivir el uno junto al otro tampoco ayudaba. Habría jurado que todas las veces que había mirado por la ventana de la cocina en esa semana, Jake estaba justo allí, en su campo de visión.

Y sus testarudos ojos no habían colaborado. Se negaban a mirar hacia otro lado cada vez que lo veía. Y aquella noche no era ninguna excepción.

En su defensa diría que no habría ninguna mujer en el mundo con la suficiente fuerza de voluntad para apartar la mirada del espectáculo que era ver el agua resbalar por aquellos hombros. Jake tenía un buen torso. Y no le hacía falta verlo para saber que tenía unos músculos fuertes y desarrollados bajo la piel al estirar los brazos por el respaldo del jacuzzi. Tampoco le hacía falta ver sus abdominales ni aquel pecho esculpido. Porque ella lo había tenido cerca.

Había estado tan pegada a él como podría estar una mujer.

Echó la cabeza hacia atrás y la apoyó en el respaldo de la mecedora. ¿En qué estaba pensando?

«Bueno, déjame pensar», le dijo una voz en su cabeza. «Piensas que ese hombre está muy bueno y que no te importaría volver a estar pegada a él en un futuro».

—No —susurró.

No importaba lo atractivo que fuera. Por ella como si se ponía a bailar desnudo... no iba a ir por ahí otra vez. Pronto regresaría a Nueva York, ella se quedaría allí y, aunque Austin aún no lo supiera, el chico se interponía entre ellos con un pie en cada campo.

Pero, maldita sea, a pesar del sarcasmo al decirle a Jake que era el diablo con lengua de plata, en el fondo pensaba que era justo eso, y no solo con las palabras. Porque, si su lengua era de plata cuando hablaba, era de platino cuando besaba.

«Y no pienso recordar eso», insistió. «No pienso, no pienso, no pienso».

De pronto Jake murmuró algo y se puso en pie. El agua resbaló por su torso y goteó por la línea de vello que atravesaba sus abdominales hasta desaparecer bajo unas bermudas azules y blancas.

Jenny observó mientras él se daba la vuelta, ponía una rodilla sobre el asiento situado debajo del agua y se inclinaba sobre el respaldo del jacuzzi. Ella tragó saliva al ver cómo sus bermudas se pegaban a su trasero y a la parte trasera de sus muslos.

Lo único que podía hacer era quedarse mirando.

Pero entonces Jake gritó:

–¡Maldición, maldición, maldición! –y aquello hizo añicos su fantasía.

Jenny se puso en pie. «Por el amor de Dios, Jenny», se reprendió a sí misma. Quedarse mirando su trasero no iba a ayudarla a olvidar sus besos. Agarró los dos extremos de la manta con una mano contra su pecho, sacó la otra mano por la rendija que quedaba debajo y agarró la copa de vino.

No sabía cuál era el problema de Jake, pero a ella le parecía que estaba perfectamente. Así que, mientras no hubiese sangre, y hasta el momento no la había, no pensaba ir en su ayuda. Entró en la casa, dejó las luces del salón apagadas y se dirigió hacia la cocina.

Se le habían quitado las ganas de terminarse el vino, y estaba lavando la copa cuando llamaron a la puerta. Se quedó quieta, allí de pie, sin apenas respirar, pensando que, si se quedaba inmóvil, tal vez Jake se marcharía, pues sabía que no podía ser otra persona.

Pero en vez de eso oyó que la puerta se abría.

–¿Jenny? Estás aquí, ¿verdad? He visto tu coche en el aparcamiento.

Maldición.

–Cierra la puerta, Bradshaw. Y asegúrate de quedarte en el otro lado. No estoy de humor para tener compañía esta noche.

–Yo tampoco –respondió él–. Tengo mucho trabajo, pero necesito tu habilidad como gerente.

¡Maldita fuera!

–Está bien. Dame un segundo –respiró profundamente, se alisó el pelo con las manos e intentó no parecer arrogante cuando entró en el salón–. ¿Qué puedo hacer por ti?

–Puedes prestarme una linterna y tus delicadas manos.

–¿Perdona?

–O eso, o llamar a los de mantenimiento. Se me han caído las llaves detrás del jacuzzi, y mis brazos son demasiado grandes y no caben por el hueco. Llevaba la tarjeta de la habitación en el llavero, así que no puedo entrar. Y, por si no lo has notado, aquí hace frío. Al menos cuando estás mojado.

Jenny tuvo que hacer un gran esfuerzo para no quedarse mirando toda aquella humedad más de lo que ya lo había hecho. Agradecía que al menos se hubiese puesto una toalla en la cintura.

–Dime que no las tenías en el borde del jacuzzi –dijo mientras regresaba a la cocina a por la linterna.

–Bueno, podría decírtelo –respondió él desde el salón–, si no te importa que te mienta.

Jenny suspiró.

–¿Es que nadie lee los carteles? Están puestos por todas partes –pero intentó dejar a un lado su enfado y puso cara de profesional al regresar al salón con la linterna en la mano–. Vamos a ver qué puedo hacer.

Cuando llegaron al jacuzzi, se agachó junto a una de las esquinas más cercanas a la pared del edificio de la piscina. Tenía que admitir que aquel spa tenía un diseño extraño. Estaba hecho de hormigón y azulejos verdes y azules, medio hundido en el suelo, aunque no del todo; sobresalía unos cincuenta centímetros. Además debería haber estado pegado del todo a la pared o bien separado de la misma.

—No eres la primera persona a la que le pasa esto —admitió mientras enfocaba con la linterna hacia el hueco—. Pero no es a mí a la que suelen llamar para solucionarlo. De acuerdo, ya veo el llavero. Oh, maldita sea. No podría haber caído más en el medio ni aunque lo hubieras intentado. No me costará meter el brazo ahí, pero no será lo suficientemente largo para alcanzarlo por ninguno de los dos lados. Voy a ver si hay algo en la piscina que pueda utilizar.

—Mejor no —dijo Jake—. Ya he mirado yo.

—Mierda —le miró con cara de culpabilidad—. Perdona, eso no es muy profesional.

—Y sin embargo es lo que más pega en esta situación.

—Date la vuelta.

—¿Qué?

—Date la vuelta —repitió ella—. Si queremos solucionar esto en algún momento, voy a tener que meterme en el jacuzzi. No pienso empaparme los vaqueros y no voy a desnudarme delante de ti, así que date la vuelta.

Lo hizo, y le ofreció la visión de sus hombros y de su espalda mientras ella se quitaba los zapatos y los vaqueros. Entró en el jacuzzi y se estremeció al sentir el agua caliente en las piernas. Dado que no deseaba que sus bragas se volvieran traslúcidas con el agua, pasó por encima de la barandilla que acompañaba a los escalones hasta el agua y recorrió el perímetro subida a los asientos hasta llegar a la mitad del respaldo. Enfocó de nuevo con la linterna hacia el hueco y se inclinó para meter el brazo.

Era una postura extraña que le obligaba a poner el trasero en pompa. También le obligaba a poner la cara de medio lado, de modo que solo podía ver a trozos.

Pero al menos rozó el llavero con los dedos. Le hicieron falta dos intentos, pero finalmente lo agarró.

–¡Lo tengo!

–Genial –dijo Jake–. Como te he dicho, tengo mucho trabajo, así que... oh, vaya.

Jenny se volvió y se sonrojó al oír la aprobación en su voz. Vio que estaba mirándola y, aunque se sintió avergonzada, tuvo la necesidad de arquearse para sacar pecho.

–¡No te he dicho que te dieras la vuelta! –exclamó al darse cuenta de que le costaba un gran trabajo mirarlo a la cara.

–Lo siento. Pensé que habías terminado. Pero, en serio, Jenny. Moradas. Son unas bragas muy sexys.

–¡Se supone que has de mirar para otro lado al ver que sigo en ropa interior!

–Sí, como si eso fuera posible –contestó él–. Me he dado la vuelta como me has pedido, pero soy un hombre y tú tienes un buen trasero. Es como una norma de la hermandad o algo así. Si tienes la oportunidad, aunque sea accidental, estás obligado a aprovecharla para preservar tu honor.

–Preservar tu honor. Interesante elección de palabras –le lanzó el llavero con la esperanza de darle, pero él lo atrapó en el aire y tuvo la osadía de sonreír cuando ella gruñó.

Se acercó y la ayudó a salir del jacuzzi. Se quitó entonces la toalla y se la ofreció.

–Toma. Está húmeda, pero es mejor que nada.

Jenny aceptó el ofrecimiento y le dio las gracias con un murmullo. Parecía que Jake observaba todos sus movimientos, así que, después de secarse lo mejor que pudo, se puso los vaqueros.

Y se sintió mejor por estar tapada.

–Gracias por tu ayuda, Jenny –dijo él, y señaló el jacuzzi con la barbilla–. Deberías hacer que instalen una estantería en ese hueco –y, sin decir una palabra más, se dio la vuelta y se dirigió hacia su cabaña; un metro ochenta de hombre medio desnudo y satisfecho por tener la última palabra.

Mientras lo veía desaparecer en la oscuridad, Jenny decidió que hablaría con los de mantenimiento al día siguiente para que instalasen la estantería, como le había sugerido él.

Aunque solo fuera para evitar otra noche como aquella.

Capítulo 11

Más tarde, aquella noche, Jake entró en el bar Anchor. Al ver a Max sentado a la misma mesa que había compartido con él la última vez, fue directo hacia allí a través de las mesas. Segundos después ya estaba sentado frente a su hermanastro.

–¿Qué es lo que pasa? –preguntó–. ¿Es tu mesa personal o algo así?

–Sí. Márchate.

–No puedo. Necesito un hombre.

–Prueba con Greg, que está en la primera mesa a este lado de la diana de dardos. Estoy seguro de que él apreciará tus besos.

–Sí, besar a un hombre. Eso es lo que necesito. Porque no estoy lo suficientemente traumatizado.

–¿Qué sucede, pequeño Bradshaw? ¿No te han dado hora para la manicura?

–No seas imbécil. Ah, espera. Eso es lo que haces básicamente en tu trabajo. No sé por qué esta noche pensé que sería diferente –se dispuso a levantarse de la mesa.

–Oh, siéntate –dijo Max–. Dios, eres la reina del drama.

—Y lo dice el tío que la tomaba con un niño de nueve años todos los días para que sus problemas le parecieran más manejables.

Incluso con la luz tenue, vio como Max se sonrojaba, pero Jake tenía que admitir que ya no explotaba como antiguamente.

—Puede ser —dijo encogiéndose de hombros—. ¿Vas a decirme por qué estás traumatizado o no? ¿El chico te está dando problemas?

—Eso ha mejorado un poco, la verdad. No. Esta noche le he visto las bragas a Jenny. Bragas moradas, Max. Y se me ha quedado la imagen grabada en la retina. No puedo sacármela de la cabeza.

—Te dije que te mantuvieras alejado de ella —respondió Max.

—No estaba intentando nada con ella —al menos en ese momento. Suspiró y le explicó la situación.

Max permaneció con el ceño fruncido.

—Le dijiste que no te darías la vuelta.

—¡Y lo hice! Pero cuando dijo que ya tenía las llaves, pensé que había terminado. Según ella, cuando vi que seguía en el jacuzzi en ropa interior, debería haberme dado la vuelta y fingir que no había visto nada.

Su hermanastro resopló.

—Como si eso fuese a ocurrir. Estoy seguro de que debe de haber un código o algo así. No podemos romper el código —negó con la cabeza, como si le asombrara que alguien pudiera sugerir algo así.

—¡Exacto! —exclamó Jake—. Eso mismo le he dicho yo. Pero prácticamente me ha dicho que era idiota.

—Y tiene razón. Pero se equivocaba al pensar que un hombre de sangre caliente se daría la vuelta otra vez al haberla visto en bragas. Así que moradas, ¿eh?

—Moradas oscuras. De esas apretadas que se pegan al culo. Y puedes creerme, tiene un buen culo.
—No quiero saber eso. Aun así, ¿bragas moradas? ¿Y dices que se metió en el agua? Dime que estaban mojadas.

Jake negó con la cabeza.
—Ojalá. Consiguió que no se le mojaran. Es muy lista.
—Sí que lo es —Max se terminó la cerveza, se secó los labios con la mano y negó—. Las mujeres así son una seria desventaja para nuestro género.
—A mí me lo vas a decir —murmuró Jake.

Max dejó la cerveza en la mesa y pareció dedicarle mucha atención a su mano mientras rodeaba el borde de la jarra con el dedo índice. Después resopló, se recostó en su asiento, se cruzó de brazos y miró a Jake.

Que se había puesto alerta incluso antes de que su hermanastro se aclarase la garganta.

—Bueno —dijo Max—. Tengo dos entradas para un partido de los Mariners el viernes. Se suponía que iba a ir con amigos, pero ya sabes lo que pasa. Los planes se desmoronan. Si te interesa, el chico y tú, y tal vez algún amigo del chico, podéis venir conmigo —le dirigió una mirada severa a Jake para que no se hiciese ideas equivocadas—. Se me ocurren muchas cosas mejores que hacer que pasar varias horas en tu compañía. Pero no me importaría conocer un poco a mi sobrino.

«¿De verdad?», se preguntó Jake. Porque, a juzgar por la expresión en la cara de su hermano, reconocer su relación con Austin le ponía nervioso.

Lo cual a Jake le hacía gracia, porque lo comprendía a la perfección. Pero le encantaba meterse con su hermanastro, así que dijo:

–Vamos, admítelo. Austin es solo una excusa. Me quieres. Quieres pasar tiempo conmigo.

La respuesta de Max fue una sugerencia grosera y anatómicamente imposible.

Jake respondió de la misma manera, aunque tenía que reconocer que la idea le hacía sentir bien.

–Me encantaría –añadió–. Gracias.

–Sí, bueno. Pensaba que eso te ayudaría con el chico.

–Austin.

–Sí, eso –contestó Max encogiéndose de hombros–. Austin.

–Espero que tengas razón. Las entradas para el partido me harán ganar puntos con él. Y lo de invitar a su amigo Nolan es brillante –Jake apoyó el codo en la mesa y la barbilla en la palma de la mano y miró a Max–. ¿Quién habría dicho que podrías ser tan listo?

Max le dirigió una sonrisa inesperada y, al fijarse en los dientes blancos de su hermano, se dio cuenta de que no sonreía lo suficiente.

–Sí. ¿Quién lo habría dicho?

Austin se hizo el distante cuando Jake se pasó por la casa y les invitó a Nolan y a él al partido de los Mariners. Pero en cuanto su padre regresó al Sand Dollar, sacó su bicicleta y salió volando a casa de Nolan.

Al llegar a casa de los Damoth, saltó de la bici, corrió hacia el porche y llamó a la puerta con insistencia.

Abrió la puerta la señora D, pero cuando se dispuso a cruzar el umbral, ella le cortó el paso.

–Lo siento, cielo –le dijo–. No puedes pasar. Nolan tiene la varicela.

–¿Eh? –parpadeó mientras asimilaba la información–. ¿Varicela? ¿Eso no era una enfermedad de bebés?

–No necesariamente. Sí que principalmente afectaba a los pequeños, pero antes de las vacunas no era raro que la pillaras más tarde. Y ahora tenemos un pequeño brote, porque al parecer el viejo doctor Howser almacenó inadecuadamente las vacunas y no han hecho efecto. Tú ibas al doctor Howser, y la varicela es muy contagiosa.

–¡Oh, tío! –Austin dio un paso atrás–. Iba a invitar a Nolan al partido de los Mariners al que voy a ir el viernes por la noche con mi padre y con mi tío –resultaba extraño llamarlos así, teniendo en cuenta que apenas los conocía. Pero aun así, eran quienes eran, aunque fuera solo de manera legal.

–Queda casi una semana para el viernes –le dijo esperanzado a la madre de su amigo–. Tal vez Nolan ya esté mejor para entonces –«tiene que estarlo. ¡No quiero ir solo con esos dos!», pensó.

La señora D negó con la cabeza.

–Lo siento mucho, Austin, porque sé que a él le encantaría ir y se va a poner muy triste por no poder. Pero acaban de empezar a salirle los granos, y el doctor Janus dice que mañana le saldrán más, y probablemente pasado mañana más aún, dado que, cuanto mayor eres cuando contraes la enfermedad, más virulenta es. Cuando hayan terminado de salirle granos, pasará al menos una semana hasta que deje de ser contagioso. Así que, hasta entonces, está en cuarentena.

Austin le dio una patada al suelo del porche.

–Maldición.

–Sí, lo sé. Es una pena –pero entonces se le iluminó la cara–. Pero podrías llevar a Bailey. A ella la vacunó otro doctor.

«¡Sí, sí, sí!», exclamó Austin para sus adentros, y el corazón se le desbocó. Sin embargo logró encogerse de hombros con indiferencia y decir:

—Supongo que vale. Si quiere, claro.

—Bueno, vamos a preguntárselo —se dio la vuelta hacia el recibidor—. ¡Bailey! Ven un segundo, ¿quieres, cielo?

Bailey se materializó casi al instante en el recibidor, preciosa con unos vaqueros azules, una camiseta multicolor y el pelo suelto sobre los hombros.

—¿Te apetecería ir a un partido de los Mariners con Austin el próximo viernes? —le preguntó la señora D.

Bailey le dirigió una mirada extraña antes de volverse hacia su tía.

—¿Podría hablar con Austin a solas un minuto?

La señora D parpadeó extrañada, pero asintió.

—Claro. ¿Por qué no vais a sentaros en las escaleras? Cuando te hayas decidido, cielo, dímelo —le dedicó a Bailey una sonrisa cariñosa y volvió a entrar en casa.

Tras darle un beso a su tía cuando se cruzaron en el recibidor, Bailey salió al porche y cerró la puerta tras ella.

Austin y ella se quedaron mirándose durante unos segundos y después, sin decir una palabra, se sentaron en los escalones, como había sugerido la señora D. Bailey se agarró las rodillas y se volvió hacia él.

—Dime la verdad. ¿La tía Rebecca te ha obligado a invitarme a mí?

—¿Qué? ¡No! —por un momento luchó contra la necesidad de guardarse sus sentimientos; sobre todo cualquier cosa que pudiera considerarse de chica.

Pero en definitiva le preocupaba más que aceptase la invitación y no le importaba tanto no parecer tan hombre como su padre o su tío en la misma situación.

—Me ha sugerido que te lo dijera a ti —admitió—, pero a mí me ha parecido fantástico. Jake dijo que el ayudante Bradshaw, es decir, mi tío, nos había invitado a él, a mí y a un amigo al estadio de CenturyLink este viernes. Y apenas los conozco, ¿sabes? Así que, por mucho que quiera ver el partido de los Mariners, ¿de qué diablos voy a hablar con ellos durante lo que podrían ser cuatro, seis o hasta ocho horas?

—¿Tanto dura? —preguntó ella con las cejas arqueadas.

—Se tarda como mínimo una hora y media en llegar desde aquí a Seattle. Y eso si los barcos llegan a tiempo o si no hay mucho tráfico en caso de que decidan ir en coche en vez de tomar el ferry. Así que multiplica ese tiempo por dos y añade el tiempo del partido, que puede durar mucho o poco —«maldita sea», pensó. «Ahora sí que no querrá venir».

—Me encantan los ferrys —murmuró Bailey.

Bueno, tal vez no estuviera todo perdido.

—Preguntaré si podemos ir así. En cualquier caso, Bailey, sería mejor si tuviera a alguien más de mi edad. La señora D dice que Nolan no puede salir de casa. Me gustaría que dijeras que sí.

No añadió que, aunque no se le hubiera ocurrido pedírselo a ella hasta que la señora D lo había sugerido, si Nolan hubiera estado disponible habría sido una decisión difícil. Porque Nolan era su mejor amigo desde siempre.

Pero ella... bueno, ella era... Ni siquiera podía describirlo.

Mentira. Sí que sabía. Sabía que era guapa.

Y sabía que, si alguna vez reunía valor para tocarla, sería...

Suave.

El hecho de que además fuese una extraordinaria jugadora de béisbol no era más que la guinda del pastel.

−Si son tu padre y tu tío, ¿cómo es que no los conoces? ¿Y por qué los llamas Jake y ayudante Bradshaw?

Austin se encogió de hombros.

−Jake se fue a la universidad cuando yo era un bebé, y no se molestó en volver hasta hace unas semanas. El ayudante Bradshaw, Max, es su hermanastro. Llevaba en el pueblo prácticamente toda mi vida, pero Jake y él eran enemigos en el instituto, así que nunca me reconoció como pariente. No sé por qué ahora piensan que es buen momento para intentar arreglar su relación, y mucho menos meterme a mí en medio. Tal vez piensen que pueden compensar todas las veces que no han estado ahí cuando me habría gustado. Pero no pueden.

Bailey se quedó mirándolo un momento.

−Mi madre tiene cáncer −dijo tras una pausa−. Me envió aquí para que pudiera... −dobló los índices y los dedos corazón para hacer comillas en el aire− «llevar una vida normal mientras ella se concentra en ponerse bien» −dejó caer las manos sobre su regazo y se quedó mirando hacia abajo−. Pero la verdad es que no sé si se pondrá bien −tenía lágrimas en los ojos.

¡Oh, maldición! Las chicas que lloraban le daban miedo, porque nunca sabía qué hacer para que dejaran de llorar. Pero aun así le agarró la mano y apretó con fuerza.

−¿Estás convencida de que no se pondrá bien?

Bailey se quedó muy quieta y después se estremeció.

−No −contestó en voz baja.

−Mira −dijo él−, mi abuela y mi abuelo han muerto hace poco, así que sé lo que es perder a la familia. No puedo prometerte que todo vaya a salir bien, porque la verdad es que no siempre sucede. Pero Jenny dice que es igual de fácil ser optimista que pesimista, y que a veces ser optimista transmite energía positiva al universo y genera resultados positivos –se encogió de hombros–. No sé si eso te parecerá una tontería, pero cuando las cosas se pusieron mal, pensar así me ayudó.

Bailey lo miró con unos ojos tan tristes y tan llenos de determinación que Austin se sintió destrozado.

–¿Sí? –preguntó ella–. ¿Entonces por qué no sigues tu propio consejo?

–¿Cómo?

–Si quieres ser optimista, ¿por qué no aceptas la oferta de tu padre y de tu tío para llegar a conocerlos mejor?

Lo primero que pensó fue en mandarla a paseo. Pero antes de que pudiera abrir la boca para decirle que ella no había estado ahí cuando era pequeño y por tanto no sabía de lo que hablaba, la chica siguió hablando.

–Sé que es una pena que no hayan estado en tu vida hasta ahora, y no puedo fingir que sé lo que has debido de sentir, porque mi padre murió en Afganistán antes de que yo naciera, lo cual es horrible, pero al menos no siento que me abandonó. ¿Pero no te das cuenta? El hecho de que estén vivos y quieran conocerte es algo bueno, ¿verdad? ¿Porque y si resulta que te caen bien? Posiblemente tengas muchos años para hacer todo tipo de cosas divertidas con ellos.

A Austin nunca se le había ocurrido pensar que Jake o Max pudieran morir. Tampoco los conocía tanto como para que le diese pena, no como cuando había muerto su abuelo.

No como sabía que sufriría si algo le pasase a Jenny.

Aun así le produjo una mala sensación.

—¿Alguna vez le echaste de menos? —le preguntó a Bailey—. A tu padre.

—A veces, como en los días de padres e hijas en el colegio. Pero no lo conocí, así que no podía echar de menos nada concreto.

—Eso me pasaba a mí, porque nunca le conocí. Pero, cuando era pequeño, a veces pensaba que aparecería para algunas de mis cosas.

—¿Como qué?

—Acontecimientos, ya sabes. La graduación en el colegio, festivales, partidos de béisbol. Aunque es cierto que Jake ha estado muy metido en eso desde que ha vuelto. Pero no estuvo en el desfile de Acción de Gracias cuando hice de pavo, ni en el de Navidad, el año que hice de rey mago. Mi abuela me hizo una túnica azul con turbante a juego.

Ignoró la punzada de soledad que sentía al mencionar a su abuela, se volvió hacia Bailey y de pronto se le ocurrió una cosa.

—Si no tenías padre, ¿quién te enseñó a jugar al béisbol?

—Tenía entrenadores, como tú. Pero fue mi madre la que se pasaba las noches y los fines de semana lanzándome bolas. A ella ni siquiera le gusta el deporte —confesó con una sonrisa de adoración—. Pero pasó horas ayudándome, alentándome a mejorar porque a mí me gusta el béisbol. Y hasta que cayó enferma, nunca se perdía un partido —respiró profundamente—. Es muy duro.

—Sí, lo siento. Lo sé, porque pasé por lo mismo con mis abuelos, que eran como mis padres, dado que mi madre murió al nacer yo y, como ya te he dicho, Jake tampoco estaba.

—Pero vamos a ir al partido con ellos de todas formas, ¿verdad? Pasarás al menos esa noche con ellos, ¿no?

Se dio cuenta de que, por alguna razón, era importante para ella que lo intentara, así que sonrió y dijo:

—Claro. Lo que quiera milady.

Maldición. ¿Realmente eso había salido de su boca? ¡Qué estúpido! ¡Estúpido, estúpido!

Se puso en pie inmediatamente.

—Bueno, será mejor que me vaya a casa antes de que Jenny envíe a las tropas a buscarme. Pero me alegra mucho que vengas con nosotros —entonces se dio cuenta de que en ningún momento había aceptado—. Porque vienes, ¿no?

Ella también se levantó y se metió las manos en los bolsillos traseros de los vaqueros.

—Sí. Nunca he ido a un partido profesional, así que estoy deseándolo.

—Bien. Te llamaré a lo largo de la semana cuando sepa a qué hora nos iremos —se llevó la mano a la nuca y se quedó mirándola—. Ehhh, bueno. Pues... ya nos veremos, ¿no?

—Claro.

—Muy bien entonces —bajó los escalones, se montó en la bici y comenzó a pedalear.

—Nos vemos, Austin —gritó ella.

Él agitó la mano, siguió pedaleando y no miró atrás.

Pero sonrió durante todo el camino de vuelta a casa.

Capítulo 12

–¡Estás de broma! ¿Estaba en el jacuzzi? ¿Y no te metiste dentro con él?

Jenny se recostó en la *chaise lounge* que salía de uno de los extremos del sofá de Tasha, miró a su amiga y suspiró. Hacía más de una semana que no hablaban. Debido a la avalancha de reservas en el hotel gracias a los descuentos de Internet, había estado trabajando como una loca. Habría jurado que el día anterior era viernes, y sin embargo allí estaban, un viernes más.

Jake y Max se habían ido con los chicos poco después de que acabasen las clases. Decían que preferirían llegar demasiado pronto al partido de las siete antes que llegar tarde, y así podrían parar a comprar *fish and chips* en el Spuds' de Alki antes de dirigirse al barrio del Sodo.

Tasha y ella habían decidido aprovecharse de la situación. Tash le había cedido el control de la pizzería a Tiffany para poder ponerse al día, aunque pensaban volver a cenar allí.

–Estoy esperando, Salazar –dijo su amiga con impaciencia.

—Sí, sí —Jenny le explicó la situación de manera más coherente que la primera vez, empezando por cuando había visto a Jake en el jacuzzi y terminando por cómo había solucionado el problema.

Cuando se quedó callada, Tasha ignoró casi todo lo que le había contado y se centró en un único hecho.

—Apuesto a que está buenísimo casi sin ropa. Vestido ya es increíble, así que me muero solo con imaginármelo desnudo.

—Desnudo en parte.

Tash se quedó mirándola confusa.

—¿Quién eres tú y qué has hecho con mi amiga? Dices «en parte» como si eso fuese una ventaja.

—Oh, por el amor de Dios.

Tasha ignoró eso también.

—Por lo menos llevabas puestas las bragas buenas en vez de esas beis que llevabas el día que fuimos a comprar vaqueros.

—¡Oye! Me deshice de ellas aquel mismo día, ¿recuerdas? Bueno, puede que no te acuerdes, pero pasará mucho tiempo antes de que pueda gastarme otra fortuna en ropa interior.

—Pero mereció la pena.

—Sí, he de admitir que son preciosas. A veces abro el cajón solo para verlas.

Tasha le dirigió una sonrisa que habría asustado a cualquier otra mujer que no estuviese acostumbrada a su manera de pensar.

—Y volviendo al tema —dijo para volver a la conversación que estaban teniendo—. ¡El tipo estaba medio desnudo! ¿Y tú te escondiste de él en tu casa?

—Lo sé —Jenny suspiró y se abrazó a un cojín con estampado de cebra—. No fue mi mejor jugada. Pero no fue todo culpa mía. Fueron los malditos besos de la semana anterior.

–Que ya te he dicho en más de una ocasión que deberías intentar repetir. Quiero decir que, maldita sea, Jenny. Es evidente que te gusta.

–Para lo que me va a servir.

–De acuerdo, una relación estable puede que no te lleve a ninguna parte, teniendo en cuenta que se irá en poco más de un mes.

–¡Con Austin!

–Lo sé, cariño –dijo Tasha con el ceño fruncido–. Va a ser duro para ti. Pero va a ocurrir de todas formas, y por mucho que odio admitirlo, en este momento de la vida de Austin le vendría bien un poco de influencia masculina. Preferiblemente de un hombre que no le malcríe como hacía Emmett.

–Eso no puedo negarlo –admitió Jenny–. Y puede que incluso crea que es bueno para Austin, si estuviera convencida de que Jake no va a volver a sus malos hábitos y desaparecer de su vida durante largos periodos de tiempo. ¿Porque qué ocurrirá cuando se pase la novedad, Tash? En este punto es difícil saber si se implicará a largo plazo o no. No lleva aquí el tiempo suficiente como para que pueda tomar una decisión con sentido.

–Besarlo unas cuantas veces más podría ayudarte.

–Dios, solo piensas en una cosa –respondió Jenny con un sonido que era una mezcla entre carcajada y resoplido.

Tasha asintió.

–¿Qué puedo decir? Llevamos mucho tiempo de sequía. ¿No te parece que ya es hora de que una de las dos tenga un poco de suerte?

–He de admitir que no me importaría.

—A mí tampoco. Y, si has de ser tú, déjame al menos que lo viva a través de ti.

—Echo de menos los besos. Tal vez por eso me haya encaprichado tanto de Jake.

—Claro, los besos son buenos —convino Tasha—. Pero yo echo de menos el sexo. Ese es el inconveniente de vivir en un pueblo pequeño. Solo hay un determinado número de hombres con los que considerarías tener algo. Y, si ya lo has hecho con los que te interesan, o si algunos de esos no están interesados en ti... —se encogió de hombros y miró a Jenny—. Bueno, esa es la razón por la que una chica de Razor Bay aprovecha su oportunidad con un hombre como Jake Bradshaw. No la deja pasar.

De pronto, Jenny estaba cansada del tema.

—Mira, si tan irresistible te parece, ¿por qué no intentas algo con él?

—Puede que lo haga. Si tú vas a dejar pasar la oportunidad.

«¡Por encima de mi cadáver, hermana!», fue lo primero que pensó.

Pero no lo dijo en voz alta. Aunque no importó. Tasha la conocía demasiado bien y enseguida sonrió con picardía.

—Aha —le dijo con una mirada que parecía decir: «¿A quién te crees que estás engañando?»—. Eso me parecía.

Jenny se despertó al oír pisadas amortiguadas en el salón. Parpadeó para enfocar los números rojos del despertador de la mesilla y vio que era la una y dieciocho de la madrugada. ¿Austin estaría enfermo?

Salió de la cama, atravesó el dormitorio y abrió la puerta.

Al principio no comprendió lo que estaba viendo. ¿Por qué estaba Jake abriendo la puerta del dormitorio de Austin y tenía un brazo sobre los hombros del chico? Entonces lo recordó.

Claro. El partido. Probablemente acabasen de regresar. Era evidente que Austin se había quedado dormido. Tenía esa mirada casi catatónica que ponía siempre que le despertaban antes de tiempo, que generalmente era antes de mediodía.

—Aquí estamos —dijo Jake en voz baja mientras guiaba al chico a través de la puerta—. ¿Necesitas ayuda para meterte en la cama?

Aquello hizo que Austin reaccionara.

—¿Te parezco un niño pequeño? —obviamente era una pregunta retórica, porque entró en su habitación y le cerró la puerta en las narices a Jake—. Gracias por llevarnos a Bailey y a mí al partido —murmuró desde el otro lado antes de que se oyera el crujido de la cama.

Jake levantó la mano como para llamar, pero finalmente extendió los dedos y apoyó la mano contra la puerta. El anhelo de aquel gesto y de lo poco que podía ver de su expresión le produjo a Jenny un vuelco en el corazón.

Como si hubiera sentido el peso de su mirada, Jake se dio la vuelta hacia ella.

Y le hizo ser consciente del camisón de encaje que llevaba puesto, así como de la luna llena que iluminaba su pequeño bungalow.

No era que el camisón fuese transparente; al fin y al cabo vivía con un chico adolescente. Y Jake no tenía rayos X, así que no podría ver las bragas a juego que llevaba debajo.

Pero el tejido de seda con flores blancas, rosas y naranjas que llegaba hasta la parte superior de sus muslos, así como los tirantes que lo sujetaban sobre sus hombros y el encaje que adornaba el corpiño hacían que resultase un modelo provocador.

Pero además con el pelo revuelto quedaba claro que acababa de salir de la cama. ¿Por qué diablos no se habría puesto la bata?

—Vaya —dijo él, y no le dio vergüenza mirarla de arriba abajo.

En vez de salir corriendo hacia su habitación como habría hecho cualquier mujer en su sano juicio, Jenny estiró los hombros para realzar sus pechos.

«¿Pero te has vuelto loca?», le preguntó su parte cuerda. Pero su parte lujuriosa y curiosa vio la oportunidad y decidió aprovecharla.

Lo cual era una auténtica locura, así que dejó su pose provocadora y se aclaró la garganta.

—¿Se lo han pasado bien los chicos en el partido?

—Sí. Se lo han pasado muy bien. A Max y a mí nos ha divertido verlo con sus ojos, aunque dudo que mi hermano lo admita. Pero ha habido prórroga. Y, por si eso no era suficiente, hemos estado atascados más de una hora en el aparcamiento. La próxima vez tomaremos el ferry de Bremerton en vez del de Southworth para poder ir andando. Al tener que conducir por la ciudad no hemos podido volver a una hora decente —siguió deslizando la mirada por su cuerpo antes de centrarse en su cara—. Bonito camisón.

Jenny murmuró algo incomprensible y volvió a aclararse la garganta.

—Sí, bueno... mmm —señaló hacia el dormitorio—. Iré a por la bata.

—No te molestes por mí.

Maldición, no debía mostrarse irónico y encantador. Ya era suficientemente ridículo que se sintiera impresionada por la manera que había tenido de manejar aquella excursión con Austin y por su plan de ir a ver más partidos con él en el futuro. ¿Por qué estaba haciendo que lo mirase de arriba abajo con el mismo descaro con que él la había mirado a ella?

Era todo culpa de Tasha. ¿Por qué de entre todos los temas que podían haber sacado esa noche se habían centrado en la posibilidad de que ella se acostara con Jake? No estaría teniendo todos aquellos pensamientos de no ser por su mejor amiga.

Pero el hecho de tener esos pensamientos no significaba que tuviese que actuar en consecuencia. De modo que le dirigió a Jake una mirada represiva.

–Oh, qué grande eres –dijo con ironía.

–No lo sabes bien –murmuró él, y Jenny no pudo evitar mirarle la entrepierna.

Y vio que, aunque no tenía una erección propiamente dicha, tampoco le faltaba interés.

Se le sonrojaron las mejillas, pero no apartó la mirada.

–Maldita sea –susurró él mientras su miembro seguía creciendo bajo su mirada–. ¿Quieres dejar de mirarme el pene?

Jenny apartó la mirada de inmediato.

–Gracias –dijo él, y Jenny vio por el rabillo del ojo como estiraba la mano para recolocarse el miembro–. Si te hubiera visto con eso la primera vez que te vi, no te habría confundido con una niña. Mira, tengo que pensar en algo que no implique ir allí y empotrarte contra la pared. Así que, si tienes alguna sugerencia, sería un buen momento para dármela.

—¿Darte un baño en el canal antes del amanecer, por ejemplo?

—Hace bastante frío, pero probablemente generaría tanto vapor que acabaría destruyendo el ecosistema.

—¿Y si vas a correr?

Jake resopló.

—¿Con una tercera pierna? No creo que sea posible.

—Oye, lo estoy intentando. No veo que a ti se te ocurra ninguna idea brillante.

—Cierto. Lo siento. Mira, se me ocurre una. Pensaré por un minuto en quedarme en Razor Bay el resto de mi vida. Espera y verás... Maldita sea —su rostro adquirió una expresión extraña, pero, antes de que Jenny pudiera interpretar lo que era, siguió hablando—. Ni siquiera eso funciona. Bueno, tienes que admitir que lo he intentado. Pero me rindo.

En un abrir y cerrar de ojos atravesó el salón hasta la puerta de su habitación. La agarró por los brazos y la aprisionó contra la pared que separaba una habitación de la otra antes de besarla con determinación.

Aquel beso recorrió el cuerpo de Jenny incluso más deprisa que los besos que habían compartido anteriormente. Jake deslizó las manos por sus hombros hasta llegar al cuello con una ternura que le llegó hasta las plantas de los pies. Sus dedos callosos, que la sujetaban con firmeza mientras devoraba su boca, le arañaban ligeramente la piel.

En ningún momento Jenny se planteó la cuestión de «deberíamos o no deberíamos hacer esto». Simplemente se puso de puntillas y le devolvió los besos.

Jake emitió un sonido profundo con la garganta y se apartó para contemplarla unos segundos. Deslizó la lengua por su labio inferior y preguntó con voz rasgada:

—Es increíble lo tuyo con el sabor a cerezas.

Y acto seguido cubrió la distancia que separaba sus labios y volvió a besarla.

Jenny se dejó llevar por las sensaciones. La barba de Jake contra su piel; su lengua agresiva, caliente y firme, entrelazada con la suya; su cuerpo musculoso presionando el de ella hasta hacer que su piel ardiera de deseo.

Finalmente le soltó la cabeza y deslizó las manos por su espalda. Segundos después llegó a sus nalgas y las agarró con fuerza. Entonces la levantó y la pegó a su cuerpo mientras daba un paso atrás para separarla de la pared.

A pesar de que la tenía sujeta con fuerza, Jenny se aferró a su cuello y le rodeó la cintura con las piernas para ganar estabilidad mientras él abría la puerta de su dormitorio.

Jake la llevó a la cama y se arrastró de rodillas por el colchón antes de soltarla y tumbarse sobre ella. Se incorporó apoyando las palmas de las manos y agachó la cabeza para darle un beso apasionado. Después se deslizó hacia abajo para cubrirle de besos la mandíbula, el cuello y los hombros. Siguió bajando y dándole pequeños mordiscos en la piel hasta llegar al encaje del corpiño, donde sus pechos se juntaban formando un escote poco profundo.

Sin dejar de mirarle el escote, levantó la cabeza ligeramente.

—Ah, qué dulce —murmuró antes de quitarle con el dedo uno de los tirantes del camisón. Se quedó mirándola y le agarró el otro tirante—. Llevo tiempo queriendo echarles un vistazo a estas pequeñas.

—Te van a decepcionar —contestó ella con una sonrisa. Sin embargo la aprobación que vio en sus ojos sirvió para borrar la inseguridad que siempre sentía con respecto a sus pechos.

–Eso no va a ocurrir –susurró él mientras le bajaba el otro tirante y dejaba al descubierto sus senos. Dejó escapar el aliento entre los dientes al quedarse mirándolos.

Fue la mirada en su rostro, más que el frío de la habitación, lo que hizo que sus pezones oscuros se pusieran erectos. Y cuando Jake le rodeó uno con el dedo, ella suspiró y echó la cabeza contra el colchón.

–Eso es –susurró él–. Dios, son preciosos –le pellizcó suavemente un pezón y ella arqueó la espalda–. Te gusta, ¿verdad? –volvió a retorcérselo para repetir su reacción.

Jenny obedeció sin pensar y él se humedeció los labios.

–Dios, eres muy receptiva.

De pronto se oyó la puerta de Austin al otro lado del cuarto de baño que separaba ambos dormitorios, y Jenny se quedó petrificada como un conejo delante de un coyote. Jake se incorporó sobre un costado y se quedó mirándola. Ella aguantó la respiración mientras esperaba a que el adolescente terminara de hacer lo que fuera que le hubiera sacado de la cama.

Se oyó la cisterna y, segundos más tarde, la puerta de Austin se cerró.

Jake se dispuso a recuperar la postura anterior, pero ella le puso una mano en el pecho y lo apartó.

–Tienes que irte –susurró.

–¿Qué?

–Mira –dijo ella mientras se recolocaba el camisón con la otra mano–. He hecho mal al empezar esto contigo con él en la casa. Ha sido una irresponsabilidad por parte de los dos y tienes que irte.

Jake se puso de costado y apoyó la cabeza en una mano.

—Ven conmigo.

—No, tú y yo... —agitó una mano entre los dos—. Es una mala idea. Sé que probablemente cueste creerlo, dada la manera en que siempre me comporto contigo, pero normalmente no hago este tipo de cosas. Y no me meto en la cama con tipos a los que apenas conozco.

—No me cuesta creerlo para nada.

En vez de sentirse aliviada, se sintió extrañamente molesta.

—¿Por qué? ¿Porque no soy sofisticada?

Jake la miró sorprendido.

—No, porque... eres dulce.

Ella dejó escapar un soplido de incredulidad.

—No es un insulto, Jenny —añadió él riéndose.

—Oh, sí, y encima soy objeto de risas.

—Claro que sí. Solo quería decir que no eres un pelele sexual.

—Genial. Mira, deberías irte. Tengo que levantarme temprano —«y, si quiero dormir algo, tendré que recoger mi ego del suelo», pensó.

Jake volvió a ponerse encima de ella.

—Puede que hayamos terminado por esta noche, pero esto no ha acabado.

—Oh, yo creo que sí —«dice la mujer que acaba de aumentar su temperatura diez grados. Dios, Jenny, estás metida en un lío».

—Me deseas igual que yo a ti —dijo él sin la menor sombra de duda.

—Sí, supongo que sí. Pero, como tú dices, no soy ningún pelele sexual, y he decidido tomarme eso como un cumplido. Porque las que no somos peleles no actuamos basadas en nuestros deseos cuando eso nos traerá problemas. Has venido al pueblo para llevarte al chico al que he considerado un hermano desde que era pequeño. Y aunque pudiera dejar eso a un lado, tenemos objetivos distintos. Así que esta es una relación que no va a ninguna parte. Y no estoy buscando algo así.

Durante un instante pareció que Jake iba a contradecirla. Pero después se apartó de ella y se puso en pie.

—Tienes razón, claro —dijo con frialdad—. Intentaré no volver a ponerte en esta situación —sin decir una palabra más, se dio la vuelta y salió de la habitación. Jenny oyó como la puerta de fuera se abría y se cerraba segundos después.

Y se quedó allí tumbada, intentando convencerse a sí misma de que lo que sentía era alivio.

Capítulo 13

–Nolan está enfadado conmigo.

Austin dejó su *joystick* y miró a Bailey, que estaba sentada a su lado en el sofá, donde habían pasado la tarde del domingo jugando al *Grand Theft Auto*. Se había mostrado triste desde que había llegado a su casa, y al parecer esa era la razón.

–¿Y eso por qué?

–¿Porque yo puedo salir y él no? ¿Porque yo puedo verte? ¿Ir al partido de los Mariners? ¿Porque respiro?

«Oh, por favor, Dios, que no se ponga a llorar», pensó Austin.

No supo si su plegaria había sido escuchada o si simplemente Bailey era una luchadora, pero, fuera cual fuera la razón, la niña levantó la barbilla, tomó aliento y lo miró.

–La tía Rebecca dice que es porque se siente encerrado y está celoso porque nosotros lo pasamos bien sin él. Que no puede evitar sentirse así y que hay que tener paciencia con él. ¡Pero siempre ha sido mi primo favorito y no me gusta que esté enfadado conmigo!

–¡Oh, tío! –Austin se sintió agobiado por la culpa–.

Esto es culpa mía, no tuya. Tampoco me he esforzado mucho por hacerle sentir mejor desde que su madre me dijo que tenía varicela. Quiero decir que le he escrito y le he llamado, pero, salvo una partida online al *Call of Duty*, no me he esforzado –«porque he estado demasiado ocupado teniéndote para mí solo»–. Soy un amigo horrible.

–No lo eres. No sé si habría cambiado algo que te hubieras esforzado. Yo he jugado a las cartas y a los videojuegos con él, pero se enfada igualmente.

–Probablemente sea lo que dice su madre. Yo me volvería loco si tuviera que estar en casa todo el tiempo. ¿Pero sabes qué? No es demasiado tarde para hacer algo. ¡Vamos!

–¿Dónde? –preguntó ella mientras se ponía en pie y lo seguía hacia su dormitorio.

Era la mejor, porque no hablaba y hablaba sin parar como tantas otras chicas. En su lugar, se quedó de pie en la puerta mientras él rebuscaba entre el desorden de su habitación.

–Tráeme la mochila que está detrás de la puerta –le dijo por encima del hombro.

Bailey obedeció y se acercó a la cama, donde Austin había colocado su botín.

–De acuerdo, tenemos un par de DVDs, algunos comics, el último libro de Pendragon que estoy seguro de que no ha visto aún, y también... –levantó la tabla que había decorado con equinodermos de diversas formas y tamaños–. Una asombrosa colección de estrellas de mar.

–Estás de broma. ¿Coleccionas criaturas marinas muertas?

–Claro. Y Nolan lleva intentando echarle las manos

encima desde que estábamos en quinto. Yo no se la dejaba. Pero ahora... –se detuvo y se encogió de hombros–. Ahora es una emergencia. Aunque llevarlas hasta allí podría ser complicado. Son muy frágiles. Y también puedo prestarle mi ejemplar de *Feria de ciencias: una historia de misterio, peligros, suspense internacional y una niebla sospechosa*. Tiene que estar por aquí, en alguna parte.

Bailey negó con la cabeza.

–Eres un idiota, ¿lo sabías?

–Puede ser, pero un idiota muy masculino –flexionó los bíceps y sonrió cuando ella se carcajeó–. ¿Y qué lees tú? Porque sabes leer, ¿verdad?

–Muy gracioso –contestó ella dándole un puñetazo en el hombro–. Me gusta Harry Potter.

–¡Y a mí!

–Y los libros de Meg Cabot.

–Esos no los conozco, pero me parece que tú también eres una idiota.

–No. Cuando a las chicas les gusta leer no pasa nada.

–En serio, yo no le voy contando a todo pisqui que me gusta leer.

–Quisqui.

–¿Qué?

–Es a todo quisqui

–¿Ves lo que digo? Eres una idiota al cuadrado.

Diez minutos más tarde subieron los escalones del porche del Sand Dollar y llamaron a la puerta. No hubo respuesta, así que Austin llamó más fuerte y después puso la oreja contra la madera. Oyó un ruido lejano que parecía provenir del piso de arriba. Casi inmediatamente oyó unas pisadas que bajaban por las escaleras y dio un paso atrás.

Jake abrió la puerta apestando a productos químicos y con el aspecto más desaliñado que Austin le había visto jamás; una camiseta vieja y unos vaqueros manchados. Pero su rostro se iluminó.

–Hola. ¿Qué pasa?

–¿Puedes llevarnos a casa de Nolan? Tengo algunas cosas para alegrarle el día, pero una de ellas es demasiado grande para llevarla en mi bici.

–Lo siento, colega. No puedo marcharme ahora mismo. Me han pedido que revele unas fotos y ahora mismo estoy ocupado con los productos químicos. Pero mira, si mientras tanto puedes encontrar más cosas que le alegren, puedo llevarte esta noche. De esa forma tendrá dos sorpresas diferentes. ¿Te parece bien?

La primera reacción de Austin fue decir: «No, y gracias por nada». Pero entonces recordó lo bien que se lo habían pasado juntos en el partido la otra noche y se dio cuenta de que su alternativa no era tan descabellada.

–De acuerdo –dijo tras una leve pausa–. De hecho, si quieres venir a cenar, prepararé mi famosa sopa de tomate y sándwiches de queso.

–Trato hecho. Yo llevaré la leche fría.

–¡Genial! –contestó Austin con una sonrisa.

–¿A las seis te parece bien?

–Siempre y cuando llegues a tiempo. Jenny dice que no puedo salir si ceno mucho más tarde.

Mientras regresaban a casa de Austin, Bailey le dio la mano inesperadamente.

–Ha sido fantástico. Me refiero a cómo has manejado la situación.

–¿Sí? –se le aceleró un poco la respiración al notar la delicadeza de sus dedos en contraste con los suyos, pero hizo todo lo posible por parecer indiferente–. He pensado mucho en lo que me dijiste sobre conocerlos a Max y a él. Me gustó estar con ellos el viernes. Fue más fácil hablar con ellos de lo que había imaginado –sobre todo había disfrutado viendo cómo trataban a Bailey. No habían hecho ninguna tontería evidente, pero le habían abierto las puertas, la habían protegido de las multitudes y habían evitado blasfemar delante de ella. Y todo aquello le había dado una nueva perspectiva sobre cómo debería tratar a las chicas.

Lo de no blasfemar iba a resultarle difícil. Todo el mundo blasfemaba. Les hacía parecer mayores de lo que realmente eran. Aun así tenía que admitir que Jake y Max eran geniales. Y, si ellos intentaban moderar su lenguaje cuando había chicas delante, él también podría.

–¿Entonces qué te parece? ¿Deberíamos llevarle a Nolan ahora las cosas de tu mochila?

–Sí, probablemente. O también... ¿cómo de buena eres con la bici?

–Soy normal. No sé hacer ningún truco ni nada. ¿Por qué?

–¿No sabes más trucos?

–¿Como qué?

–No sé... ¿Alguna vez has hecho gimnasia, o has aprendido algo más en tus clases de ballet?

–¡Sí! De hecho no se me da mal la gimnasia. Pero repito, ¿por qué?

–Bien –Austin la detuvo y agachó la cabeza hacia ella–. Tengo una propuesta.

Una hora más tarde, habían hablado con el padre de Nolan y encendieron el viejo radiocasete que el señor D había instalado frente a la ventana de Nolan. Comenzó a sonar una música circense antigua.

–¡Madre mía! –gritó Austin por encima de la música–. ¿No piensas nada raro de tu tío al ver que tiene este tipo de música en su casa?

Bailey se rio.

–¡Ahí está! –exclamó.

Austin se dio la vuelta y vio a Nolan de pie junto a su ventana, con la cara llena de granos y el pelo revuelto. Austin marcó el número de su amigo en el móvil y vio que Nolan desaparecía de la ventana un momento antes de regresar con su móvil en la mano.

Bailey paró la música y Austin levantó su teléfono para que los dos pudieran oír.

–Ahora entiendo por qué no querías hablar por Skype –dijo él cuando Nolan contestó.

–¿Tú crees? ¿Te imaginas qué posibilidades tendría con Stefani Baldwin si alguna vez me viera así? –puso cara de pánico–. ¿Qué hacéis con esa música?

Bailey le quitó el teléfono a Austin.

–¡Damas y caballeros! –gritó–. ¡Por fin ha llegado el momento que estaban esperando! Ocupen sus asientos, preparen las palomitas... –en ese momento apareció la señora D con un cuenco de palomitas que le entregó a Nolan, mientras su hermano pequeño saltaba de alegría junto a él– ¡y reciban al asombroso Austinini! –colgó el teléfono, se lo devolvió a Austin, volvió a poner la música y dio un salto de animadora mientras él se guardaba el móvil en el bolsillo. Después tomó carrerilla e hizo un salto mortal.

Austin levantó su vieja bicicleta de *bicicrós* del suelo y se montó en ella. No la usaba desde el año anterior, cuando había pasado a un modelo superior. Pero no se había sentido capaz de deshacerse de ella y ahora se alegraba. Mientras Bailey daba saltos típicos de ballet y hacía piruetas, con el señor D sonriendo desde el garaje, él empezó a hacer las piruetas que Nolan y él habían pasado practicando gran parte de su infancia; haciendo equilibrios sobre la rueda trasera, después sobre la delantera mientras movía la bici de un lado a otro, dando saltos por el jardín, montando sin manos.

De acuerdo, aquel último no estaba muy depurado, y falló en los otros un par de veces. También tuvo que repetirse en alguna ocasión, porque tenía un número muy limitado de trucos. Pero después de cada uno hacía reverencias teatrales como si fuera el mayor espectáculo a aquel lado del país. Y al final sus meteduras de pata no importaron, porque la recompensa fue enorme. Vio como Nolan se atiborraba a palomitas y sonreía sin parar.

Seguía entusiasmado cuando Jenny llegó a casa de trabajar aquella tarde y lo encontró haciendo sándwiches.

–¿Y esto? –preguntó ella con una sonrisa–. ¿Estás cocinando? ¡Qué sorpresa!

–Sí, he invitado a Jake a cenar. ¿Puedes acercarme una lata de sopa de tomate del armario? O mejor que sean dos. Tú y yo normalmente nos terminamos una.

Jenny se quedó callada y él se giró para mirarla.

–¿Jenny?

–¿Qué? Ah, perdona. Será mejor que saque tres. Normalmente eres tú quien se termina una, y probablemente tu padre sea igual –se dirigió hacia el armario que había en el guardarropa que usaban como despensa–. ¿Así que Jake viene a cenar?

–Sí –Jenny parecía extraña–. Te parece bien, ¿verdad? Quiero decir que normalmente no te importa que invite a Nolan o a quien sea sin consultarte primero.

–Claro, claro. Me parece bien. Cuantos más, mejor.

Austin sonrió.

–Eso es lo que dices siempre.

«Y normalmente lo digo en serio», pensó ella. En la otra sala, apoyó la frente en la puerta del armario que acababa de cerrar y se concentró en tomar aire para calmarse.

Pero sin hacer ruido, porque no quería estropearle el día a Austin. Y se repitió a sí misma que le parecía bien. De hecho era algo bueno. Era importante que Austin tuviera relación con su padre. Jake iba a llevárselo consigo cuando se marchara; así que, cuanto antes crearan un vínculo, mejor preparado estaría el adolescente para enfrentarse a los cambios que sin duda pondrían su vida patas arriba.

Sin embargo hacía menos de cuarenta y ocho horas que se había revolcado en su cama con Jake, y habría preferido no tener que verlo todavía.

O nunca más.

De acuerdo, aquella era una actitud infantil. Se apartó del armario. Pero no podía fingir que le entusiasmaba la idea de volver a verlo. ¿Cómo iba a mirarlo a los ojos sabiendo que le había visto los pechos? ¿Cómo no iba a pensar en sus caricias? Era fácil para él sentarse a la mesa como si nada hubiese ocurrido, al fin y al cabo no tenía de qué preocuparse. ¡Ni siquiera se había desabrochado la camisa!

Le había visto los pechos e iba a tener que actuar con naturalidad, como si nada hubiera ocurrido.

Llamaron a la puerta en ese momento y ella dio un respingo acompañado de un grito. Austin se carcajeó al otro lado de la puerta.

—Debe de ser él —dijo el chico—. Dame la sopa antes de abrirle la puerta.

Jenny asomó la cabeza por la puerta del guardarropa y le entregó las latas de sopa. Después tomó aliento una última vez, se volvió hacia la puerta de la cocina y agitó las manos antes de agarrar el picaporte. Habría estado bien si hubiera tenido tiempo de pintarse los labios. Aunque tampoco tenía interés en impresionar a Jake Bradshaw. Pero cualquier mujer le habría dicho que un poco de pintalabios reforzaría su autoestima como si fuera una armadura.

Así que sonrió y abrió la puerta.

Era una estupidez, Jake lo sabía, pero no había esperado que Jenny estuviera allí. Había llegado a la conclusión de que Austin le había invitado porque ella trabajaba esa noche; tal vez porque el chico iba a cocinar, e imaginaba que solo haría eso cuando estaba solo.

Sabía que no debía dar las cosas por hecho. Y al verla con aquella falda recta color beis, esa blusa de gasa tan femenina en color negro y los zapatos de tacón alto que usaba para el trabajo, se quedó en blanco durante unos segundos.

Sus peleas con Max le habían enseñado que no debía mostrar que le habían pillado con la guardia baja. Le dedicó una sonrisa desenfadada y deslizó la mirada hasta sus pechos.

Si pensaba que aquello iba a desestabilizarla, la había subestimado. Aquella chica estaba hecha de una aleación de titanio. Se sonrojó un poco, pero le devolvió la mirada con frialdad y arqueó las cejas como diciendo: «Eres la escoria más asquerosa de la tierra».

—¿Pensáis quedaros ahí de pie toda la noche? —preguntó Austin, y se fijó en el cartón de leche que llevaba Jake—. Ah, bien. Te has acordado de traer la leche. La

meteré en el congelador para que esté realmente fría. Y luego tengo que seguir cocinando –arqueó las cejas tras quitarle la leche a Jake–. Si queréis entreteneros, podéis ver cómo trabaja el maestro.
Jake miró a Jenny con una sonrisa.
–¿Siempre es así de modesto?
–Generalmente sí –contestó ella.
–¡Ey! –protestó Austin–. No creo que me muestre ni la mitad de bueno de lo que realmente soy. Pero esperad a probar mis sándwiches de queso. Por no hablar de mi sopa Campbell. El canal de cocina me ha rogado que deje los estudios y haga uno de sus programas. ¿Crees que podréis resistiros a pedirme la receta? –se carcajeó con aquella idea.

Era la primera vez que Jake le veía verdaderamente relajado en su compañía. Se lo habían pasado bien el viernes por la noche, pero Austin no había estado tan relajado como aquella noche.

Tenía que admitir que era encantador. Ya antes tenía ganas de llegar a conocer mejor a su hijo. Pero aquel chico...

Realmente deseaba conocer mejor al chico que tenía delante de él aquel día.

Y jamás se había arrepentido tanto de todos los años que había dejado pasar sin molestarse en hacerlo.

Durante la cena descubrió que Austin estaba encantado con la actuación que Bailey y él le habían hecho a Nolan aquella tarde, después de marcharse de su casa. El chico le mantuvo en suspense mientras recreaba no solo sus propios trucos, sino también la actuación de Bailey, con sus saltos y sus piruetas. Incluso intentó imitar la música circense con un falsete.

–¿Alguna vez has oído una música tan patética? –preguntó antes de dar un mordisco a su segundo sándwich de queso.

Jake miró a Jenny, que sonreía con el mismo orgullo con el que lo haría una madre. Su expresión le produjo un vuelco en el corazón, y una sensación extraña en el estómago.

Pero decidió ignorarla cuando Austin apartó su plato vacío y eructó.

—Perdón —dijo con una sonrisa de satisfacción—. Yo he cocinado. Eso significa que vosotros limpiáis.

Jenny gruñó.

—Genial —dijo mirando a Jake—. Puede que prepare los mejores sándwiches de queso del estado de Washington...

—O tal vez de todo Estados Unidos —comentó él.

—O del universo —intervino Austin.

—En cualquier caso, esa es la ventaja. La desventaja es que, cuando cocina, utiliza todos los platos y sartenes que hay en la casa.

—Un chef prodigioso es tan bueno como las herramientas que utiliza —contestó Austin levantándose de la mesa—. Así que, mientras limpiáis la cocina, yo iré a por las cosas que vamos a llevarle a Nolan.

Jenny frunció el ceño confusa.

—¿Qué vas a llevarle a Nolan? No puedes tener contacto con él todavía. Te vacunarás el martes, y veremos qué dice el doctor Janus después de eso.

—Es cierto, tú no lo sabes —le dijo Austin—. No voy a entrar. Pero tengo algunos libros y cosas para dárselas a la señora D y que así le ayude a pasar el rato mientras siga en cuarentena. Se lo habría llevado esta tarde en la mochila, pero voy a prestarle también mi colección de estrellas de mar. Y eso no cabe.

—¿Vas a prestarle tu preciada colección de estrellas de mar para alegrarle? Eso es muy bonito, Austin.

—Lo sé —dijo el chico con una sonrisa—. Le pedí a Jake que me llevara esta tarde, pero estaba revelando fotos y no podía marcharse en ese momento. Pero me dijo que me llevaría después de la cena. Así que vosotros limpiad y yo meteré las cosas en su coche —se volvió hacia Jake—. Supongo que está abierto.

—Pues no —Jake sacó las llaves del bolsillo y se las lanzó—. Nadie en su sano juicio dejaría el coche abierto en Manhattan.

—Me parece que ya no estás en Manhattan, Toto —dijo Austin—. No sé cómo puedes vivir así.

Jake sintió un vuelco en el estómago, pero dijo:

—Oh, ahora solo estás intentando enfadarme hablando como Max.

—Él también tiene buen gusto.

—Ve a por tus cosas, Austin —le dijo Jenny poniéndose en pie para recoger los platos—. Y tú ven conmigo —le ordenó a Jake.

Jake terminó de recoger la mesa y la siguió al fregadero.

—¿Quieres que lave o que seque?

—Que seques —contestó ella—. Eres más alto. Te resultará más fácil guardar las cosas.

—Eres un poco bajita, ¿eh? —dijo él con una sonrisa—. No lo había notado.

—Eres todo un caso —murmuró Jenny con lo que parecía ser una sonrisa—. Los platos van en este armario de aquí y los vasos en ese —señaló mientras abría el grifo y echaba jabón en el fregadero—. Las sartenes van en el cajón que hay debajo de los fogones.

—Entendido —contestó él, y se puso encima del hombro el trapo que Jenny le entregó–. ¿Quieres que meta la leche en el frigorífico?

–Sí, te lo agradecería –metió la mano en el agua y la agitó para que el jabón hiciera más espuma.

Charlaron tranquilamente mientras limpiaban la cocina, y Jake bajó la guardia con ella por primera vez desde que le había abierto la puerta. Mantenerla alta probablemente hubiera sido exagerado, pero le había pillado por sorpresa y eso siempre tendía a poner en guardia sus defensas. Era posible que hubiera exagerado un poco la atracción que había entre ellos.

Entonces se inclinó sobre ella para meter el último vaso en el armario de arriba. Había hecho lo mismo con los otros dos vasos, pero en esa ocasión, Jenny se agachó al mismo tiempo para secar la encimera y aquello hizo que le golpeara con el trasero.

Y aunque los dos se quedaron quietos, Jake no se engañaba a sí mismo. Porque la deseaba. La deseaba horriblemente.

Entonces Jenny se incorporó y él apartó las caderas. Pero seguía inclinado sobre ella y, al tomar aire, aspiró aquel olor a jabón, champú y mujer.

Siempre olía muy bien. Y no creía que fuese perfume. Le parecía que era simplemente… Jenny.

Se le encogieron los testículos, metió el vaso en el armario y se apartó mientras dejaba el trapo en la encimera.

–Bueno –dijo mientras ella giraba la cabeza para mirarlo por encima del hombro–. Será mejor que vaya a ver si Austin está preparado para llevarle las cosas a Nolan. Gracias por la cena.

Y salió de la cocina tan deprisa que le sorprendió no haber dejado marcas de derrape.

Capítulo 14

El lunes por la mañana, Jenny pasó por casa de Tasha antes de salir del pueblo. Subió corriendo las escaleras exteriores que conducían al apartamento situado sobre la pizzería y llamó a la puerta con impaciencia.

–¿Qué es tan importante que no puede esperar? –preguntó en cuanto Tash abrió la puerta–. No tengo mucho tiempo.

–Entra –le dijo su amiga echándose a un lado para permitirle pasar–. He mirado los horarios del ferry. Puedes permitirte quince minutos.

Jenny resopló, pero sabía que no serviría de nada contradecir a su amiga, así que entró.

–Mira, no estoy de humor para...

–Lo sé, cariño. Nunca lo estás cuando vas a ver a tu padre. Y tampoco comes como es debido –la condujo hasta la barra de la cocina–. Siéntate y come.

En la barra había un plato color cobalto con huevos revueltos, dos salchichas y varias fresas.

–Oh, Tash –Jenny notó que los ojos se le llenaban de lágrimas.

No soportaba las visitas a la cárcel, pero sabía que

Tasha comprendía que no tenía otra opción. Así que siempre encontraba la manera de hacérselo más fácil.

—Sabes que te quiero, ¿verdad? —le dijo a Tasha mientras esta agarraba la cafetera.

—Lo sé. Igual que tú sabes que te quiero. Toma —Tasha le entregó un pañuelo—. Sécate los ojos, suénate la nariz y tómate el desayuno —le llenó la taza de café y la dejó junto al plato—. Ahora tienes menos de quince minutos, así que come. Bebe. Si vas a ir dándole vueltas a la cabeza hasta que llegues a la cárcel, será mejor que lo hagas con el estómago lleno.

Jenny agarró el tenedor y empezó a comer.

Tasha ocupó el taburete que había a su lado. Se volvió hacia Jenny y dio un trago a su taza de café.

—No sé por qué diablos tienes que pasar por esto.

Jenny tampoco lo sabía, así que le dio a su amiga la única respuesta que tenía.

—Solo son dos veces al año. Y es mi padre.

—Al que no le importó destrozarte la vida cuando... —se detuvo y negó con la cabeza—. Lo siento. Sé que esto no ayuda.

Jenny le pasó un brazo a Tasha por los hombros y estuvo a punto de tirarla del taburete, pero se inclinó hacia ella y le dio un sonoro beso en los labios antes de soltarla.

—Este desayuno sí que me ayuda. Me encanta que te preocupes.

—Sí, bueno, como si eso te hiciera la vida más fácil —contestó Tasha—. A mí me encanta que al menos te muestres molesta con todo este asunto. Y la gente pensando que eres un encanto.

—Lo sé. ¿Cuándo empecé a ser así? Cuando le dije a Jake que no me meto en la cama con hombres a los que apenas conozco, me dijo que no le costaba trabajo creérselo. Porque soy dulce. Y eso a pesar de haber acabado en la cama con él.

Tash, que había oído la historia la mañana siguiente, asintió.

–Los hombres son muy idiotas a veces. Incluso los que supuestamente son listos.

–Amén, hermana.

–Aunque tienes que admitir que tu naturaleza es bastante dulce –le dio un codazo cariñoso en el costado y sonrió–. Con mucha frecuencia.

–Bien por mí. ¿Pero tanto les costaría a los hombres verme alguna vez como una mujer sexual en vez de como una niña inocente?

–Tienes razón –confirmó Tasha.

Jenny terminó el desayuno pocos minutos más tarde, se bajó del taburete y, cuando Tasha hizo lo mismo, le dio un abrazo a su mejor amiga. Al apartarse la miró a la cara.

–Gracias. Han sido los quince minutos más útiles de mi vida.

–Me alegro. Toma –Tasha alcanzó una bolsa de papel marrón que había sobre la encimera y se la dio–. Te he preparado algo de comer. Conduce con cuidado, ¿entendido?

–Sí, mamá.

Tasha le dio una palmada en el trasero.

–Largo de aquí, niña idiota.

Jenny agradeció la consideración de su amiga más que nunca cuando se puso en marcha y se dio cuenta de que no se sentía tan nerviosa como al empezar el día. Sin embargo había un largo camino desde la península hasta la cárcel de Monroe, de modo que después de tomar el ferry, conducir varias horas, pasar el control de seguridad en la penitenciaría y ser conducida por un guardia hasta la sala de visitas, estaba como al principio. Tensa como un especialista en desactivar bombas en un día de resaca.

Y eso antes de que su padre entrase en la habitación.

Jenny había heredado su estatura de su padre. Lawrence Salazar medía poco más de metro sesenta, pero entró en la sala de visitas como si midiera uno noventa. A su pelo oscuro le habían salido algunas canas, tenía las mejillas sonrojadas debido al afeitado reciente y cualquiera habría creído que su traje de preso había sido diseñado por Armani, pues lo llevaba con gran seguridad en sí mismo. Se acercó a la mesa cuando ella se puso en pie.

—Hola, Jennifer —le dio un abrazo y se sentó frente a ella.

—Papá —habían pasado doce años desde que entrara en prisión, pero al verse cara a cara con él, se sintió abrumada por viejas emociones.

En otra época lo había idolatrado. Había sido como Papá Noel y el conejo de pascua en una sola persona; un hombre increíble que, a pesar de vivir en la misma mansión que ella, aparecía y desaparecía en su vida como por arte de magia. La cubría de regalos, aunque no le prestaba mucha atención. Pero era tan encantador y carismático que la poca atención que le prestaba hacía que se sintiese como una princesa Disney. A Jenny le había parecido el hombre más brillante del mundo.

Al descubrir a los dieciséis que era un ladrón cuya generosidad se financiaba gracias a la ruina económica de muchas otras personas, se había quedado destrozada. Completamente desilusionada, lo único que había querido era regocijarse en su drama y patalear para mostrar su ira y su miedo.

Pero dado que su madre había sufrido una crisis nerviosa y había decidido renunciar a sus responsabilidades para con ella, Jenny había estado demasiado ocupada manteniéndolas a flote a las dos como para permitirse dar rienda suelta a sus emociones.

Tal vez aquella imposibilidad de enfadarse y enrabietarse como cualquier adolescente fuese la responsable de aquel sentimiento de amor/odio hacia su padre. O quizá la culpa por los cinco años que había estado encarcelado antes de que ella pudiera reunir el dinero suficiente para comprarse un coche e ir a visitarlo. Fuera cual fuera la razón, experimentaba el mismo caos emocional cada vez que iba a verlo. Y aunque odiaba lo que había hecho y aquella arrogancia que ni siquiera la cárcel podía borrar, seguía siendo su padre. Solo por eso, y porque no podía olvidar los escasos momentos que había pasado con ella, le quería.

–¿Qué me has traído? –preguntó.

«Aunque no siempre me caiga bien», pensó ella.

–Lo de siempre.

–Excelente –le dedicó aquella sonrisa radiante que había arruinado a familias enteras. Después se inclinó hacia delante y extendió un brazo por encima de la mesa. Pero se detuvo justo antes de tocarla.

Aquello la habría enternecido si no hubieran estado en el pabellón de mínima seguridad, donde las normas eran mucho menos estrictas que en el de máxima seguridad, donde cualquier guardia le habría reprendido por aquel gesto.

–La vista de la condicional se acerca –dijo él.

–¡Papá! –exclamó Jenny con una sonrisa auténtica–.

¡Eso es maravilloso! –de acuerdo, parte de su entusiasmo se debía a la probabilidad de no tener que volver a visitar una prisión jamás.

–He sido un prisionero ejemplar, así que puede que me suelten sin problemas. Pero necesitaré que vengas a la vista para decirles que cuando salga tendré un trabajo en tu pequeño hotel.

–Oh –Jenny se recostó en la silla de plástico, abrumada de nuevo por los sentimientos encontrados. La hija devota deseaba darle cualquier cosa que necesitara.

Pero su instinto le gritaba alarmado. Y había aprendido que ignorar a su instinto era peligroso. Así que se enderezó lentamente, tomó aliento y dijo:

–No.

–¿Perdón? –se irguió como si fuese un militar. Y, si su voz hubiera sido una entidad visible, habría estado formada de cristales de hielo–. ¿Qué quieres decir con eso?

«¿He dicho que no, papi? ¡No hablaba en serio!».

El problema era que sí hablaba en serio. De modo que recuperó la compostura y lo miró a los ojos.

–Mi conciencia no me permite hacer eso.

–Claro que sí. Voy a necesitar un trabajo.

–¿Y no te importaría ser, por ejemplo, jardinero en el hotel?

Lawrence Salazar le dirigió su mirada más arrogante.

–No seas ridícula. La primera regla en el mundo empresarial es colocar a los empleados donde puedan ser más eficaces. En mi caso, sería en el departamento de contabilidad. O ventas. Se me dan bien ambas cosas.

–Y la última vez que hiciste ambas cosas, la gente perdió los ahorros de toda su vida.

—Me van a soltar porque ya he pagado mi deuda con la sociedad por todo aquello, Jennifer —le dijo su padre con frialdad.

—Y eso es maravilloso, papá, de verdad. ¿Pero alguna vez has sentido haberles arruinado la vida a todas esas personas?

Se quedó mirándolo fijamente y supo que mentía cuando respondió:

—Por supuesto. Estoy profundamente avergonzado por todo el daño que causé.

—Bueno, me alegro por ti —dijo ella—. Pero, como ya te he dicho, mi conciencia no me permite contratarte.

Lawrence dio un golpe a la mesa con tanta fuerza que la adolescente que estaba de visita en la mesa de al lado dio un respingo.

—¡Soy tu padre!

—Oh, confía en mí, lo sé muy bien. Eso es lo que todo el mundo recordaba cuando te encarcelaron y yo tuve que defenderme sola —hablaba en voz baja, pero de pronto todos los años de ira contenida salieron a la superficie—. ¡A tu hija de dieciséis años! Mamá y tú erais demasiado egocéntricos como para daros cuenta de que yo era la única que hacía algo para salir adelante. Y deja que te diga que tener tu reputación sobre mis hombros no ayudó.

Tomó aliento. Creía que había dejado atrás el dolor y la vergüenza de aquella época de miradas de soslayo en la que los demás niños utilizaban la reputación de su padre como arma arrojadiza. Pero al parecer se equivocaba.

—Yo no podía hacer nada por ti desde la cárcel, Jennifer.

—Puede que no, pero podrías haber utilizado tu talento para llevar una vida honrada y no acabar en la cárcel.

¿Pero sabes qué? Me da igual, es agua pasada –se inclinó hacia delante y se mostró arrogante ella también–. Porque peleé por mí y también por mi madre, ya que ella parecía incapaz de pelear. Y te diré una cosa, papi. No fue fácil, y no fue gracias a vuestra ayuda por lo que no me hundí como una roca bajo el peso de las responsabilidades. Los Pierce me enseñaron cómo funcionan las familias de verdad, y me dieron las herramientas para llevar una vida decente. No pienso permitir que entres en el hotel que ellos construyeron y lleves a cabo tus planes. Y tampoco pienso permitir que destruyas la excelente reputación que me he construido durante los años. Te quiero, papá, y siempre te querré –agregó poniéndose en pie–. Te deseo suerte. Si quieres venir a visitarme cuando salgas, estaré encantada de cederte una habitación durante unos días. Pero, aparte de eso, estás solo.

–Te has vuelto muy dura –dijo él–. ¿Qué ha sido de mi pequeña princesa?

–Tuvo que limpiar retretes y recoger lo que otros manchaban. Tuvo que dejar atrás su reputación como la hija de un criminal.

–Cosa que has hecho. ¿Qué tiene de malo ayudar ahora a tu anciano padre?

–¿No lo he dejado claro? ¿No te has enterado de que no tengo intención de poner en peligro lo que he construido? –señaló al guardia y se volvió de nuevo hacia su padre mientras el hombre uniformado se acercaba–. Pásate por ahí si quieres tener una relación más equitativa conmigo. A mí me gustaría. Pero encuentra la manera de cuidar de ti mismo; preferiblemente una manera legal. Porque estoy harta de encargarme de la gente que debería haberse encargado de mí.

«Buena chica», se repetía una y otra vez a sí misma mientras recorría el camino hacia su coche. «Buena chica». Había sido fuerte, y tenía razón. Era demasiado tarde para tener una madre que la ayudase cuando todo a su alrededor se desmoronase. Y sabía que no debía albergar la esperanza de que su padre se interesase por alguien que no fuese él mismo. Finalmente había hecho lo que debería haber hecho años atrás; demostrar de una vez por todas que ya no lo esperaba.

Llegó al coche, entró y lanzó el bolso sobre el asiento del copiloto. Se abrochó el cinturón de seguridad.

Entonces se fijó en el temblor de sus manos y empezó a llorar.

El tráfico fue una auténtica pesadilla; qué iluso por su parte haber pensado lo contrario cuando todo había salido tan mal aquel día. Estaba agotada cuando llegó a Razor Bay, y se sintió aliviada y agradecida al aparcar detrás de su casa minutos más tarde. Salió del coche y entró en la casa. Lo único que deseaba en aquel momento era un vaso de agua, un par de aspirinas y tumbarse durante una hora en una sala oscura.

Al entrar en la cocina, oyó el videojuego *Halo* de la XBox en el salón.

—¡Vas a morir! —oyó gritar a Austin.

Jenny pensó que estaría hablando con Bailey y fue a la puerta del salón para saludarlos.

Pero fue Jake quien contestó:

—En tus sueños. No se trata de un campeonato infantil. Estás jugando con el maestro.

Jenny se detuvo en seco. Jake era la última persona a la que deseaba ver. Pero le había pedido que pasara algo de tiempo con Austin mientras ella estaba fuera, así que no podía llegar y echarle de la casa porque no estuviera de humor para tratar con él.

De pronto sintió como si el bolso le pesara cincuenta kilos y habría jurado que podía notar el movimiento gravitatorio de la tierra. Dejó caer el bolso por el brazo y entró en el salón.

–Hola –dijo intentando sonar animada–. Ya estoy en casa.

–Hola –respondió Austin sin apartar la mirada de la televisión. Hizo algo con el mando que consiguió que uno de los personajes muriese–. ¡Sí! –exclamó triunfante–. ¡Estás frito, anciano! ¿Quién es el maestro ahora?

Pero Jake no le prestó atención. Se había quedado mirándola a ella con el ceño fruncido.

–No pareces muy relajada para ser alguien que ha pasado un día de compras en la ciudad, o en un spa. De hecho tienes un aspecto horrible.

Austin se volvió hacia él con la boca abierta.

–¿En serio, tío? Eso es muy duro. Ha estado todo el día en la cárcel.

–¿Qué?

–Ha pasado el día en Monroe, tío. Viendo a su padre –miró el reloj y luego a ella–. Mira, he quedado con los chicos para echar un torneo de *pinball* en la pizzería. Pero, si prefieres que me quede…

–No –contestó Jenny. Lo único que deseaba era estar sola.

–¿Estás segura? Puedo quedarme.

–No. Vete. Dales una paliza.

–De acuerdo, si estás segura. Ya he hecho los deberes –señaló a Jake con la barbilla–. Este pesado me ha obligado a hacerlos antes de poder jugar al *Halo* –se dirigió hacia la cocina–. Volveré a las nueve, ¿de acuerdo? –segundos más tarde ya había salido de la casa.

Jenny se volvió hacia Jake.

–Gracias por quedarte con él. Y por lo de los deberes –era más de lo que había esperado, y agradecía no tener que ocuparse de eso esa noche.

–¿Por qué no me dijiste adónde ibas? –preguntó Jake acercándose a ella.

Cuando le había pedido ayuda, Jenny solo le había dicho que iba a pasar el día fuera.

–Claro, ¿por qué ibas a hacerlo? –murmuró él–. Pero parece que vengas de la guerra. ¿Tienes hambre? Puedo prepararte algo de comer.

Solo pensar en comida y su estómago se rebeló.

–La verdad es que no.

–¿Y qué me dices de una copa de vino?

Aquella sugerencia le dio ganas de tomar algo por primera vez desde que abandonara el apartamento de Tasha aquella mañana.

–Eso me gustaría.

–¿Tienes algo de vino?

–En el armario que hay sobre el escobero –respondió ella.

Jake se fue a la cocina, ella se quitó los zapatos y se dejó caer en el sofá. Alcanzó el mando a distancia y apagó la televisión, que Austin había dejado encendida.

Jake regresó poco después con una de las enormes copas que apenas usaba llena de chardonnay hasta casi el borde.

Ella aceptó la copa, dio un trago y sintió el calor en el estómago. Dio otro trago, más grande, y miró a Jake por encima de la copa.

–Gracias.

–¿Hace cuánto que no comes nada? ¿Estás segura de que no quieres nada?

Jenny ignoró la primera parte de la pregunta y bebió más vino. Experimentó una agradable sensación bajo la piel y notó que la tensión acumulada durante el día se disipaba.

–Quizá dentro de un rato.

Jake se encogió de hombros y se sentó en el otro extremo del sofá.

–Deduzco que has tenido un mal día.

Ella se carcajeó.

–Podría decirse que sí.

Se llevó la copa a la boca otra vez y una voz en su interior le dijo que tal vez debería ir más despacio, pero la ignoró. Al fin y al cabo estaba en su casa, en su sofá, y el mundo no se iba a acabar solo por ser un poco imprudente durante un rato.

–¿Siempre es así? –preguntó Jake, pero ella simplemente se quedó mirándolo–. ¿Siempre estás tan triste cuando vuelves a casa?

–Nunca es muy divertido –admitió Jenny–. Pero hoy he tenido una conversación muy seria con mi padre.

–Probablemente eso sea algo bueno, ¿no?

–Al menos era algo que tenía que hacer desde hacía tiempo –contestó ella, lo miró y se dio cuenta de que empezaba a verlo un poco borroso. Tal vez ser imprudente no fuese una buena idea.

Aun así, eso no le impidió terminarse la copa. Porque, al fin y al cabo, había sido un día lleno de ideas poco brillantes.

–Ha habido un momento en el que me he visto tentada de ceder a las exigencias de mi padre y darle un trabajo en el hotel –admitió–. Pero este lugar es la herencia de Austin. Soy responsable de él, y mi padre es un ladrón, así que he hecho lo correcto.

—Desde luego que sí —confirmó Jake con decisión—. Creo que no quiero que mi hijo esté cerca de él.

—Yo tampoco. ¿Pero por qué entonces no me siento mejor?

—Oh, cariño, se lo estás preguntando al hombre equivocado. Mi padre era lo que podríamos llamar un monógamo en serie. Dejó a Max y a su madre por la mía. Quiero decir que centró toda su atención en nosotros e hizo como si ellos no existieran. Después nos abandonó a nosotros por otra mujer que tenía un hijo que podría ser suyo o no. No estoy al corriente de los detalles, y mi madre murió antes de que me interesase lo suficiente para preguntárselo —se encogió de hombros y la miró—. Ya sabes que no soy un modelo a seguir en cuanto a paternidad.

—Eso es cierto —convino ella. Pero era muy atractivo.

Dejó la copa vacía sobre la mesita, aunque necesitó dos intentos.

—Dios —dijo él—. Estás borracha.

—Así es —admitió con una sonrisa. Se arrastró por el sofá hacia su lado y se puso de rodillas junto a él—. Me siento mucho mejor que cuando he llegado a casa —le pasó un brazo por el pecho y le agarró del hombro—. Vamos a hacerlo.

—¿Qué? ¡No! —Jake saltó al borde del sofá y le hizo perder el equilibrio.

Jenny cayó hacia delante y apoyó la mano en el cojín para no darse de cara. Se echó hacia atrás y se apartó el pelo de la cara con el antebrazo.

—¿Por qué no? —preguntó—. Sabes que lo deseas.

—Claro que lo deseo. Pero por muy mala opinión que

tengas de mí, me niego a aprovecharme de mujeres borrachas.
—Aguafiestas.
Jake se carcajeó y se puso en pie.
Jenny estiró el brazo para acariciarle un muslo y le dirigió una sonrisa etílica cuando él se apartó.
—¿Estás seguro de que no quieres cambiar de opinión?
—Dios, no, no estoy seguro. Por eso me marcho de aquí —se quedó mirándola y no pudo evitar sonreír—. Te vas a avergonzar por la mañana.
—Que pase lo que tenga que pasar —contestó ella encogiéndose de hombros.
—Me gustaría ver si sigues con esa opinión dentro de unas horas —le acarició el pelo con una mano—. Y, si tu oferta sigue en pie cuando estés sobria, ya sabes dónde encontrarme.

Capítulo 15

—Quiero morirme —Jenny evitó mirarse en el espejo del cuarto de baño cuando agarró el bote de aspirinas, se puso dos en la mano y se las tragó con ayuda de un vaso de agua.

No era que el dolor de cabeza fuese tan insoportable; se debía más a la tensión que a la resaca. Solo se había tomado una copa de vino. Cierto que había sido una copa llena y además con el estómago vacío. Pero si hubiera sabido que se iba a convertir en esa mujer, se habría tomado dos copas más. Así al menos la noche anterior aparecería borrosa en su cabeza.

Borroso habría sido mucho mejor.

Pero no iba a librarse tan fácilmente. Su memoria no iba a hacerle el favor de abandonarla por una maldita noche.

No, se acordaba absolutamente de todo.

Aunque no todo había sido horroroso. Al fin y al cabo recordaba el calor de Jake. Y su aroma.

Pero no le habría importado olvidarse de su mirada de horror al hacerle aquella proposición tan descarada. Y no quería ni pensar en cómo se había restregado contra él.

No lo entendía. No era propio de ella. No era la madre Teresa, pero tampoco iba por ahí acostándose con cualquiera.

Pero había algo en Jake que... le atraía. Claro, por un lado estaban su cuerpo y su atractivo. Pero, si fuese solo físico, no se sentiría tan desconcertada. Podría achacar su deseo a una mera cuestión de química; biología en estado puro.

Pero había algo más.

Al principio había pensado que la atracción emocional que sentía en su presencia se debía a la relación que estaba desarrollando con Austin. Cuantas más cosas hacía bien, cuanto más esfuerzo le dedicaba a su hijo, más cosas sentía por él.

Pero no en términos amorosos. No, señor. Nada de eso. Porque, ¿eso adónde le conduciría? Jake iba a marcharse y a llevarse a Austin con él. Sería una estupidez permitirse sentir algo por él más allá del simple deseo carnal.

Sabía por experiencia lo que era querer a alguien y que esa persona eligiese otra cosa. Su padre había elegido la riqueza y el poder por encima de ella; su madre había elegido la imagen y el estatus social. No pensaba volver a repetir la misma historia.

Solo pensar en ello hizo que la cabeza le doliese más. Se apoyó en el lavabo y apoyó la frente en el espejo.

–Por favor –susurró–. Que me trague la tierra. Cualquier cosa con tal de desaparecer, por favor.

En ese momento sonó el teléfono.

–De acuerdo, no es lo que tenía en mente –murmuró. «Aun así es mejor que revivir mi gran estupidez», pensó.

Bueno, dependiendo de quién estuviese llamando.

Sacó el móvil del bolso, que primero tuvo que localizar bajo la montaña de ropa que se había quitado la noche anterior, y miró la pantalla con aprensión.

Pero respiró aliviada al ver que se trataba del jefe de mantenimiento del hotel.

—Hola, Dan, ¿qué puedo hacer por ti?

—Hola, Jenny —contestó Dan. Jenny pudo imaginárselo a la perfección. Un hombre bajito y corpulento, quemado por el sol, con una gorra de béisbol con la visera hacia atrás—. Estoy en el almacén, y el aire del mar ha estropeado casi todas las bisagras. Juraría que funcionan bien y de la noche a la mañana se corroen. En cualquier caso, voy a cambiarlas todas para no tener que hacerlo la semana que viene.

—De acuerdo —no era propio de Dan pedir permiso para hacer su trabajo. Generalmente arreglaba las cosas antes de que se convirtieran en un problema.

—Lo sé, estoy divagando —dijo él entre risas—. El problema es que no tengo suficientes. Y no sabía si querías que las apuntase en la cuenta del hotel que tienen en la tienda, o si prefieres comprarlas tú.

—Hazlo tú. Y compra de sobra para tener para otras veces. Caleb suele hacer descuentos con los pedidos grandes.

—De acuerdo.

Hablaron durante un par de minutos más sobre las cabañas que el equipo de Dan iba a pintar y después colgaron. Jenny tiró el bolso encima de la montaña de ropa y se miró en el espejo.

—De acuerdo —dijo con firmeza. Era hora de dejar de obsesionarse con su comportamiento de la noche anterior y ponerse a trabajar. Tenía que pedir más personal para la limpieza y el restaurante durante el próximo fin de semana. Tenía que ponerse en contacto con el jefe de jardineros para preguntarle qué necesitaba y hablar del presupuesto, porque estaban en esa época del año. Y también tenía que hablar con María para ver cómo se las apañaba Abby en la recepción, pues era importante que la joven estuviese familiarizada con el funcionamiento del hotel cuando empezasen a tener más trabajo en las próximas semanas. Lo que no tenía que hacer era perder más tiempo pensando en Jake Bradshaw.

Sin embargo tenía que admitir que no le importaría que sus caminos no se cruzaran durante algún tiempo.

Un tiempo largo.

De pie en su cocina, en calzoncillos, mientras se rascaba la tripa perezosamente, Jake se preguntaba si se encontraría con Jenny aquel día. Tal vez debiera pasarse por su casa en torno a las tres y media para ver cómo había ido el campeonato de *pinball* de Austin. Solía estar en su casa durante parte de la tarde cuando el chico regresaba de la escuela.

—Maldita sea, Bradshaw —se dijo a sí mismo negando con la cabeza—. Eso es patético —se quedó mirando a la cafetera con el ceño fruncido y se obligó a ponerla en marcha. Obviamente tenía que despejarse la cabeza.

Salvo que...

Si eso le parecía patético, ¿cómo debía interpretar el hecho de haber tenido a una mujer receptiva y deseable la noche anterior y haber actuado como un héroe? ¿De dónde había salido eso? ¿No era él el tipo que había abandonado a su hijo? ¿El mismo que elegía mujeres que no esperarían tener una relación con él?

¿Por qué elegir entonces ser honrado? Agarró la jarra de cristal de la cafetera y se sirvió una taza doble. Dio un gran trago y se quemó la lengua. Dio un respingo por la quemadura y derramó parte del café sobre su mano.

—¡Ah! ¡Maldita sea! —dejó la taza en la encimera, sacudió la mano y abrió el grifo del agua—. Dios —agregó al meter la mano bajo el agua fría. Y no se habría sentido mucho mejor de haber sabido que estaba imitando a Jenny cuando dijo—. Quiero morirme.

—Siento que no puedas ver a Nolan todavía —dijo Jenny aquella tarde cuando se montaron en el coche.

Austin se encogió de hombros y centró su atención en las manos mientras se abrochaba el cinturón de seguridad.

Cualquier cosa con tal de no mirarla. Jenny parecía poseer la asombrosa habilidad de leerle la mente.

Acababan de salir de la consulta del doctor Janus, donde le habían puesto la vacuna para reemplazar a la vacuna defectuosa que el doctor Howser les había puesto a Nolan y a él, así como a otros niños, cuando eran pequeños.

Resultó que iba a tener que volver a vacunarse en un mes. Además, el doctor Janus había dicho que su cuerpo necesitaba tiempo para generar sus propios anticuerpos, de modo que tenía que mantener la distancia con Nolan.

Era extraño que se alegrara de aquello. ¿Qué tipo de amigo horroroso era él?

—No será mucho tiempo —continuó Jenny, y Austin deseó que dejara de hablar.

Ajena a sus pensamientos, Jenny estiró el brazo por encima de la palanca de cambios y le dio una palmadita en la rodilla.

—Rebecca me ha dicho que las erupciones de Nolan empiezan a tener costra. Dentro de poco ya no será contagioso.

—Sí —convino él.

—¡Eh, tengo una idea! —Jenny desvió la mirada de la carretera el tiempo suficiente para mirarlo—. ¿Por qué no nos pasamos por ahí y recogemos a Bailey? Probablemente agradezca la oportunidad de salir de casa.

—Tengo que ir al entrenamiento. Pero Bailey dijo que estaría allí.

—Oh, lo había olvidado por completo. Aun así, me alegra que vaya. Os lo pasáis bien juntos. Y creo que le viene bien tener amigos en estos momentos. Rebecca me ha dicho que lo está pasando mal en la escuela.

—¡Son esas chicas pretenciosas! —de acuerdo, tal vez sonó demasiado enfadado, porque Jenny lo miró extrañada. Pero le molestaba que ninguna de las chicas de la escuela le diese un respiro a Bailey.

—No es fácil llegar a final de curso —contestó Jenny—. Y menos en una escuela donde todo el mundo conoce a todo el mundo. Confía en mí, me ha pasado. ¿Quieres llamarla para ver si necesita que la llevemos?

—Sí, supongo —dijo Austin sacando su móvil del bolsillo—. Hola —añadió cuando Bailey respondió—. Jenny y yo vamos hacia el entrenamiento. ¿Quieres que pasemos a recogerte? Puedes decírselo a la señora D si quieres que te acompañe a casa cuando termine, para que no tenga que ir ella a buscarte.

—Eso sería fantástico —dijo Bailey, y su entusiasmo le produjo un calor vergonzoso.

–Genial. Te veo en unos minutos.

–Deduzco que le parece bien –dijo Jenny, y giró hacia la casa de los Damoth en el siguiente desvío.

–Sí –contestó él con la mirada fija en el paisaje de fuera. Porque le entusiasmaba saber que tendría a Bailey para él solo después del entrenamiento. Y no le habría importado que Nolan siguiese siendo contagioso un poco más de tiempo.

Lo cual le convertía en el peor amigo de la historia.

Jake estaba inquieto. Había entregado sus últimos trabajos para el *National Explorer* hacía unos días y había disfrutado de un tiempo de descanso. Pero aquel día le ponía nervioso no tener nada que hacer. Recorrer la casa de un lado a otro le llevó algo de tiempo, pero no el suficiente. Estaba aburrido.

De pronto se le ocurrió algo que le hizo frenar en seco.

–¿Qué tienes? ¿Ocho años? –su hijo actuaba con más madurez. Molesto consigo mismo, agarró su cámara, metió un par de objetivos extra en la bolsa y salió de la casa. Había hecho un día agradable, y parecía que iba a hacer una noche agradable también. Salir y disfrutar del clima siempre era mejor que quedarse agobiado en casa.

Mató algo de tiempo tirado boca abajo en el jardín del hotel sacando fotos del agua con el reflejo del sol. Pero los paisajes no eran la expresión creativa que estaba buscando. Le gustaba más fotografiar personas, sin embargo no tomó el paseo marítimo ni se dirigió hacia el pueblo, donde podría encontrar a alguien a quien fotografiar. Nada de eso. En su lugar caminó por la playa en dirección contraria. Porque, por mucho que habría disfrutado haciendo retratos, no estaba de humor para hablar con nadie.

Hasta que divisó a su hermano, a su hermanastro, a través de los árboles y de las casas que separaban aquella parte de la playa de la carretera de la costa. Max estaba patrullando muy despacio en su coche, y, sin saber por qué aquello le alegró, Jake corrió a través del aparcamiento de una de las cabañas en dirección a la carretera para ver adónde iba el ayudante Dawg.

Aquella acción era tan absurda como todo lo que había hecho aquel día, pero no le importaba. Por primera vez desde que se despertara aquella mañana con la señorita Salazar en la cabeza, su mente estaba concentrada en algo que no fuera ella.

Sin embargo, la pregunta del millón de dólares era qué le hacía pensar que podría seguir a pie el rastro de un hombre en un coche. Pero al menos era algo que hacer, y tenía mucho tiempo libre. Si perdía el rastro, al menos habría matado algo de tiempo de aquel día interminable.

Al llegar a la curva de la carretera, vio como la parte trasera del coche patrulla desaparecía por el aparcamiento del embarcadero donde habían contemplado el submarino nuclear.

Se volvió de nuevo hacia el agua y recorrió con zancadas largas la playa de guijarros y rocas.

La marea estaba alta, y la orilla hacía la misma curva que formaba la carretera hacia el este, de modo que no pudo ver la rampa para los barcos hasta que no tomó la curva. Lo primero que vio al llegar fue a Max sentado en la arena con la espalda apoyada en un leño, mirando hacia el canal. Jake se detuvo en seco y sacó la cámara.

Su hermano parecía tan... solitario. O tal vez estuviese solo. Lo único que sabía era que era todo ángulos, desde su boca austera hasta sus pómulos afilados, pasando por sus hombros, sus muñecas y sus manos de nudillos grandes. Tenía las piernas encogidas, los brazos alrededor de las rodillas y la barbilla apoyada en una muñeca.

El pelo y las cejas oscuras de Max, por no mencionar el jersey negro del uniforme que llevaba con los vaqueros, marcaban un gran contraste con el leño blanqueado en el que estaba apoyado y la arena pálida en la que había hundido los pies descalzos.

Una arena que debía de estar muy fría en aquella época del año. Situadas sobre el leño a su espalda estaban sus deportivas, cada una con un calcetín dentro.

Jake sacó varias fotos.

El sonido de la cámara hizo que Max girase la cabeza hacia él, y el ayudante sacó la pistola de la funda antes de poder registrar la identidad de Jake.

—Dios —Jake levantó las manos a la altura de los hombros para demostrarle que no llevaba armas, y la cámara quedó colgando de la correa alrededor del cuello—. ¿Pero qué diablos? —añadió, avergonzado por su reacción—. ¿Les dan pistolas a tíos con síndrome de estrés postraumático?

—Preferimos llamarlo instinto de águila —contestó Max con frialdad mientras se guardaba el arma—. Algo que no comprendería un tipo que se gana la vida haciendo fotos bonitas —pero aquella crítica no estaba a la altura de sus comentarios habituales, y algo en su mirada le hizo pensar a Jake que tal vez su broma tuviera algo de fundamento, si no en la actualidad, al menos en el pasado reciente.

Sintió un vuelco en el estómago, porque no quería pensar en lo que su hermanastro debía de haber visto en el extranjero para estar así.

Si acaso era un hecho y no producto de su imaginación. Pero no creía que su imaginación fuese tan buena y, sabiendo que Max no soportaría su compasión, se sentó junto a él y apoyó la espalda en el mismo leño.

–¿Alguna vez trabajas? –le preguntó–. Quiero decir que siempre que te veo estás aquí o tomando cerveza en el bar.

Max sonrió de medio lado.

–Acabo de terminar un turno de nueve horas. A veces me gusta venir aquí a contemplar el agua y las montañas, y a veces a ver el espectáculo.

–¿Qué espectáculo?

Su hermanastro se volvió hacia él y lo miró directamente a los ojos por primera vez desde que Jake se había sentado a su lado.

–¿Estás de broma? ¿Es que nunca venías aquí cuando estabas en el instituto para ver a la gente sacar sus barcos?

–No puedo decir que lo hiciera. A veces me subía a los barcos de mis amigos, pero solían tener muelles privados. Nunca me paraba a pensar cómo los metían o los sacaban del canal.

–Es verdad. Tú te relacionabas con los ricos.

Jake se encogió de hombros.

–Empecé a salir con Kari en torno a mi décimo sexto cumpleaños. Casi todos sus amigos eran de familias ricas.

–Mis amigos eran más de cerveza y hamburguesa. A veces el padre de alguno tenía alguna barca que podíamos usar, pero generalmente veníamos aquí de fiesta y veíamos cómo los paletos metían sus barcos en el agua. Probablemente el ochenta y cinco por ciento saben lo que hacen, pero hay muchos que no tienen ni idea.

Una vieja barca que desprendía un humo apestoso se acercó a la orilla. Un pasajero saltó a la arena y después se dio la vuelta para empujar la embarcación hacia el agua antes de salir hacia el aparcamiento. El barco se alejó, pero viró a unos siete metros de la orilla.

Max sonrió.

–Ahora verás... –dijo.

–¿Conoces a esos tipos? –preguntó Jake.

–No. Pero los he visto antes. Mira y disfruta.

Salvo por las pequeñas olas producidas por la embarcación, todo quedó en silencio durante unos segundos. Después apareció una furgoneta con remolque dando marcha atrás hacia la rampa. Mientras ellos observaban, el remolque fue bajando por la rampa hasta que el agua cubrió primero las ruedas y después el guardabarros. Aun así la furgoneta siguió dando marcha atrás.

–¿Estás de broma? –preguntó Jake volviéndose hacia Max–. Tiene la parte de atrás metida en el agua. ¿Es que el muy idiota no sabe cómo actúa la sal con el metal? –volvió a mirar hacia la rampa y se carcajeó con incredulidad–. ¿En serio? ¡El tubo de escape está echando burbujas!

–Te encanta, ¿verdad? –dijo Max con una sonrisa.

–¿Ves este tipo de cosas a menudo?

–Todo el tiempo. Un consejo, pequeño Bradshaw. Nunca compres un coche con matrícula de Kitsap y un gancho para remolque.

–¿Eso crees? –contestó Jake carcajeándose mientras se recostaba en el leño.

Max tenía razón; disfrutó. Pero no era la idiotez del

paleto del barco lo que más le asombraba, sino el hecho de que estar allí, riéndose con su hermano, hubiese logrado lo que ninguna otra cosa había logrado; hacer que se librase de la inquietud que le había acompañado durante todo el día. ¿Quién lo habría imaginado?

Con un vuelco en el estómago, se dio cuenta de que, a lo largo de las últimas semanas, Max había dejado de ser el abusón de su pasado y se había convertido en un... amigo.

Aunque no fue tan estúpido como para decirlo en voz alta.

–No puedo creer que, con todos los años que viví aquí, me perdiera este espectáculo. Mira, ahí viene otro –miró a Max y sonrió–. La próxima vez avísame. Traeré cerveza y palomitas.

Capítulo 16

–¡No vamos a tener fotos de equipo! –se quejó Austin por enésima vez mientras agarraba el plato que Jenny acababa de aclarar–. ¡Vamos a ser el primer equipo en la historia de los Bulldogs que no tenga fotos! Y olvídate del anuario especial y de la crítica sobre el hotel.

Jenny no echaría especialmente de menos el anuncio que siempre compraba para acompañar a la crítica, pues era más para apoyar al equipo que para atraer clientes. Aunque, siendo sincera, a veces habían logrado reservas gracias a eso.

Pero esa no era la cuestión. Miró la cara de angustia de Austin y se sintió impotente. Aun así intentó animarlo.

–Cariño, estoy segura de que...

Austin golpeó la encimera de la cocina con ambos puños e hizo que Jenny dejara caer de nuevo al agua la cacerola en la que el chico había preparado los macarrones con queso de la cena.

El adolescente estiró los dedos, apoyó las palmas de las manos sobre la encimera y agachó la cabeza entre los hombros.

—Lo siento —murmuró mirando hacia el suelo—. Pero esta vez no puedes ayudar, Jenny. Nadie puede...
Pero entonces levantó la cabeza de golpe y señaló con el dedo hacia el Sand Dollar.
—Eso no es cierto. ¡Él sí puede!
Y antes de que Jenny pudiera decir una palabra, ya había abierto la puerta de la cocina y había salido corriendo.
—¡Austin, espera!
No esperó, así que se puso los zapatos lo más rápido posible y salió corriendo detrás de él. Finalmente se detuvo al pie de los escalones del porche de Jake y se puso a la pata coja para recolocarse con el dedo la tira de cuero del zapato que se le había doblado.
Después se recolocó el vestido lo mejor que pudo y tomó aliento antes de subir los escalones.
Tal vez Jake no estuviese en casa. Sería una pena para Austin, claro, pero no para ella. ¿Tan horrible sería pensar primero en ella por una vez?
Frunció al ceño al ver como el chico aporreaba la puerta.
Porque, si Jake sí estaba en casa, sería la primera vez que lo vería desde el bochornoso incidente con el vino. Se retorció y comenzó a quitarse pelusas inexistentes del vestido.
—¡Bien! Estás aquí. ¡Tienes que ayudarme!
¡Maldición! Se volvió lentamente hacia delante.
Jake estaba en la puerta, vestido de manera informal con su sudadera de la universidad de Columbia, unos pantalones de pana gastados y unos calcetines blancos. Una barba incipiente enmarcaba aquellos preciosos labios y esa mandíbula fuerte, y el pelo revuelto le daba un aspecto de lo más atractivo.

—De acuerdo —contestó él—. Haré lo posible. ¿Qué necesitas? —entonces su voz se volvió más profunda y aterciopelada cuando se dirigió a ella—. Jenny.

—Jake —respondió Jenny con un leve movimiento de cabeza.

—Sí, sí, ya sabemos cómo nos llamamos —agregó Austin con impaciencia.

Por mucho que le hubiera gustado dejarlo correr, no podía.

—Contestar a la gente no es manera de hacer amigos, Austin Jacob.

Austin abrió la boca para responder, pero lo pensó mejor y murmuró una disculpa nada sincera. Pero al menos no se limitó a su clásico «lo que tú digas».

El chico tomó aliento y miró a su padre.

—Por culpa del descuido del doctor Howser con las vacunas de la varicela, no tenemos fotógrafo para las fotos del equipo. El tipo que las hace siempre está enfermo también, y nos han dicho que los casos en adultos son diez veces peores, como si eso ayudara en algo.

—¿Y no puede hacerlo cuando se encuentre mejor? —preguntó Jake.

—¡No! Tiene la agenda ocupada hasta finales de junio. ¡Y entonces se va de vacaciones con su familia a Europa! —Austin estaba prácticamente gritando. Pero entonces recuperó la compostura, para orgullo de Jenny—. Las fotos son muy importantes. No solo nos hacen fotos individuales y de equipo, sino que tenemos un anuario con las fotos de todos. Como un anuario de instituto, ya sabes. Y hay historias y fotos de la gente, y los negocios que nos dan su apoyo. ¡Como Jenny! —la agarró por los hombros y la arrastró hacia él para exhibirla como si fuera un trofeo.

–¿En serio? –preguntó ella con incredulidad mirando al adolescente por encima del hombro.

–Ayúdame con esto –murmuró Austin antes de mirar a Jake y poner cara de pena–. Jenny espera ansiosa durante todo el año la publicidad que le proporciona su crítica sobre el hotel.

–Claro –dijo Jake–. Porque la gente de la zona está deseando gastarse el dinero en un hotel que está a dos kilómetros de su casa.

«¡Exacto!», pensó ella.

Pero Austin gruñó como un gato enfrentado a un mapache.

–Oye, el cupón que viene con su anuncio atrae a mucha gente al restaurante.

–Eso es cierto –admitió Jenny.

Pero el chico la soltó y agachó los hombros.

–Bueno, da igual. No importa –murmuró.

Jake se quedó mirando a su hijo y sin duda vio, igual que lo veía Jenny, que no estaba fingiendo. Se sentía verdaderamente abatido.

–¿Y si yo me ofrezco voluntario para hacer las fotos? –sugirió–. ¿Eso ayudaría?

Austin levantó la cabeza.

–¿De verdad?

–Sí.

–¡Oh, tío, eso sería fantástico! –se lanzó hacia Jake y le dio un abrazo incómodo antes de apartarse y meterse las manos en los bolsillos–. Gracias, papá. En serio, gracias de verdad.

Tal vez el chico no se hubiera dado cuenta de cómo acababa de dirigirse a su padre, pero Jenny se quedó de piedra, como si hubiese pisado una mina antipersonal y su próximo movimiento pudiera acabar con su vida tal como la conocía. Y luego estaba la expresión de Jake. Por un segundo se mostró abierto y asombrado. Esperanzado. Vulnerable.

Pero entonces parpadeó y fue como si se hubiese bajado el telón, porque ya no pudo interpretar su cara.

–Entonces haremos eso –dijo–. Siempre y cuando Jenny me ayude.

–¿Qué?

–Sí, claro que te ayudará –contestó Austin.

–Espera un momento –dijo ella–. Resulta que yo ya tengo un trabajo que ocupa casi todo mi tiempo y mi atención.

–Estamos en temporada baja –argumentó el chico.

–Este fin de semana no.

–Entonces lo haremos durante la semana –sugirió Jake–. Lo adaptaremos a tu horario.

–Tal vez podamos hacer las fotos del equipo antes del entrenamiento, o de un partido –agregó Austin–. Podría decirles cuándo.

Cuando el chico la miraba con aquella cara de felicidad, ¿qué podía decirle?

–¿Por qué no vas a hacer una copia de la cadena telefónica que hay en mi ordenador mientras yo concreto los detalles con Jake?

–De acuerdo –se inclinó para darle un abrazo de oso que la levantó del suelo–. Sois los mejores.

–Desde luego que lo somos. Ahora que te has salido con la tuya.

Austin le dedicó una sonrisa de medio lado y salió corriendo hacia su casa.

Jenny se volvió entonces hacia Jake.

–¿En serio? ¿Vas a meterme en esto?

–Has estado evitándome desde que me propusiste

que lo hiciéramos —respondió él utilizando sus propias palabras, y sacando por tanto el único tema que ella quería olvidar—. O hacemos esto o nos vamos a la cama y tenemos sexo desenfrenado.

—De acuerdo —dijo ella—. Vamos a la cama.

—¿Qué? —Jake se quedó con la boca abierta. Después se le iluminaron los ojos y dio un paso hacia ella—. ¿De verdad?

—No, de verdad no —maldición.

Pero no podía pensar en eso. No quería sexo sin compromiso. Jake iba a marcharse.

—Vaya, sí que eres un chico fácil —añadió al ver su cara de decepción.

—Oye, soy un hombre. Lo llevo escrito en mi ADN.

—Lo llevas escrito en el pene.

—Eso también —contestó él con una sonrisa—. ¿Quieres ver cómo está escrito?

—Pfff.

—Oh. Qué despectiva. Bueno, no importa —se acercó más, pero ya no flirteaba—. ¿Cómo de grande es el proyecto?

—Bastante grande, aunque tal vez no tanto para un hombre acostumbrado a viajar a lugares recónditos. ¿Por qué no vamos a mi casa y te enseño el álbum del año pasado para que te hagas una idea de lo que buscan? Supongo que puedo coordinar todo esto. Hay varias familias que estarían encantadas de ayudar, así que podría delegar parte del trabajo.

—No te olvides de la oferta de Austin.

—Oh, confía en mí, Austin va a hacer su parte. Aunque tengo que admitir que estoy orgullosa de él por haberlo sacado adelante. Estaba destrozado pensando que no tendrían fotos de equipo este año, ni anuario. Creo que sobre todo le entristecía eso. El anuario es algo especial para nuestro equipo. No tiene nada que ver con la liga infantil. Lo financia en su totalidad el pueblo y la asociación de comercios de la zona.

Fueron a su bungalow, donde Austin le entregó la cadena telefónica. Le envió entonces a por los anuarios de los dos últimos años, que estaban en su habitación. Mientras los buscaba y se los llevaba a Jake al salón, ella fue a la cocina a preparar café y chocolate, y a poner algunas galletas en un plato.

Poco después dejó la bandeja sobre la mesita y se unió a ellos en el sofá, donde pasaron el rato viendo el anuario del año anterior.

–¿Qué te parece? –le preguntó a Jake cuando terminaron.

–Puedo hacerlo mejor.

–¿Estás menospreciando el trabajo de nuestro fotógrafo?

–En absoluto. No es malo. Pero yo soy mejor.

–Alardeó él sin vergüenza –murmuró ella.

Jake le dirigió una sonrisa arrogante muy parecida a la de su hijo.

–No es alardear si es cierto. Soy bueno.

–De acuerdo, lo eres –admitió Jenny–. Me encanta la foto que le regalaste a Austin.

–Y a mí también –dijo Austin, que probablemente era la primera vez que admitía en voz alta lo que significaba para él.

–Creo que la fotografía es apasionante en general –dijo Jake–. Pero fotografiar a personas es lo que más me gusta y mejor se me da –los miró a los dos con un brillo de entusiasmo en los ojos–. Y puedo hacer el mejor anuario que hayan visto nunca estos chicos.

—¡Genial! —exclamó Austin antes de chocar los cinco con su padre.

Jenny no podía contradecir aquello, así que se puso manos a la obra con Jake.

—Has ido a los suficientes partidos como para saber cuántos niños son —dijo mientras se ponía en pie—. Te haré una copia de la lista de comerciantes que participan para que te hagas una idea de esa parte del proyecto.

Austin se levantó también y se metió las manos en los bolsillos.

—Algunos de los chicos hablaron de quedar en Bella T esta noche —dijo entusiasmado—. ¿Puedo ir a darles la noticia?

—Oh, no sé... —contestó Jenny mirando a Jake. Para empezar, acababa de ofrecerse voluntario y el hecho de que Austin desapareciese a la primera de cambio podría parecer desconsiderado. Para continuar, ella preferiría no quedarse a solas con él.

Pero Jake simplemente le preguntó a su hijo si había hecho los deberes.

—Sí. Los hice antes de cenar.

—Entonces, si a Jenny le parece bien, a mí también.

—De acuerdo —contestó ella, sintiéndose acorralada—. Pero vuelve a las nueve.

—¡Genial! —aparentemente era su palabra del día, y quedó suspendida en el aire cuando el niño salió corriendo por la puerta de la cocina.

Jake se recostó sobre los cojines del sofá con las piernas estiradas y las manos unidas detrás de la cabeza.

—Creo que está encantado —dijo con cara de satisfacción.

—Yo no lo creo, lo sé —respondió ella—. Bueno, voy a ir a por la lista.

—Primero háblame de esa crítica del hotel que ha mencionado Austin.

Jenny volvió a sentarse, pero en esa ocasión al borde de la mesa del café, preparada para salir corriendo en cualquier momento. No sabía por qué estaba tan nerviosa. A pesar de su postura relajada, el comportamiento de Jake era el de un profesional.

—Cada uno de los negocios tiene una página completa, la mitad de la cual está reservada para el anuncio que compramos. Básicamente pagamos la mitad por una página completa. La otra mitad nos da la oportunidad de darle personalidad al anuncio.

—¿Quién se encarga de hacerlo?

—Cada uno hace el suyo, y los que no saben reciben ayuda de alguien que sí sabe. Estoy segura de que a ti te parece algo de aficionados, pero es muy efectivo. La información personal hace que no parezca tanto un anuncio, y al ofrecer cupones de descuento de cada uno, parece más un quién es quién de todos los comerciantes de Razor Bay —se encogió de hombros—. Por veinticinco dólares más, nuestra página individual puede aparecer en la web del pueblo. Probablemente yo haya hecho más reservas gracias a Internet que al anuncio del anuario, dado que eso está orientado principalmente a los familiares de los miembros del equipo y otros habitantes de la zona. Y, como tú mismo has dicho, la gente que vive aquí no va a gastarse el dinero en pasar la noche en un hotel al lado de su casa. Se van a Seattle, o a Tacoma.

—¿Entonces por qué molestarse?

¿De verdad? Se quedó mirándolo. ¿Acaso no era evidente?

—Para devolverle algo al pueblo que tanto me ha dado —aquello hizo que Jake la mirase con curiosidad—. ¿Por qué lo odias tanto?

—No lo odio exactamente —y para sorpresa de Jake, se dio cuenta de que ya no sentía las ganas de salir corriendo de allí que había experimentado al llegar. Durante las últimas semanas esa sensación había desaparecido, pero de forma tan gradual que no se había dado cuenta.

—¿Entonces es porque tu mujer murió aquí?

—No. Al menos no solo por eso. La verdad es que no recuerdo un solo momento en el que no aspirase a algo más de lo que Razor Bay me ofrecía.

—Aun así, me imagino que fue horrible perderla nada más nacer Austin. Aquello debió de ser la gota que colmó el vaso.

Había hablado un poco con Max sobre la muerte de Kari, así que no entendía por qué las preguntas de Jenny le ponían nervioso, por qué provocaban cosas en su interior en las que no quería pensar.

—¿Por qué te interesa tanto Kari?

Ella arqueó una ceja muy discretamente, y fue como si se hubiera encogido de hombros.

—No lo sé. Tal vez porque me importa Austin y me gustaría llegar a conocerte mejor.

—¿De verdad? —«contestar a la gente no es manera de hacer amigos, Austin Jacob», había dicho antes. Austin Jacob—. ¿Y crees que pedirme los detalles de la peor época de mi vida es la mejor manera de hacerlo? —¿cómo no se había dado cuenta de que le habían puesto al chico su nombre?

—Lo siento —contestó Jenny—. No era eso lo que intentaba hacer.

—Claro que sí. Kari y yo no éramos Romeo y Julieta. No se trata de una trágica historia de amor —sentía todas las emociones desagradables bullendo bajo la piel. No sabía de dónde habían salido.

Pero se sentía incapaz de controlarlas.

Y por eso se enderezó, se acercó al borde del sofá y se inclinó hacia ella.

—El amor es una ilusión, cariño. Una quimera que desaparece si la miras de cerca.

—Eso es muy cínico —contestó ella echándose hacia atrás.

—No. Es una realidad. ¿Quieres saber cuál fue la gota que colmó el vaso? El hecho de que, cuando Kari murió, ya no quedaba una pizca de afecto entre nosotros, y mucho menos amor. Y miraba a mi propio hijo y lo único que sentía era la necesidad de marcharme.

Jenny se quedó observándolo durante varios segundos, buscando con aquellos ojos Dios sabía qué.

Entonces suspiró.

—Mira —dijo—. Odio que tu despreocupación haya decepcionado tanto a Austin durante los años.

Jake se estremeció, aunque no lo demostró. Simplemente se recostó de nuevo sobre los cojines y arqueó una ceja.

—Pero, por otra parte —continuó Jenny lentamente—, tenías dieciocho años. Tus planes habían fracasado y de pronto tenías demasiadas responsabilidades sobre tus hombros.

Jenny se quedó mirándolo durante varios segundos, que le parecieron años, y el corazón se le aceleró bajo las costillas. Finalmente sonrió para evitar que viese lo desconcertado que estaba.

—Supongo que tanto Kari como tú debíais de sentiros

atrapados –continuó ella–. Además ella tenía que ver cómo su cuerpo se hinchaba y se convertía en algo que probablemente no reconociera. Sé que Emmett y Kathy tenían tendencia a malcriar, así que digamos que Kari era una joven acostumbrada a ser guapa y popular, y a conseguir todo lo que quería, y no le gustaba lo que estaba sucediéndole. Tú tenías un trabajo que no te gustaba y habías tenido que renunciar a una beca por la que habías luchado mucho.

–¿Y tú sabes esto porque…? –preguntó él, aunque fingir despreocupación fue como tragarse un cristal.

–Emmett y Kathy me lo contaron. Ellos no te odiaban.

–Me dijeron que me mantuviera alejado de Austin.

–¿Y eso en qué cambió tu vida? –por primera vez su voz sonó enfadada, pero tomó aliento antes de seguir hablando–. Por lo que yo sé, siempre decías que vendrías a ver a Austin, pero nunca aparecías. Hasta que finalmente se hartaron.

Jake se sintió avergonzado. Avergonzado por sus acciones, avergonzado por el alivio que había sentido cuando por fin le habían excluido, aunque solo fuera para dejar de sentirse avergonzado por no haber cumplido su promesa.

–Pero no te odiaban, Jake. Simplemente no querían que Austin sufriera.

Decidido a no dejarle ver lo mucho que sus palabras le afectaban, Jake bostezó.

–¿Todo este psicoanálisis de aficionada es tu solución para no lanzarte sobre mí otra vez? –preguntó.

Jenny se puso en pie de inmediato con las mejillas sonrojadas.

–Dios, eres imbécil.

—Y a ti te encantaría ponerme las manos encima, ¿verdad?

—Creo que hemos terminado —contestó ella con una mirada gélida.

Él también se puso en pie, aunque con más naturalidad, y sonrió al ver su cara de pánico cuando aquello hizo que sus pechos casi se tocaran. Le puso una mano en la nuca, le echó la cabeza hacia atrás y la besó.

No se apartó de ella hasta que no sintió que su lengua respondía de igual modo, hasta que no dejó de resistirse y se entregó a sus besos.

—Ahora sí hemos terminado —le dijo. Y salió de la casa excitado y a la vez furioso por su comportamiento.

Capítulo 17

—Siento lo de anoche.
Jenny levantó la cabeza al oír aquella voz masculina al otro lado de su puerta. No había oído a nadie subir los escalones del porche, y se quedó con la boca abierta mirando a Jake, porque no podía ser otra persona. No era más que una sombra frente a la malla metálica de la puerta, pero reconocería aquella voz en cualquier parte.
Se negaba a pensar en la razón.
Aquella mañana por fin había empezado el clima veraniego en Razor Bay. El cielo había estado despejado hasta que se había puesto el sol, y ahora había adquirido un bonito tono azul marino. Las montañas se veían en todo su esplendor, sin las nubes que las habían acompañado las últimas semanas. Incluso la temperatura había subido unos grados, aunque había bajado considerablemente tras ponerse el sol. Jenny había dejado la puerta abierta para dejar entrar el aire fresco y el aroma de las flores que los jardineros del hotel habían plantado alrededor de su porche.
¿Quién habría pensado que dejar la puerta abierta había sido un error?

Pero claramente lo había sido. Porque Jake ya no era la sombra del principio y, con una mano agarrando el marco de la puerta sobre su cabeza, la miraba a través de la malla metálica.

—Tenías razón —dijo en cuanto vio que había captado su atención—. Fui un imbécil.

—Desde luego que lo eres —convino ella con frialdad, empleando el presente a propósito—. Me parece que eres tú el único que aún lo duda —pero aquel beso... Dios, no había nada en el mundo que pudiera hacerle olvidar aquel beso. Se había convertido en algo salvaje antes de que él se apartara. Algo apasionado que le había hecho sentir que estaba flirteando con el peligro.

Y por mucho que odiaba admitirlo, le había encantado. Ella, que prefería ir sobre seguro. Que se había aferrado a la seguridad de lo conocido desde aquella época de su vida en la que todo había sido desconcertante.

Tampoco era que tuviera intención de dejarse llevar por la tentación que había despertado aquella noche. No, ignoraría el deseo de actuar salvajemente y seguiría yendo sobre seguro. Hacer lo contrario habría sido una invitación al desastre.

No había más que ver lo mucho que le había costado calmarse después de que Jake se marchara la noche anterior. No podía creer lo disgustada que se había sentido; furiosa, excitada y frustrada. No había sabido qué hacer y habría estado encantada de no volver a verlo.

Al mismo tiempo, había deseado que regresara solo para darle una bofetada.

Y aun así...

Era evidente que Jake había sufrido y había sido duro presenciarlo.

Pero eso no era excusa. No cuando se había mostrado arrogante, grosero y dispuesto a causarle dolor a ella también.

−¿Puedo entrar?

No. Reconocía una mala idea cuando la oía. De hecho estuvo tentada de levantarse del sofá al que se había quedado pegada y cerrarle la puerta en las narices. Le enviaría de vuelta a su casa antes de que pudiera darse cuenta.

Sin embargo, como si estuviese manejada por un titiritero, levantó un hombro. Aunque tal vez no fuera un titiritero, sino un ventrílocuo, pues cuando abrió la boca para decirle a Jake que no, lo que dijo fue:

−Sí, como quieras.

«¿Estás de broma?», pensó. Dejó a un lado el informe que estaba ojeando y se puso en pie.

Pero no llegó a tiempo de impedirle que entrara en la casa. La puerta crujió al abrirse, y después se cerró con un golpe sonoro de madera contra madera.

«¡Retiro la oferta!», pensó Jenny frenéticamente, y entonces se sintió como una idiota. Porque aquello solo funcionaba en las malas películas de vampiros.

Además habría que decirlo en voz alta para ver si funcionaba o no.

−Toma −le dijo Jake estirando el brazo−. Son para ti.

Oh, Dios. Al mirarlo a la luz por primera vez, se dio cuenta de que tenía un aspecto horrible. Tenía los ojos inyectados en sangre, una barba incipiente y el pelo revuelto, como si no se hubiera molestado en peinarse.

Y llevaba unas flores. Un gran ramo de rosas, tulipanes y gerberas que debía de haber escondido detrás del marco de la malla metálica.

Jenny estiró el brazo para agarrar el ramo. Quería

mostrarse distante y dejarle claro que hacía falta algo más que un ramo de flores para quitarle el enfado. Habría querido tirar las flores sobre la mesita del café y dejar que se marchitaran allí.

Pero en su lugar hundió la nariz en el ramo y respiró profundamente. ¿Por qué nunca hacía lo correcto con aquel hombre? ¡No deberían gustarle las flores bajo ningún concepto!

Lo correcto habría sido decir: «son preciosas, gracias. Ahora vete». Pero, cuando la miró con aquellos ojos verdes llenos de sufrimiento, se sintió incapaz de decirle eso.

Así que suspiró y dijo:

—Voy a por un jarrón.

Jake la siguió hasta la cocina y vio como sacaba un jarrón del armario, lo llenaba de agua, cortaba las flores y las metía dentro.

—¿Dónde está Austin? —preguntó mirando a su alrededor, como si esperase que el chico fuese a aparecer de repente.

Jenny lo miró por encima de las flores.

—Está en la fiesta de cumpleaños de Oliver Kidd. Pasará allí la noche.

Se quedaron los dos callados durante unos segundos mientras ella colocaba las flores.

—De verdad, siento mucho lo de anoche —dijo él de pronto—. A veces soy un imbécil, pero normalmente no lo soy tanto.

—¿Sí? ¿Y cómo es que he tenido tanta suerte?

Se apoyó en la encimera, se frotó el entrecejo con el pulgar y Jenny pensó que su respuesta iba a ser ignorar la pregunta. Pero entonces dejó caer la mano y la miró a los ojos.

—Por primera vez desde que regresé a la vida de Austin me di cuenta de todo lo que había tirado por la borda —respiró profundamente, se acercó a la mesa y se dejó caer en una de las sillas.

Jenny dejó el jarrón de flores a un lado y se sentó frente a él.

—¿Quieres café?

—No, gracias. Anoche no dormí nada. Pasar la noche dando vueltas no es agradable —se quedó mirándose las manos, con los dedos extendidos sobre la superficie de roble de la mesa. Entonces levantó la cabeza para mirarla—. La última vez que lo vi, cuando era un bebé, era un desconocido llorón al que no sabía cómo cuidar.

—¿Austin? —preguntó ella, después hizo una mueca y agitó la mano en el aire. ¿De quién si no iba a estar hablando?

Pero Jake no pareció darse cuenta.

—Se suponía que debía quererle —continuó—. Eso me decían todos. Que en cuanto te ponían a tu hijo en brazos, lo querías. ¿Pero por qué yo no? ¿Por qué lo miraba y lo único que pensaba era que parecía un simio? ¿Y de quién había heredado esos pulmones? Se ponía a gritar cada vez que me acercaba. Kathy era capaz de calmarlo. Emmett también. Pero cuando tenía que sujetarlo yo, siempre gritaba. Dios.

Se llevó la mano a la frente antes de apartarla y quedarse mirándola como si nunca antes hubiera visto una mano. La posó después sobre la mesa y apretó con tanta fuerza contra la madera que las uñas se le pusieron blancas.

—Gritaba y gritaba, y siempre estaba mojado, o ardiendo, y más pegajoso que un osito de gominola. Y lo único que yo sentía era terror. Lo único que deseaba era alejarme todo lo posible de las responsabilidades. Sabía que aquello no era normal. Ningún padre de verdad se siente así. Así que, cuando Emmett dijo que debía aceptar la beca después de todo, que Kathy y él se ocuparían de Austin... –negó con la cabeza–. Dios. Di saltos de alegría.

Jenny se quedó mirando la angustia palpable en su rostro y resistió la necesidad de suspirar. Una parte de ella apreciaba su sinceridad. Le gustaba saber que no se tomaba a la ligera la falta de responsabilidad hacia Austin. Era algo positivo para la futura relación con su hijo, y realmente deseaba que el chico tuviese una buena relación con aquel hombre.

Pero la Jenny que estaba haciendo todo lo posible por mantenerse distante y no sentir más por Jake de lo que era sensato...

Bueno.

Esa Jenny casi deseaba que le mostrara aquella conducta egoísta, despreocupada y arrogante que había pensado que le definía antes de conocerlo realmente.

Nunca podría enamorarse de aquel hombre.

¡Tampoco era que estuviese enamorándose de él!

Pero le dolía ver cómo se flagelaba. Sin embargo tenía delante de sus narices aquel dolor desgarrado, mucho más profundo de lo que había visto la noche anterior, y la verdad era que sentía... algo.

Algo que implicaba mucho más afecto que el simple deseo.

–Pero nunca regresaste –dijo.

–No. Nunca regresé –Jake negó con la cabeza, y la carcajada que escapó de sus labios sonó amarga como la tónica–. Me prometía a mí mismo que regresaría. En cuanto consiguiera tal o cual objetivo. Me ponía fechas límite para tener que regresar. Pero, como sabes, no lo cumplí. Joder –apartó la silla de la mesa con tanta fuerza que las patas rechinaron contra el suelo de terrazo. Se pasó una mano por el pelo y se quedó mirando a Jenny–. Así que, respondiendo a tu pregunta, si acaso lo recuerdas, anoche oí que Austin me llamaba papá, oí que tú le llamabas Austin Jacob, cuando ni siquiera sabía que ese era su segundo nombre, y todo me explotó en la cara. Pero en vez de afrontarlo como un hombre, la tomé contigo. Y lo siento.

Dio media vuelta y se dirigió hacia la puerta de atrás.

«Deja que se vaya, deja que se vaya, deja que se vaya», se dijo Jenny a sí misma. Pero al verle poner la mano en el picaporte, se dio cuenta de que no podía.

–Sigo pensando lo que dije anoche –le dijo a su espalda, y vio como se quedaba inmóvil con la mano en el picaporte–. ¿Que sí me gustaría que tu reacción hubiese sido distinta y no te hubieses comportado como un imbécil? Desde luego que sí. Pero sigo pensando que en aquella época solo eras un chico de dieciocho años abrumado por las circunstancias.

–Esa excusa está casi tan gastada como la de «estás haciendo lo mejor para Austin» que llevo trece años vendiéndome a mí mismo.

–Puede ser. Pero aun así las dos son ciertas. ¿Sabías que los bebés reaccionan al estrés en otras personas?

Jake miró por encima del hombro.

–¿Qué?

–A mí me parece que Austin notaba tu tensión y reaccionaba gritando. ¿Alguna vez Kathy y Emmett te dijeron eso?

–No –contestó él dándose la vuelta lentamente.

–Me sorprende. Ellos eran padres. Debían haberlo sabido –de pronto se le ocurrió que tal vez lo hubieran sabido, pero les gustaba la idea de tener a Austin para ellos solos. Sin embargo ignoró aquel pensamiento, porque hacía que se sintiera como una traidora hacia dos personas que se habían portado tan bien con ella. Y aunque hubieran saboteado a Jake de manera inconsciente, dudaba que su objetivo hubiera sido que desapareciera por completo de la vida de su hijo–. O tal vez no lo supieran. Nunca lo sabremos. Francamente, Jake, es hora de dejar atrás tu pasado. Lo importante es lo que hagas con la oportunidad que tienes ahora mismo.

Jake se acercó a ella, se agachó y le dio un beso suave en los labios.

–Gracias. Eres una de las personas más agradables que he conocido.

–No, no lo soy.

–Sí lo eres –insistió él con una sonrisa.

Era ridículo sentirse insultada; obviamente lo decía como un cumplido. Pero estaba cansada de la etiqueta de bonachona que le habían puesto desde que llegara al pueblo. En ese sentido al menos comprendía el rencor que Jake sentía hacia Razor Bay. A veces en los pueblos pequeños se tendía a encasillar a las personas.

No era que ella no hubiera contribuido a ganarse esa fama. Siempre había tenido la sensación de que aquel pueblo la había salvado cuando más lo necesitaba, y había hecho todo lo posible por devolvérselo siempre que podía.

¿Pero justo en aquel momento…?

Bueno, tal vez estuviese cansada de ir siempre sobre seguro.

Se acercó a él y le puso las manos en el pecho. Jake

se quedó quieto mientras ella las deslizaba hasta sus hombros y le rodeaba el cuello con ellas.

—Métete esto en la cabeza —susurró con firmeza—. No soy una chica inocente.

Se puso de puntillas, tiró de su cabeza hacia abajo y lo besó.

Capítulo 18

Aquel movimiento súbito por parte de Jenny hizo que sus narices se chocaran cuando colocó su boca contra su labio superior. No fue un beso especialmente lascivo, pero la reacción de Jake fue rápida y feroz al mismo tiempo. No hizo falta que se lo dijeran dos veces.

Hundió los dedos en su pelo y le enmarcó la cara con los pulgares para ladearle la cabeza y que sus narices no estuvieran pegadas, lo que hizo que sus labios se separasen.

Ella apretó la boca y arqueó las cejas mientras abría los ojos. Entonces hizo un sonido gutural y fue una vez más a por su objetivo.

De acuerdo. Tal vez él no tuviera todo el control que pensaba.

Pero Jenny mantuvo la cabeza ladeada y, tras tomar aire por la nariz, Jake decidió que podría hacerle lo que deseara su pequeña cabecita. No le importaba siempre y cuando se mantuviese donde estaba, pegada a su cuerpo, corazón con corazón, boca con boca. Le mordisqueó el labio inferior, se lo metió en la boca y succionó ligeramente hasta captar aquel sutil sabor a cerezas tan típico de ella.

Sin embargo era un hombre acostumbrado a llevar el control y, cuando Jenny se apartó y lo miró mientras se humedecía con la lengua el labio que él le había estimulado, Jake le rodeó las caderas con las manos, la levantó y dio un gruñido de aprobación cuando Jenny enredó las piernas en su cintura.

La llevó hasta la mesa de la cocina, quitó de en medio el servilletero, el salero y el pimentero y la sentó encima. Quitó las manos de debajo y colocó las palmas sobre la superficie de madera, una a cada lado, para atraparla. Se inclinó hacia delante con los brazos estirados y la tumbó sobre la mesa como si fuera su propio banquete particular. El servilletero cayó al suelo y las servilletas quedaron desperdigadas por la cocina.

–Dios –susurró él antes de besarla en la boca. En esa ocasión sus labios estaban entreabiertos, e invadió su boca con un golpe firme de su lengua.

Ambos se quedaron quietos durante un instante; después, como el alcohol vertido sobre el peróxido de hidrógeno, entraron en combustión espontánea.

Jake la besó con vehemencia como si pudiera consumirla entera, moviendo los labios contra los suyos, con más pasión y deseo a cada segundo que pasaba. Jenny respondió hundiendo las manos en su pelo y sujetándolo de una manera muy poco delicada.

Estaba apoyado sobre ella, pero de pronto le separó las piernas con sus muslos y la aprisionó contra la mesa con el peso de su cuerpo. Pero se dio cuenta de que le estaba clavando la cabeza a la madera con la fuerza de sus besos y se apartó apoyándose con las manos.

Con un leve sonido de protesta, Jenny siguió sujetándole la cabeza y arqueó la espalda para que sus pechos siguieran en contacto con su torso. Jake no soportaba separarse de ella, pero necesitaba distancia. De lo contrario aquello no solo acabaría de una manera muy incómoda para ella, sino que además dudaba que la mesa fuese a aguantar la embestida.

Se quedó mirándola y respirando entrecortadamente. Tenía los labios rojos e hinchados por la fuerza de sus besos, y no pudo evitar humedecerse los suyos mientras la miraba. Quería volver a besarla, y comenzó a agachar la cabeza automáticamente.

Pero entonces negó y se apartó de ella.

–Dios –jadeó–. Tiene que haber un lugar mejor para hacer esto.

–Oh, no lo sé –Jenny estiró los brazos por encima de su cabeza, se onduló sobre la mesa y le dieron ganas de arrodillarse ante ella. Sin embargo aquel brillo sexual desapareció lentamente de sus ojos, y parpadeó–. No, tienes razón –negó con la cabeza como había hecho él y estiró una mano–. Ayúdame a levantarme.

La levantó de la mesa y la colocó encima de su hombro como si fuera un saco de patatas.

–¡Jake! –protestó ella agarrándose a la parte de atrás de su camisa.

Él deslizó una mano por la parte trasera de sus muslos.

–Lo sé. No es muy romántico, pero confía en mí, es la única opción que tengo ahora mismo. No puedo estar cara a cara contigo o acabarás de nuevo en la mesa. O en el suelo. O contra la pared más cercana. Todas empiezan a parecerme opciones válidas para nuestra primera vez, pero apuesto a que tú lo disfrutarías más en un lugar más cómodo.

La llevó hasta el dormitorio. Abrió la puerta, la pasó por debajo del umbral y cerró con una patada. Después atravesó la pequeña habitación y la lanzó sobre la cama.

Jenny se apoyó sobre sus codos y se apartó el pelo de los ojos, pero Jake no le dio tiempo a colocarse ni a pensárselo dos veces. Hundió una rodilla en el colchón, se dejó caer sobre sus manos y se quedó suspendido encima de ella a cuatro patas.

–¿Y ahora qué? –preguntó ella arqueando las cejas.

–Oh, cariño –Jake dobló los codos para rozar el torso con sus pechos mientras le daba un beso rápido en los labios. Después se apartó y la miró. Podían verse sus pezones erectos bajo el suave tejido del jersey–. Ahora voy a hacer todas las cosas con las que he fantaseado.

Jenny deslizó las manos por debajo del dobladillo de su vieja sudadera de la universidad de Columbia y acarició la piel desnuda de su espalda. Por primera vez desde que se había lanzado sobre él, Jake recordó su estado menos que perfecto y se sintió algo inseguro.

En su estado actual estaba lejos de ser el sueño de cualquier mujer. Ni siquiera recordaba si se había duchado aquel día.

Pero a ella no parecía importarle, porque simplemente murmuró:

–Genial –deslizó las manos hacia arriba por su espalda–. Supongo que eso significa que podré hacerte a ti todas las cosas con las que yo también he fantaseado.

Todas las dudas de Jake se disolvieron.

–Cuento con ello –contestó, y se agachó hacia ella.

Sin embargo parecía que Jenny tenía otros planes, porque le puso un dedo en la nariz.

–Quita de encima, caballero –ordenó, y tiró de la sudadera que le había ido levantando hasta que quedó arrugada en torno a su pecho–. Quiero que te quites esto. Ahora.

–Eres exigente, ¿verdad? –sin embargo, Jake siguió sus órdenes y dejó que le sacara la prenda por encima de la cabeza. Eso hizo que quedara estirada sobre su pecho de un bíceps al otro. Así que Jake levantó la mano derecha, sacó el brazo de la manga y le dio la vuelta a la sudadera. Después levantó la otra mano y repitió la operación. Pero en esa ocasión la prenda se quedó enganchada al puño, de modo que agitó la mano con fuerza hasta que la sudadera se soltó y voló hacia el otro lado de la cama.

Jenny le puso las manos en el pecho y empujó con decisión. Él se alejó obedientemente y cayó boca arriba.

Jenny se arrodilló y se sentó a horcajadas sobre sus muslos. Comenzó entonces a moverse lentamente, como una *stripper* sobre un toro mecánico. Colocó un puño apretado sobre su muslo, levantó el otro brazo por encima de la cabeza y lo movió al mismo ritmo perezoso que movía el resto del cuerpo.

Lo miró con los párpados entornados y se humedeció los labios.

–Es mucho mejor montar al vaquero que al caballo –murmuró.

–Por supuesto –aquel movimiento de fricción tuvo el efecto esperado sobre su miembro, y Jake tuvo que apretar los dientes al tiempo que levantaba las caderas para poder seguir rozándose contra aquel lugar suave que tenía Jenny entre las piernas.

Pero entonces el roce desapareció, y ella deslizó el cuerpo hacia abajo hasta quedar boca abajo sobre sus muslos, con las piernas estiradas. Un pene más refinado se habría sentido decepcionado, pero el suyo era un oportunista, y se ajustó alegremente a reposar entre sus senos.

Jenny enredó los dedos en el vello de su pecho, agachó la cabeza y le acarició el torso con la nariz. Después se estiró e hizo lo mismo con su cuello y su hombro. Se inclinó hacia delante, le colocó los brazos sobre el colchón por encima de la cabeza y los sujetó con sus dedos delicados, extendidos sobre sus antebrazos.

Resultaba sorprendentemente erótico. Jake sentía la necesidad de disimular la facilidad con que le excitaba, aunque era absurdo teniendo en cuenta la evidencia bajo su pantalón, así que dijo:

—¿Una de tus fantasías es ser *dominatrix*?

—Desde luego —convino ella—. La próxima vez sacaré mi corsé de cuero.

—Me encantaría. Yo...

Jenny le mordió el tríceps.

—¡Dios! —¿quién habría imaginado que eso sería tan excitante? Se estremeció al notar su lengua donde antes habían estado sus dientes, y que le habían provocado más sobresalto que dolor.

—No tienes nada de egocéntrico —murmuró ella contra su cuello mientras le daba pequeños besos allí—. Eres un dios, de acuerdo. Pero uno de esos dioses en minúscula. Musculicius, por ejemplo. El dios de la fertilidad de los cuerpos musculosos.

—Qué graciosa.

En esa ocasión le mordió el hombro y él se incorporó para frotarse con la parte más cercana de su cuerpo. Aquella chica no dejaba de moverse.

¿Qué era lo que tenía que le volvía loco? Jake había estado con mujeres muy experimentadas a lo largo de su vida, con algunas de las mujeres más sexualmente sofisticadas del mundo. ¿Por qué entonces el beso poco sofisticado que Jenny le había dado hacía unos instantes le había hecho sentir como un adicto que acabase de inyectarse la mejor sustancia del mundo?

«A la primera invitamos nosotros, chico», pensó.

Ni hablar. ¡Tomaría el control de inmediato! No le cabía duda de que él tenía mucha más experiencia que ella. Podría hacer que rogara piedad en cuestión de segundos.

Sin embargo se quedó tumbado bajo su cuerpo, muy quieto, deseando ver qué iba a hacer después.

Dejó de intentar contener los gemidos cuando Jenny le soltó los brazos y fue bajando por su torso, explorándolo con las manos, con los labios, con los dientes y con la lengua. Jake apretó los dientes para no dejar escapar las súplicas que se acumulaban en su garganta, se colocó las manos detrás de la cabeza y levantó la cabeza para mirar hacia abajo cuando Jenny alcanzó por fin la cintura de su pantalón.

Le desabrochó el botón y agarró la cremallera. Se quedó mirando los músculos tensos de su abdomen antes de levantar la cabeza para mirarlo a los ojos mientras empezaba a bajarle la cremallera. Su miembro erecto, aprisionado bajo la mezcla de seda y algodón de sus calzoncillos, intentó liberarse.

Jenny se quedó mirando el bulto que asomaba por entre los dientes de la cremallera y, haciendo un esfuerzo evidente, apartó la mirada y le dedicó una sonrisa de medio lado.

—¿Sabes? Creí que serías un hombre más tocón.

—¿Quieres que te toque?

—Bueno, por supuesto –deslizó un dedo sobre el tejido del calzoncillo que ocultaba su erección, le lamió los abdominales justo por encima de la cinturilla elástica y suspiró, lo que hizo que el aire caliente se sumara a la lista de torturas–. ¿Por qué las mujeres siempre tienen que levantar los pesos pesados?

–Yo te daré pesos pesados –murmuró él, quitó las manos de detrás de su cabeza, la agarró por las axilas y tiró de ella hacia arriba antes de rodearla con los brazos y girar con ella sobre la cama.

Se apoyó sobre los codos y le dirigió una sonrisa.

–Me gustaba ese rollo de dominación que estabas haciendo. Vamos a seguir con eso, pero cambiando los papeles.

Jenny hizo un ruido de desprecio y le miró con incredulidad; un gesto que Jake solo pudo admirar, teniendo en cuenta lo duro que debía de haber sido para ella renunciar al control y estar tumbada boca arriba con él encima.

–A nadie le gustan los imitadores, Bradshaw.

–Oh, a ti sí te gustarán –prometió Jake con voz de seda.

Entrelazó los dedos con los suyos y repitió los movimientos que ella había hecho momentos antes. Disfrutó del roce de sus pechos cubiertos por el jersey contra su torso desnudo mientras le aprisionaba los brazos por encima de la cabeza. Se le ocurrió entonces que su promesa habría tenido más peso si la hubiera desnudado primero, pero se encogió de hombros mentalmente. Un hombre solo podía hacer lo que podía hacer. Así que agachó la cabeza y la besó.

Dios, le encantaba su boca. Sus labios eran suaves y maleables. Y, cuando se abrieron bajo los suyos, su boca se le antojó caliente y húmeda. Nunca antes había saboreado una boca así, y el pulso se le aceleró al notar como ella movía los labios con la misma pasión febril y entrelazaba la lengua con la suya.

Le sujetó las muñecas con la mano izquierda y deslizó la derecha bajo la lana roja del jersey. Al acariciar su piel con los dedos apartó la boca de ella y suspiró.

—Dios —susurró—. Tienes una piel muy suave.

El hecho de sujetarle las muñecas dejó de parecerle atractivo, así que se las soltó y decidió agarrarla del pelo. Tiró suavemente hacia atrás para dejar al descubierto su cuello. Agachó la cabeza y comenzó a cubrirle de besos la parte inferior de la mandíbula hasta llegar a la base del cuello. Hundió la lengua en el hueco que allí había y, al sentir su pulso acelerado, su miembro erecto dio un respingo.

Siguió subiendo la mano por debajo del jersey hasta acariciarle un pecho cubierto por el sujetador de encaje.

Jenny arqueó la espalda para sentir la palma de su mano contra el seno.

—¿Jake?

—Quiero desnudarte y lamer cada centímetro de tu cuerpo —murmuró él con voz rasgada. Descendió unos centímetros sobre la cama y recorrió con la lengua la curva de su clavícula, que quedaba al descubierto gracias al escote amplio del jersey. Por debajo de la lana empezó a dibujar círculos con el pulgar sobre su pezón erecto, aprisionado bajo el sujetador. Deseaba hacerle perder el control como él estaba a punto de perderlo—. Deseo penetrarte hasta sentir tu orgasmo alrededor de mi pene.

—Oh, Dios mío —Jenny se retorció sobre la cama.

Había disfrutado estando al mando. ¿Cuántas veces había ocurrido eso en sus limitados encuentros sexuales? Pero aquello también le gustaba; aquella actitud sumisa. Estaba acostumbrada a estar al mando de casi todo en su vida, y no tenía ni idea de lo agradable que podía resultar cederle el control a alguien.

¡Y Jake se había hecho con el control! Estaba a punto de alcanzar el clímax solo con oír su voz, sus palabras apasionadas. Solo con sentir su boca contra la suya. No podía ignorar el roce de su dedo contra el pezón a través del encaje, pero aun así... nunca había estado con un hombre que hablase así. Nunca había imaginado lo sexy que podía ser.

Pero las palabras no eran más que un aditivo en el combustible; Jake no necesitaba decirle cosas sucias para encender su motor. Deslizaba su lengua de plata con tanta fogosidad sobre su piel que no le sorprendería descubrir que había grabado sus iniciales con ella.

—Creo que llevas demasiada ropa —murmuró Jake—. Tenemos que deshacernos de este jersey. Quiero ver lo que estoy tocando.

Jenny arqueó el cuello al notar que sus besos desaparecían y sus dedos abandonaban su pelo. Y antes de que pudiera decir «striptease», ya le había quitado el jersey por encima de la cabeza, y Jenny comenzó a bajar los brazos.

—Nada de eso —dijo él sujetándole ambas muñecas con una mano—. Me gusta tenerte bajo mi poder.

Ella resopló al mismo tiempo que los pliegues situados entre sus mulos se contrajeron de placer.

Jake le dedicó una sonrisa torcida.

—No te lo crees, ¿verdad?

«Oh, no sé», pensó ella. Pero, claro, no podía decir eso.

¿O sí podía?

No, claro que no podía.

—Ni en un millón de años —respondió.

—Nunca digas nunca —murmuró él, y se puso de pie junto a la cama—. Eso solo servirá para despertar mi competitividad. Porque estoy bastante seguro de que puedo hacerte sentir cosas... hacer cosas con las que nunca has soñado.

—¿Y qué? —preguntó ella con arrogancia—. ¿Tienes ganas de jugar al jeque y su esclava sexual?

Jake se bajó los pantalones con las manos, que de pronto advirtió que habían perdido parte de su bronceado tropical, y se los quitó.

—Ahora te estás riendo de mí —dijo mientras le quitaba los vaqueros. Pero apartó la vista de su trabajo el tiempo suficiente para dejarla clavada con su mirada—. Sería un jeque maravilloso. Se me ocurren todo tipo de cosas que podría hacerte, y que me hicieras. Cariño, nos pondríamos como locos antes de que hubiera acabado.

Jenny tragó saliva y apretó los muslos. De acuerdo, tal vez aquella manera de hablar de las cosas fuese un combustible en sí mismo. Pero logró dirigirle una mirada arrogante, con cejas arqueadas incluidas.

—Sabes que te gusta la idea —dijo él, pero Jenny supo, a juzgar por el tono burlón de su voz, que no tenía ni idea de cuánto le gustaba la idea.

Así que se obligó a suspirar.

—Tengo una reunión a primera hora de la mañana. ¿Piensas tardar toda la noche?

Jake se rio.

—No, señora —murmuró justo antes de bajarse los calzoncillos.

Jenny se quedó boquiabierta; no había otra manera de describirlo. Pues la ausencia de aquella última prenda de ropa hizo que su pene erecto quedase apuntando hacia ella como si fuese un rifle de asalto.

—Oh, Dios mío.

—Lo sé —contestó él—. Es de mala educación señalar —le dedicó una sonrisa torcida, le agarró las pantorrillas con las manos y la arrastró al borde de la cama, hasta que Jenny rozó con las nalgas sus muslos desnudos. Jake le dobló la rodilla, le agarró con la mano el empeine del pie derecho y presionó la planta contra su pene, que quedó aprisionado contra su vientre plano—. ¿Mejor?

Jenny se quedó mirando la punta de su miembro, que asomaba por encima de los dedos de su pie.

—No es tan larga como parece. Es que tengo los pies pequeños —en vez de sonar desdeñosa, su voz fue tornándose más aguda con cada palabra. Debía de parecer una estúpida. Tenía que dejar de intentar actuar con indiferencia, porque no le estaba saliendo muy bien. Ser ella misma no podía quedar tan ridículo como estaba quedando aquella farsa. Así que se aclaró la garganta—. Aun así, puede que seas un dios más importante de lo que pensaba —añadió doblando los dedos contra su erección.

Su pene se retorció bajo la presión del pie y Jake se apartó ligeramente con una sonrisa, para permitir que el pie se deslizara hacia abajo por sus muslos.

—Debes de ser la mujer más divertida que he conocido jamás —dijo antes de agacharse hacia ella y recolocarla de nuevo en el centro de la cama. Sacó la cartera del bolsillo trasero de sus pantalones y la lanzó sobre la mesita de noche.

Después cayó sobre ella, con cuidado de sostener el peso con las manos y los pies. Agachó entonces la cabeza y la besó.

Suavemente.
Con dulzura.
Con labios cautelosos que succionaban con pereza. Como si tuviera todo el tiempo del mundo.

Al contrario que Jenny, que estaba ardiendo por dentro. Enredó los dedos en su pelo y lo pegó a ella mientras le devolvía los besos. Sin la suavidad ni la dulzura que él demostraba.

Jake emitió un gemido profundo, se tumbó a su lado y alcanzó el cierre de su sujetador. Se lo desabrochó con un rápido movimiento de dedos y dejó libres sus pechos.

—Mírate —susurró mientras la miraba.

«No, no me mires», pensó ella. Fue un impulso, pero no lo dijo, porque quería mostrar un poco de orgullo. Tal vez sus pechos no fueran tan grandes como le gustaría, pero eran agradables y tenían unos pezones bonitos.

Justo en ese momento, Jake le agarró uno con los dedos al tiempo que le mordisqueaba el otro, y ella dejó de pensar.

—No hacen falta muchos preliminares —susurró entre jadeos, retorciéndose sobre la colcha y arqueando la espalda para levantar más los pechos hacia él. Sentía como si hubiera estado torturándola durante horas. Días. Semanas.

Jake le soltó el pezón.

—¿No? Una pena que aquí mande yo, ¿no te parece? Porque a mí me gustan los preliminares —la miró a los ojos antes de meterse en la boca el otro pezón y deslizar una mano por su vientre. La deslizó bajo el elástico de las bragas, introdujo un dedo entre sus piernas y separó sus pliegues húmedos hasta acariciarle el clítoris.

Lo que hizo que Jenny llegase al clímax en aquel

preciso instante, gritando su nombre entre gemidos ahogados.

–Dios –dijo él–. Toma nota, Bradshaw –murmuró para sí mismo–. Hazle caso la próxima vez que te diga lo que necesita y lo que no necesita –siguió dibujando círculos en torno a su clítoris hasta que cesaron las convulsiones y Jenny dejó caer las caderas sobre la cama.

Jake sacó la mano lentamente del interior de sus bragas, se las bajó y agarró la cartera que había dejado en la mesita.

–¿Estás preparada para el segundo asalto?

Jenny se quedó mirando su erección palpitante y se sintió algo culpable

–Oh, Dios. Yo hablando de tener que levantar pesos pesados y al final te he dejado a ti hacer todo el trabajo. Dame un segundo y subsanaré ese error.

–No te preocupes –dijo él mientras se ponía el preservativo. Se tumbó de costado junto a ella y apoyó la cabeza en su mano para mirarla. Deslizó los dedos por su cuerpo, desde la clavícula hasta el ombligo, y de ahí a los muslos, sin llegar a tocar el punto que ella más deseaba que le tocara–. Al igual que tú, no creo que necesite muchos preliminares. Cuando una mujer llega al clímax deprisa, se dice que es multiorgásmica, porque puede volver a hacerlo de nuevo. Cuando le pasa a un hombre, lo llaman eyaculador precoz. Y no es algo que a un hombre le guste oír.

Aquello le produjo una carcajada.

–Oh. Vamos a comprobar esa teoría –estiró la mano hacia su pene.

–Mejor no –contestó él agarrándole la mano–. Vamos a prepararte de nuevo –utilizó sus propios dedos para recorrer el camino desde sus muslos. Jenny intentó estirarlos cuando se acercaron a sus zonas erógenas, pero de nuevo él se desvió.

–¿Qué sentido tiene si no llegamos a la mejor parte? –preguntó ella, aunque sabía la respuesta. Aquel juego de tentaciones hacía que su sexo palpitara con el vacío. Un vacío que necesitaba llenar desesperadamente.

–Quiero que estés preparada –susurró él–. Preparada cuando te penetre con fuerza. Cuando llegue hasta donde ningún hombre ha llegado antes –le mordisqueó el lóbulo y después sopló. Aquello le produjo un escalofrío–. Cuando me vuelva duro.

Oh, Dios, otra vez esa voz. Aquellas palabras sucias que le prometían cosas que nunca había experimentado. Pero no podía parecer una virgen victoriana otra vez. Así que levantó la mano que tenía libre y jugueteó con su pezón. Lo pellizcó con los dedos y tiró.

Jake tragó saliva mientras la veía.

–Entonces adelante –susurró Jenny con una tranquilidad que la hizo sentir orgullosa–. Es tu día de suerte, Bradshaw. Porque ya estoy preparada.

«Espero», pensó al ver el calor en sus ojos cuando se apartó de encima.

–¿Estás segura? –se agarró el pene y restregó la cabeza arriba y abajo contra la entrada de su sexo.

De acuerdo, había estado completamente preparada hasta sentir la cabeza de su erección contra su clítoris. Pero ya no le quedó ninguna duda.

–Lo estoy –sin embargo estaba un poco nerviosa, eso no podía negarlo. Porque había hecho que pareciese como si tuviera mucha más experiencia de la que realmente tenía, y no estaba segura de estar preparada para albergar su miembro erecto dentro de ella.

Pero había subestimado a Jake. La besó como la había

besado antes, se tomó su tiempo, y se abrió paso por su cuerpo centímetro a centímetro, hasta penetrarla como nunca antes la habían penetrado. Después se apartó lentamente hasta solo dejar dentro la cabeza de su pene. Y volvió a penetrarla con el mismo cuidado.

Solo hicieron falta un minuto o dos antes de que Jenny sintiera que estaba lista. Dobló las rodillas hacia el pecho, deseando que se volviera duro, como le había prometido, pero incapaz de pedírselo.

Aunque no le hizo falta. Jake había estado aguantando, esperando el momento en que por fin estuviese lista. Al ver que había llegado ese momento, al saber que en esa ocasión era real y no un alarde de valentía, Jake dio un gemido de aprobación y pasó los brazos por las corvas de Jenny, levantándole las caderas del colchón al hacerlo.

Y dejó atrás la cautela. Se echó hacia atrás y comenzó a mover la pelvis con fuerza, penetrándola con desenfreno.

–¡Jake! –exclamó ella clavándole las uñas en la espalda–. Oh, Dios mío, Jake.

Estaba tan mojada, tan caliente y receptiva. Sin dejar de repetir su nombre entre gemidos, se dividía entre agarrarlo con fuerza contra su pecho y clavarle las uñas en la espalda.

–Eso es, cariño, eso es –le susurró Jake al oído. Ni siquiera oía sus palabras, pues salían de su boca sin que fuera consciente–. Quiero verte disfrutar, Jenny. Quiero sentir tu orgasmo alrededor de mi pene –sabía que estaba muy cerca, lo sabía, y cambió el ángulo ligeramente antes de seguir embistiéndola.

Jenny gimió con todas sus fuerzas y su vaina de seda se contrajo en torno a su erección una y otra vez.

Estaba tan tensa y a la vez era tan deliciosa que la cabeza de su miembro amenazaba con explotar cuando al fin él llegó al orgasmo. Con una última embestida, gritó su nombre con los dientes apretados y eyaculó en su interior entre convulsiones de placer.

Pareció durar una eternidad, hasta que al fin se dio cuenta de que había acabado y se dejó caer encima de alguien, como si le hubieran arrancado de pronto las piernas.

Jenny apenas podía respirar, pero le rodeó con los brazos con fuerza cuando él intentó apartarse. Gracias a Dios, porque lo único que podía hacer era quedarse allí tumbado, aspirando la esencia de su cuello, sabiendo que lo que acababan de compartir era distinto a lo que había tenido con todas las demás mujeres.

Mejor. Era más que sexo sin compromiso.

El corazón le latía desbocado no solo por el esfuerzo. Porque, si estaba sintiendo lo que creía que estaba sintiendo... bueno, no podía ser eso. No se lo creía.

Y aun así... Dios.

Se sentía tan bien.

Tenía que ser por el sexo. El sexo le hacía sentir...

«¿Y si no es por el sexo?», preguntó una voz en su cabeza. Hundió la cara en el pelo de Jenny. ¿Y si aquello era amor?

No. No podía ser. Porque aquello no había salido bien en el pasado. Sin embargo sentía que sí era amor.

Maldita sea.

Había caído al agua y se estaba hundiendo con rapidez.

Capítulo 19

–Estoy jodida, Tash –Jenny observaba cómo su amiga cortaba los ingredientes para las pizzas del lunes. Bella T abría en cuarenta y cinco minutos, y Tiffany, la ayudante de Tasha, no llegaría hasta dentro de quince minutos.

Tasha miró a su amiga con una sonrisa.

–Ya me lo has dicho.

–No, no –contestó Jenny carcajeándose–. En más de un sentido. Creo que me he enamorado de él.

Su amiga levantó un hombro para apartarse un mechón de pelo que se le había soltado.

–¿Y eso sería algo muy malo?

–Oh, sí. Sería un desastre. Aunque tal vez sea solo sexo. Podría serlo. Fue un sexo muy bueno. Quiero decir que fue realmente bueno.

–Claro, restriégamelo cuando hace siglos que yo no me acuesto con nadie, y encima no compartas los detalles –Tasha utilizó el borde plano de su cuchillo para meter los pimientos verdes en un contenedor de acero inoxidable antes de mirar a su amiga–. Pero tú no crees que fuera solo sexo.

Probablemente fuera el hecho de que Tasha no había pronunciado la frase como una pregunta lo que hizo que Jenny respondiera:

–Dios, sí, claro que lo creo. Nunca había tenido un sexo así, y me ha dejado el cerebro hecho papilla. Probablemente solo sea un cuelgue y quiero ponerle la etiqueta de amor.

Tasha siguió mirándola y Jenny se estremeció.

Se mantuvo callada.

Finalmente confesó.

–De acuerdo, vale. Tal vez sí crea que es amor.

–Y te repito que no tiene por qué ser malo.

–¿Me tomas el pelo? Es la cosa más estúpida que he hecho nunca. Si Jake sospecha algo de lo que siento, saldrá corriendo tan deprisa que ni siquiera podré verlo por culpa de la nube de polvo que levantará cuando se vaya echando chispas.

Tal vez fuera la referencia a las chispas lo que hizo que Tasha diera un respingo.

–¡Maldita sea, los hornos! Se me había olvidado precalentarlos –sacó un montón de madera de la caja construida junto a sus hornos de ladrillo, pero se detuvo para dirigirle a Jenny una mirada seria–. ¿Se te ha ocurrido pensar que tal vez estés subestimándolo? –se dio la vuelta para meter la madera en el primer horno.

–Me gustaría creer que es cierto –contestó Jenny–. Pero nunca había conocido a nadie que fuese tan ajeno a su propia capacidad de amar.

Tasha giró la cabeza y la miró por encima del hombro.

–¿Y cómo es? ¿Tiene una gran capacidad de amar? ¿O saldría corriendo nada más oír la palabra de tus labios?

—Ambas cosas, Tash. No es una contradicción. Le he visto con Austin, y es evidente que quiere mucho a su hijo. Pero creo que aún hay una parte de él que teme reconocerlo.

—¿Y en lo referente a ti?

—Bueno, sé que le gusta el sexo. Pero no sé si va más allá de eso. No. Eso no es cierto. Me dijo claramente que no cree en el amor. Y sin embargo hay veces en las que creo que... —negó con la cabeza—. ¿A quién pretendo negar? Es difícil saber lo que siente.

—¿Y te da miedo preguntar?

—Sí. Lo cual imagino que me convierte en la mayor cobarde del mundo.

—No —Tasha dejó el horno y se acercó al mostrador. Sus ojos grises la miraron con mucha seriedad—. No eres una cobarde. Tus padres, que deberían haberte antepuesto a todo, no lo hicieron, y sé que eso te ha dejado cicatrices. Así que, si quieres ser cautelosa, sé cautelosa. ¿Tienes idea de lo que vas a hacer?

—Nada, supongo —contestó Jenny—. Dejar que Jake crea que estoy satisfecha con una relación estrictamente sexual.

Tasha frunció el ceño.

—¿Crees que eso es lo más sensato cuando sientes mucho más?

Jenny no pudo evitar carcajearse.

—¿Sensato? —preguntó antes de encogerse de hombros—. Probablemente no. Pero sí creo que es realista. Dios, Tash. La verdad es que voy a perder a Jake y a Austin cuando acabe el curso escolar. Y eso va a suceder me acueste o no me acueste con Jake. Así que por lo menos voy a disfrutarlo mientras dure.

—¿Y entonces qué?

–Entonces se acabará. No me hago ilusiones. Pero al menos cuando termine tendré la satisfacción de saber que me metí en esto con los ojos bien abiertos. Y que no dejé escapar el mejor sexo de mi vida porque fui demasiado cobarde para arriesgarme.

Jake localizó a Jenny en su despacho aquella tarde. Había pasado algo de tiempo el día anterior con Austin, que había estado contándole su fiesta en casa de su amigo esa noche. Pero Jenny no estaba en la casa, y el recuerdo de cómo ellos habían pasado la noche estaba demasiado fresco como para preguntarle por su paradero. Temía que, si decía su nombre, su hijo sabría lo que habían estado haciendo mientras él comía tarta de cumpleaños.

Al mirar a través de la puerta abierta del despacho, la vio sentada a su escritorio, inmersa en una de las hojas de cálculo dispersas sobre la superficie. Se quedó embobado por un momento, recordando las sensaciones que había experimentado con ella; la suavidad de su piel, sus gemidos de placer. Solo podía mirarla. Llevaba puesta una camiseta verde aceituna y las luces del techo proyectaban un brillo intenso sobre su melena, como un camino de luz de luna sobre las aguas a medianoche.

«Dios, Bradshaw. ¿Ahora eres poeta?». Golpeó suavemente el marco de la puerta.

Y sonrió cuando Jenny clavó el dedo sobre un punto de la hoja de cálculo para no perderse y apartó la mirada con reticencia.

–Hola –dijo él–. ¿Tienes un minuto?

Por un segundo a Jenny se le iluminó la cara y a él se le aceleró el corazón.

Pero entonces, aunque siguió sonriendo, la intensidad disminuyó. Se volvió más impersonal.

—Claro —contestó, agarró un pedazo de papel para notas del escritorio y colocó el borde bajo unos datos del informe—. ¿Qué puedo hacer por ti?

—Es más lo que puedo hacer yo por ti. Y por Austin. O lo que me gustaría hacer. Hace un día precioso, he visto el calendario de partidos y no hay ningún partido ni entrenamiento programado para esta tarde. ¿Podría convenceros para que vinierais de picnic conmigo?

—¿De verdad? —la intensidad de su sonrisa volvió a crecer—. ¡Me parece una idea fabulosa! Uno de nosotros debería llamar a Austin. No tenía planes cuando le he visto antes, pero ya sabes lo rápido que puede cambiar eso.

Jake sacó el móvil del bolsillo y apoyó el hombro en la puerta.

—Lo haré ahora mismo.

Cuando Austin respondió, los ruidos que se oían de fondo dejaron claro que estaba en la sala de juegos de la pizzería. Jake le hizo su propuesta y el adolescente aceptó con entusiasmo.

—Genial —dijo Jake—. Iré a recogeros a Jenny y a ti a las... —miró a Jenny con una ceja levantada—. ¿Cuatro y media?

—Que sean las cinco —dijo ella señalando las hojas de cálculo sobre su escritorio.

—Jenny dice que a las cinco. De acuerdo. Nos vemos luego —se guardó el teléfono en el bolsillo y la miró—. Hecho.

—Excelente. ¿Quieres que diga en la cocina que nos preparen una cesta?

—No —respondió él, por muy tentadora que fuese la idea—. Esto es cosa mía. Yo me encargo de la cena.

–Oh. Esto mejora por momentos.

–Soy un tipo muy considerado –que estaba tentado de acercarse al escritorio y darle un beso en la boca. En vez de eso se apartó del marco de la puerta y salió al pasillo–. Será mejor que te deje que sigas trabajando. Nos vemos a las cinco.

Jenny le dio las gracias y él se marchó.

Llegó a recogerlos a las cinco en punto, y aunque no lo admitiría por nada del mundo, había pasado los últimos quince minutos mirando el reloj, ansioso por que pasara el tiempo y pudieran empezar con la fiesta. Cargado con una nevera, una bolsa de comida y una manta, llamó a la puerta de la cocina.

–¡Hola! –exclamó Austin al abrir la puerta, y alcanzó la bolsa de la comida, que se balanceaba sobre la nevera–. ¡Es una idea fantástica! –bajó entonces la voz–. No le he dicho a Jenny que vamos a salir en mi barco.

–¿Vamos a salir con el barco? –preguntó Jenny desde detrás.

–Lo siento, tío –dijo Austin.

Jake le dedicó una sonrisa a su hijo y le dio un golpe cariñoso en el hombro.

–No hay nada que sentir. No era ningún secreto –miró a Jenny y sonrió al ver que se había hecho dos trenzas, como la primera vez que la había visto–. Íbamos a sorprenderte con una excursión a Oak Head.

Jenny sonrió.

–¡Excelente! Voy a ponerme las playeras –sacó unas zapatillas playeras del mueble de la entrada, se quitó los zapatos que llevaba puestos y los intercambió por ellas.

–¿Me llevarás a hacer esquí acuático después de cenar? –preguntó Austin–. El agua está como una balsa de aceite.

«¿Tú sabes hacer esquí acuático?», quiso preguntarle Jake. Pero se abstuvo de hacer la pregunta para no recordarle a Austin lo poco que sabía de su vida.

–¿No hace todavía un poco de frío para eso? –preguntó en su lugar.

–Tío. Todo el mundo tiene traje de buzo.

–En ese caso... –si de él dependiera, habría dicho que sí, pero no sabía lo que diría un padre responsable. Así que tomó el camino fácil–. Si a Jenny le parece bien, a mí también.

–Qué manera de lavarse las manos, Bradshaw –respondió ella mientras descolgaba una chaqueta del perchero y la doblaba sobre su brazo–. Seré el poli malo si digo que no –miró a Austin–. Por suerte para ti, me parece bien, siempre que el agua siga tranquila después de cenar.

–O podríamos ir primero a hacer esquí acuático –sugirió el chico.

–Supongo que sí. Ve a ponerte el traje de buzo y a por una toalla de playa. Y tráete las cosas para que tengas ropa seca después.

–De acuerdo –Austin salió corriendo hacia el cobertizo, donde se puso el traje y recogió los esquíes y la cuerda.

Cuando estuvieron en el muelle, Jake guardó las cosas del picnic y se volvió hacia su hijo, que estaba de pie junto al asiento del capitán poniéndose el chaleco salvavidas.

–¿Quieres esquiar desde aquí?

–¡Eso sería ridículo!

Tal vez la palabra sonara negativa, pero el tono del

chico estaba cargado de entusiasmo, así que Jake miró a Jenny.

—Lo sé, lo sé —dijo ella con una sonrisa—. No lo parece, pero en este caso, «ridículo» quiere decir que sí.

—De acuerdo entonces —respondió Jake. Se volvió hacia Austin y vio que el chico estaba atando la cuerda a la parte trasera de la lancha—. ¿Quieres empezar en aguas profundas o en el muelle?

—Tío. Solo se empieza en aguas profundas si no hay muelle. O si te caes —contestó Austin—. Cosa que no pienso hacer —añadió con una sonrisa arrogante.

—Vivir para ver —dijo Jake, y atrapó en el aire la llave que Austin le había lanzado. Se quedó mirándola unos instantes y después miró a su hijo—. ¿Por qué no conduce Jenny? —sugirió antes de girarse hacia ella—. Si no te importa, claro. Así yo podré ver cómo Austin hace esquí acuático —«por primera vez», pensó.

Dios. Demasiadas primeras veces.

Jenny miró a Austin y probablemente vio lo mismo que él; la cara del chico se iluminó como un amanecer en el Serengeti. Jake tragó saliva sin saber qué hacer, abrumado como estaba.

Sin embargo, antes de que pudiera ponerse sentimental, Jenny ya le había quitado la llave.

—Me parece bien.

Austin colocó los esquís en el muelle, salió de la lancha y se dio la vuelta para agarrar la barra situada en el extremo de la cuerda, que Jake le alcanzó.

Jenny puso en marcha el motor y se alejó lentamente del muelle. Miró por encima del hombro.

—Avísame cuando la cuerda esté a punto de acabarse.

Jake observó como la cuerda iba desenredándose bajo el agua.

—De acuerdo, ya casi estamos, ya casi estamos... —la cuerda emergió del agua entre el muelle y el barco, y Austin colocó los esquís en la superficie—. ¡Ahora!

Jenny aceleró y Austin tomó velocidad al instante. Jake había hecho algo de esquí acuático con los amigos de Kari cuando estaba en el instituto. Pero no había crecido con el deporte igual que Austin, y en pocos segundos se dio cuenta de que su hijo tenía mucha más habilidad que él. Si él hubiera intentado hacer aquello, probablemente ya se habría tragado medio canal, pues habría caído de cara en el agua.

Pero su hijo sabía lo que hacía. Saltó con facilidad la estela de la motora y se dirigió hacia uno de los lados. Una vez allí, se inclinó hasta casi tocar el agua con el codo. Después regresó al centro y volvió a saltar la estela.

Jake lo observó con orgullo durante todo el camino hasta Oak Head, y allí Jenny aceleró la motora hasta estar a quince metros de la orilla antes de hacer un giro cerrado. Austin saltó la estela de la barca una última vez y, cuando alcanzó el punto más cercano a la playa, soltó la barra.

Jenny aminoró la velocidad y Jake se quedó mirando cómo su hijo se deslizaba hacia la orilla antes de hundirse lentamente.

Cuando Jenny detuvo la motora en la playa, Jake saltó a la arena y corrió entusiasmado hacia su hijo, que estaba de pie junto a sus esquís. Le dio un abrazo de oso y lo levantó del suelo.

—¡Has estado genial! —exclamó al dejarlo de nuevo en el suelo.

Austin parecía excitado y un poco nervioso, y Jake se dijo a sí mismo que no debía presionarle demasiado.

—¿Quieres esquiar un poco más o estás listo para una baguette?
—¿Qué?
—Una baguette. Un bocadillo de pan francés, como lo llamáis aquí.
—Qué rápido nos olvidamos —murmuró Jenny al reunirse con ellos.
Jake se encogió de hombros.
—Llevo mucho tiempo viviendo en Manhattan.
—A mí me apetece un sándwich —dijo Austin—. ¿Dónde los has comprado?
—He comprado los ingredientes en Silverdale. Puedes prepararte el tuyo como más te guste. Es lo más parecido que he podido encontrar a DeFonte's, en Brooklyn. Allí hacen los mejores bocadillos.
—Genial. ¿Qué tienes?
Jenny había sacado la manta que él había llevado y la había extendido junto a un árbol caído con un inmenso entramado de raíces blanqueadas por el sol. Jake apostaría a que era un imán de escalada para todos los niños que fueran a esa playa. Austin y él se reunieron con ella. Él se arrodilló sobre la manta y comenzó a sacar ingredientes de la bolsa y de la nevera.
—Tenemos jamón, peperoni, salami, *roast beef* y pastrami. Tenemos cebolla, tomates, lechuga, vinagre, aceite, mayonesa y mostaza. Además para acompañar he traído ensalada de patata, ensalada de fruta y *pepperoncini*. Ah, y patatas fritas. De beber tenemos agua, coca cola y zarzaparrilla.
—¡Tío, esto es genial!
—Sí —convino Jenny—. Eso evitará que se muera de hambre durante una hora o dos.
Comieron y después Jake y Austin estuvieron pasán-

dose una pelota en la playa durante un rato. Se entretuvieron jugando a que Jenny no la atrapara, lo cual resultó extremadamente fácil, teniendo en cuenta que era bajita y no tenía habilidades deportivas. Al menos en lo referente a atrapar pelotas.

Sin embargo se le daba bastante bien trepar el cepellón. Su escasa estatura le ayudaba a manejarse con las raíces retorcidas del árbol.

Los días eran cada vez más largos, y el sol aún no había alcanzado la cima de las montañas cuando Jenny declaró que era hora de irse. Jenny quiso protestar igual que Austin, pero sabía que tenía razón. Al día siguiente había clase.

–Recoge las cosas, chico –le ordenó a su hijo.

–Pero yo no quiero irme –protestó Austin–. Esto es divertido.

Jake sintió un vuelco en el corazón, pero se obligó a mantenerse firme.

–Volveremos a hacerlo. Pero seguro que tienes deberes que hacer.

–Sí, supongo –de pronto el chico pareció entusiasmado–. Pienso hacer los sándwiches que hemos comido hoy en mi fiesta de cumpleaños este verano.

El treinta de junio.

Maldición. Pronto tendría que contarle a Austin sus planes de llevárselo a Nueva York cuando acabase el colegio. ¿Pero qué iba a hacer con la fiesta de cumpleaños del crío? Porque obviamente no había pensado en eso. Sin colegio, Austin no podría hacer nuevos amigos en las dos semanas desde que acabaran las clases hasta que llegara el treinta de junio. Tal vez tuviera que retrasar su partida.

Pero no tenía por qué pensar en eso en aquel momento. Aquella noche quería disfrutar de la aprobación de su hijo.

Cuando llegaron a casa de Jenny, ayudó a Austin a guardar los esquís. Mientras su hijo guardaba los esquís, él recogió la cuerda y tendió el traje de buzo para que se secara.

Acababa de darse la vuelta cuando el chico se lanzó de pronto hacia él y le dio un fuerte abrazo. Fue rápido y extraño, y Austin se metió las manos en los bolsillos en cuanto se apartó. Y se quedó mirando al suelo del cobertizo como si allí se proyectase un holograma de su videojuego favorito. Pero a Jake aquel abrazo le llegó al corazón.

–Gracias, papa –dijo Austin, y se alejó corriendo hacia la casa con la cara sonrojada.

Cuando la puerta se cerró tras él, Jenny, que estaba de pie en la entrada, se puso frente a Jake y le acarició la mejilla.

–Esta noche has actuado bien –le dijo con una sonrisa. Se puso de puntillas y le dio un beso rápido en los labios. Después se quedó mirándolo sin dejar de sonreír–. Muy bien –reiteró.

Entonces se dio la vuelta y desapareció en el interior de la casa.

A las once y media de aquella noche, Jenny estaba de pie frente a la puerta de Jake. Austin llevaba durmiendo casi una hora, y dormía como un tronco. Pero aun así no sabía qué estaba haciendo allí.

Jake no tenía por qué querer pasar más de una noche con ella. No habían vuelto a hablar del tema después de lo ocurrido. Él no la había tratado de manera distinta durante el picnic, aunque tampoco iba a hacerlo delante de Austin.

Sin embargo, para ella el sexo con él no se parecía a nada de lo que hubiera experimentado antes. Y, como le había dicho a Tasha, quería más mientras aún pudiera. Así que se alentó a ser descarada, sacudió las manos, tomó aliento y llamó a la puerta antes de poder echarse atrás.

Jake abrió y se quedó allí de pie, descalzo, con los mismos vaqueros y la misma camisa de antes.

–Hola –dijo con una sonrisa–. ¿Qué te trae por aquí?

–Sexo –Jenny se sorprendió a sí misma con su valentía, aunque por dentro estuviese temblando. «¿De verdad? ¿Eso es lo único que se te ha ocurrido?», pensaba.

Pero al parecer funcionó, porque a Jake se le iluminaron los ojos y dijo:

–¿Sí? En ese caso, adelante.

Jenny apenas había atravesado el umbral cuando Jake cerró la puerta y la acorraló contra ella. Colocó las manos a ambos lados de su cabeza y se inclinó para besarla.

El beso se volvió apasionado enseguida, y Jake apartó una de las manos de la puerta para acariciarle el pecho. Después apartó la boca unos centímetros.

–Llevas demasiada ropa –susurró antes de sacarle el jersey por la cabeza. Lo tiró al suelo y se arrodilló para colocarse frente a su sujetador. Se lo desabrochó y enseguida se reunió con el jersey.

Entonces se quedó contemplando sus pechos sin más, y Jenny notó como se le endurecían los pezones.

La punta de su lengua asomó entre sus labios un instante y se deslizó por sus dientes antes de desaparecer.

–Tienes unas tetas preciosas.

Como de costumbre, sus palabras le produjeron un cosquilleo entre las piernas. Y aquella sensación se intensificó cuando empezó a besarle los pezones. Entonces la agarró de las nalgas y la levantó.

Ella soltó un grito asustado.

—De acuerdo, esto es un poco embarazoso —dijo sintiendo el rubor de sus mejillas—. Parece como si tuviera seis años —pero aun así le rodeó las caderas con las piernas y se restregó contra la erección que notaba bajo la cremallera—. Oh. Ahora ya no tengo seis años.

Jake respiró profundamente.

—¿No sé qué me haces? —murmuró frotándose contra ella—. Normalmente con otras mujeres soy el rey de los preliminares, pero contigo acabo precipitándome como si tuviera catorce años.

—A mí me parece bien.

—Sí, y a mí —convino él carcajeándose—. Dios, Jenny. Eres tan receptiva que me haces perder el control.

—¿Eso significa que tienes a mano un preservativo?

Jake dejó escapar otra carcajada.

—En la cartera, en el bolsillo de la cadera. O, si quieres hacerlo en un lugar donde pueda demostrar más delicadeza que contra una puerta, tengo una caja entera en el dormitorio.

—Me gusta aquí —contestó ella mientras le sacaba la cartera del bolsillo—. Nunca lo he hecho contra una puerta.

—¿No? Entonces estoy a tu servicio —la dejó en el suelo—. Desnúdate —le ordenó mientras se quitaba la camisa antes de desabrocharse el pantalón.

Segundos más tarde estaban los dos desnudos y Jake ya se había puesto el preservativo. Se arrodilló frente a ella y le dio un beso en el vientre, justo donde empezaba su vello púbico.

—Creo que podemos dedicarle algunos minutos a los preliminares —susurró antes de introducir los pulgares entre sus pliegues húmedos y calientes—. Precioso —agregó antes de acariciar su sexo con la lengua.

Jenny pronunció su nombre y hundió los dedos en su pelo.

—Será mejor que pares —susurró entre gemidos—. Será mejor que pares —repitió. Pero Jake no solo no paró, sino que introdujo dos dedos en su interior e hizo que llegara al orgasmo entre sacudidas de placer.

Mantuvo los dedos dentro hasta que cesaron las contracciones. Entonces los sacó, se puso en pie y la levantó contra la puerta. En cuanto Jenny le rodeó el cuello con los brazos y la cintura con las piernas, él colocó su pene erecto frente a su entrada y la penetró.

Fue rápido y feroz, y Jenny no le soltó el cuello mientras él la embestía una y otra vez.

—Oh, Dios. Oh, Dios —gemía mientras se entregaba con abandono a las sensaciones que crecían de nuevo en su interior—. Oh, Dios, Jake. Es tan... —Jake se apartó hasta casi sacar su pene por completo, pero entonces volvió a penetrarla con fuerza—. Tan... —repitió la operación una vez más—. Oh, Dios. Jake, voy a...

—Sí —dijo él con los dientes apretados. Y, en esa ocasión, cuando la embistió, se quedó quieto para restregarse contra su clítoris—. Quiero sentir tu clímax.

Y Jenny llegó al orgasmo por segunda vez, sintiendo como los músculos de su vagina se contraían en torno a su pene.

—¡Dios! —gimió él al alcanzar también el clímax, y apoyó la cabeza en la puerta junto a la suya—. Me estás matando.

—A mí me lo vas a decir —Jenny se sentía exhausta,

agotada de la cabeza a los pies, sujeta solo mediante la presión que Jake ejercía contra ella. Sin embargo reunió la energía suficiente para darle un beso torpe en la oreja. Sonrió al notar que se estremecía–. Por otra parte, qué manera de morir, ¿eh?

Capítulo 20

–Jenny, tu cita de las diez y media ya ha llegado.

Jenny miró el reloj y sonrió al ver que la aspirante al puesto llegaba cinco minutos antes. Siempre era algo positivo no tener que esperar–. Gracias, Abby. Enseguida salgo.

Un minuto más tarde salió al recibidor. La única mujer que había allí, aparte de Abby tras el mostrador, era una mujer afroamericana de veintitantos años vestida con una falda de punto que le llegaba hasta las botas y una túnica larga con un cinturón entre la cintura y las caderas.

Se acercó a ella.

–¿Señorita Summerville? –dijo ofreciéndole la mano–. Soy Jennifer Salazar, la gerente. Hablamos por teléfono la semana pasada.

–Hola –la mujer, cuyo nombre era Harper, según su solicitud, le estrechó la mano con decisión–. Muchas gracias por recibirme.

Jenny parpadeó. Harper era más alta que Tasha, cosa que no podía evitar envidiar. Y entre su estatura, su tez morena, sus rizos negros y sus ojos verde aceituna, transmitía una elegancia exótica y majestuosa.

Pero parecía algo distante, cosa que no era buena para el puesto que Jenny quería que ocupara. Y entonces Harper sonrió y su rostro se iluminó con alegría. Sus ojos se entornaron, y aquellos labios solemnes adquirieron una forma de corazón que dejaba ver no solo sus dientes perfectos, sino las encías sanas a las que estaban anclados. Fue una sonrisa carismática que le hizo pasar de ser una persona distante a parecer magnética y accesible.

–Estaba deseando conocerte. Tu currículum es impresionante.

–¿Puedo utilizar esa misma frase con mi madre? –Harper se carcajeó alegremente mientras le acariciaba el brazo de manera despreocupada–. Solo quiere que deje de ir de un trabajo a otro y siente la cabeza. Eso o casarme. Preferiblemente con un médico.

–Así son las madres –al menos las de los demás, pues la suya no había mostrado mucho interés en ella tras el escándalo de Lawrence Salazar; solo para avergonzarse de que hubiera aceptado el trabajo como limpiadora en el hotel.

Como si a los dieciséis años fuesen a lloverle las ofertas de empleo.

Pero no era el momento de sacar a relucir aquello.

–Si te ayuda, puedes decirle de mi parte que han sido tus diversas habilidades las que han llamado mi atención. Busco un director social, si es que ese término existe, para la temporada estival, y el requisito principal del trabajo es poder coordinar diversas actividades. Aun así, con todas las habilidades que posees, no se trata de un trabajo a jornada completa. Necesito a alguien unas treinta o treinta y dos horas a la semana.

–Esa es una de las cosas que más me interesó cuando leí el anuncio en Craiglist. Tengo algo de dinero ahorrado, así que puedo apañarme con pocas horas. Así tendré tiempo para explorar la península. Depende de lo que me ofrezca, claro –agregó con una sonrisa–. En el anuncio no lo especificaba.

Jenny le dijo el salario por hora.

–Más el alojamiento y la comida, claro. El alojamiento no es nada lujoso; se trata de una casita de un dormitorio en el bosque.

–Por favor, dígame que el baño no está fuera de la casa, porque eso sí que no podría soportarlo.

Jenny se carcajeó.

–No. Aunque la casa no tiene nada de especial, no es tan arcaica. No tienes que compartirla con nadie y tiene un pequeño cuarto de baño. Aunque solo con ducha.

–Oh. Me gusta bañarme, pero supongo que podré conformarme con eso durante la temporada de verano –dijo con una sonrisa.

Jenny se dio cuenta de que la capacidad de Harper para hacer que una persona sintiera que sonreía solo para ella era algo muy apreciado en un trabajo de cara al público.

–Lo bueno es que la comida de nuestro restaurante es espectacular –le dijo con una sonrisa–. Pero si te apetece prepararte algo, tienes cocina, microondas y frigorífico en la cabaña.

–¿Entonces me está ofreciendo el trabajo?

–Voy encaminada en esa dirección, pero deja que te muestre el hotel y sus alrededores, así como la casa que va con el puesto. Te diré lo que espero de este puesto, y podrás darme tu opinión. Y no te dé miedo hablar, porque siempre pueden surgir cosas que jamás se me habrían ocurrido, ni en un millón de años. Me encanta que la gente tenga ideas para mejorar las cosas.

–Eso suena bien.

–Excelente. He de decirte que nunca antes había conocido a una Harper. Me encanta el nombre.

–Gracias. A mi madre le encanta *Matar a un ruiseñor* –contestó Harper–. Considera que Harper Lee es un genio.

–Es un nombre único y bonito. Te pega –después señaló con el brazo la zona en la que estaban–. Como puedes ver, este es el vestíbulo del hotel...

Austin se detuvo en seco al llegar al final del sendero de madera que iba del aparcamiento al campo de béisbol. Se quedó con la boca abierta al ver la escena que tenían delante.

–¿Estás de broma?

–Vaya –Nolan parecía tan asombrado como él. Aun así se volvió hacia Austin y sonrió, obviamente feliz de poder volver a salir a la calle–. Menos mal que seguimos teniendo buen tiempo. Porque parece que ha venido todo el mundo al... –su voz adquirió un tono estentóreo– día de fotos de Jake Bradshaw.

Todo el pueblo llevaba diciendo la misma frase desde que en el blog de Razor Bay se anunciara a principios de semana que el fotógrafo Jake Bradshaw, del *National Explorer*, sacaría las fotos del equipo de los Bulldogs y el anuario.

–Dios, tío –agregó Nolan, ya con su voz normal, mirando a la multitud que llenaba las gradas–. ¿Qué hace toda esa gente en las gradas?

–No me gusta nada. Salvo por un par de personas, no veo a nadie que tenga algo que ver con el equipo –dijo Austin–. ¡Nunca había visto tantas personas en las gradas!

–Lo sé. Cualquiera diría que las fotos de equipo son un espectáculo o algo así.

–Sí –convino Austin–. Deberían venir a nuestros partidos –pero temía que iba a empezar a reírse en cualquier momento. Porque, a pesar de hacerse el indiferente, estaba muy excitado con la sesión de fotos. Y, pasada la sorpresa inicial, en el fondo disfrutaba viendo que todo el pueblo estaba allí reunido. Su padre era un gran fotógrafo, iba a sacar las fotos del equipo y todo el mundo quería verlo. ¡Era asombroso!

Su estatus en el colegio había aumentado desde que llevara un par de números del *National Explorer* para enseñárselos a los compañeros que no se habían impresionado al oír que Jake iba a hacer las fotografías.

Pero aquello no era lo único que le hacía estar contento aquel día. Estaba encantado de volver a salir con Nolan. Sabía que, durante la enfermedad de su amigo, había deseado que tardase tiempo en recuperarse. Pero ahora que le habían dado vía libre a Nolan, Austin estaba feliz. Durante un tiempo se le había olvidado lo bien que se lo pasaba con él.

Lo que ya no le apetecía tanto era tener que confesarle a su mejor amigo lo que sentía por Bailey. Pero suponía que se lo debía.

La cuestión era, ¿se lo decía antes o después de la sesión de fotos?

Decidió que sería mejor hacerlo cuanto antes. Iba a sentirse muy mal hasta que lo hiciera, así que mejor hacerlo ya.

–Tengo algo que decirte –dijo tras tomar aliento.

–¿Sí? –Nolan lo miró expectante, y Austin se acobardó.

–¿Dónde está tu prima? Creí que estaría aquí.

—Estaba hablando por teléfono con la tía Debbie cuando me he marchado, así que mi madre la traerá luego.

—Bien —dijo Austin, y volvió a tomar aliento—. Me... me gusta.

—Claro —contestó Nolan encogiéndose de hombros—. ¿Y a quién no?

—No. Quiero decir que me gusta de verdad. De querer besarla, ya sabes.

Nolan se detuvo en seco y se quedó mirándolo.

—¿Quieres besarla?

—Tío, baja la voz —miró a su alrededor para ver si alguien estaba prestando atención. Aun así, cuando volvió a mirar a Nolan, se negó a dar marcha atrás como un cobarde. De modo que asintió con la cabeza.

Nolan se quedó callado durante unos segundos.

—Bien —dijo después—. Supongo que lo entiendo. A mí me gustaba el año pasado.

Austin se quedó con la boca abierta.

—Eso es asqueroso, tío. ¡Es tu prima!

—Eh, contrólate. Tampoco es que quisiera tener hijos con ella. Pero es guapa y divertida, y juega al béisbol mejor que la mitad de los tíos que conozco. Además, no sé si te has fijado, pero tiene tetas. Así que no me habría importado besarla alguna vez.

—¿Lo intentaste?

—No. De pronto un día... no sé, de pronto ya no me apetecía hacerlo. Pero el caso es que durante un tiempo fue así. Así que entiendo que tú también quieras.

Austin agradecía la comprensión de Nolan, pero, por otra parte, llevaba un par de días sintiéndose desalentado.

—Sí, como si tuviera alguna posibilidad de lograrlo

–admitió apesadumbrado. Lo deseaba tanto que podía saborearlo. Pero, al mismo tiempo, tenía miedo de quedar como un tonto–. He estado volviéndome loco pensando en cómo hacerlo.

–Deberías preguntarle a Jenny.

–¿Qué? –se quedó mirando a su amigo horrorizado–. ¡No puedo preguntárselo a ella!

–¿Por qué no? Es una chica. ¿Quién mejor que ella para saber esas cosas?

–No puedo. Tío, es... ¡Jenny!

–Entonces yo no puedo ayudarte, porque es lo único que puedo sugerirte. Asúmelo, salvo en el juego de la botella, yo tampoco he tenido mucho éxito en el tema de los besos.

–¿Quién habría pensado que iba a tener que controlar a las masas en el día de las fotos de la liga infantil?

–Yo no –le dijo Jake a Max. Estaba agachado junto a la tercera base y se sentía un poco agobiado con toda la gente que iba y venía de un lado a otro del campo. Ni siquiera había empezado con las fotos y todo el circo que se había montado a su alrededor ya hacía que fueran retrasados con el horario–. Pásame esa bolsa gris.

–¿Dónde diablos está Jenny? –preguntó Max antes de pasarle la bolsa en cuestión–. Creí que la habías chantajeado para que fuera tu ayudante.

–Buena pregunta. Ya debería estar aquí. Aunque ya prescindí de ella al sacar las fotos del anuncio sin su ayuda.

–Ese es tu problema –dijo su hermano con una mirada compasiva–. ¿Qué tipo de chantajista de pacotilla eres tú? ¡Has violado la primera regla! Maldita sea, Jake. Si demuestras una debilidad así, perderás la posibilidad de controlar la situación. Me da vergüenza llamarte herman... –de pronto se quedó callado.

Jake, que estaba colocando los objetivos sobre un pedazo de fieltro en el orden en que los necesitaría, ignoró la crítica a sus habilidades como chantajista, pero levantó la mirada al notar su silencio.

–Dios santo –dijo Max, pero dado que su tono y su expresión eran tan respetuosos como un monje frente a la Sábana Santa, Jake imaginó que no blasfemaba–. ¿Quién es esa?

Jake siguió la mirada de Max, pero había demasiada gente entrando al campo como para saber a quién se refería.

–Tendrás que ser un poco más específico –le dijo–. ¿Quién es quién?

–La chica que va con Jenny.

Eso llamó su atención.

–¿Jenny está aquí? –se puso en pie.

–Sí. Allí, ¿ves? A este lado del camino desde el aparcamiento.

Jake la localizó.

–Esa mujer es una jodida diosa –agregó Max.

Jake se dio la vuelta con el ceño fruncido y miró a su hermano con incredulidad.

–¿Jenny? –¿qué diablos hacía Max mirando a la mujer a la que le había advertido que no mirase?

–¿Qué? No, idiota. ¡Ella! –Max señaló con el dedo hacia Jenny, y por primera vez Jake se fijó en la mujer que iba con ella.

–Oh. Vaya –Max tenía razón. La mujer que iba con Jenny era una belleza, para quien le gustaran las mujeres exóticas y estiradas.

Pero él se centró de nuevo en la morena bajita que iba con ella, y vio que Jenny miraba a su alrededor. Cuando miró hacia él, disparó el flash. Aquello llamó su atención y Jake agitó entonces el brazo.

Jenny se acercó con la mujer que tenía a Max tan alterado.

—Hola —dijo al llegar junto a ellos—. Siento llegar tarde. Estaba enseñándole a Harper el hotel —entonces se carcajeó—. ¿Dónde están mis modales? Os presentaré. Harper, este es Jake Bradshaw, la razón por la que el evento de hoy es un espectáculo. Y su hermano, Max Bradshaw...

—Hermanastro —dijo Max, y Jake le dio un puñetazo en el hombro, pero Max ni se inmutó.

—Ya es hora de dejarlo correr, hermano —le dijo.

Pero Max se encogió de hombros y Jenny siguió hablando como si no la hubiese interrumpido.

—El hermanastro de Jake, Max, que es el ayudante del sheriff de Razor Bay. Jake, Max, esta es Harper Summerville, la nueva directora de juegos y diversión del hotel.

—¿En serio? —dijo Jake—. ¿De verdad vas a nombrarla directora de juegos y diversión?

—De acuerdo. Es nuestra coordinadora de actividades de verano. No sé por qué tienes que ser tan meticuloso.

Harper se carcajeó, y aquello cambió la primera impresión de Jake. Aquel aire arrogante y distante desapareció con sus carcajadas.

—Puede llamarme como quiera —dijo la mujer—. Estoy encantada por poder trabajar aquí. Es una zona maravillosa. Hola —le ofreció la mano primero a Jake, que estaba más cerca, y después a Max—. Es un placer conoceros.

Jake observó que apartaba la mano demasiado deprisa, pero entonces le dirigió a Max una sonrisa radiante.

—Madre mía. Si todos los hombres de Razor Bay son tan grandes como vosotros, debe de haber una hormona de crecimiento en el agua.

Jake se rio, pero, para su sorpresa, Max no solo no sonrió, sino que se limitó a asentir con la cabeza.

—Señora —dijo el muy idiota, como si acabase de ponerle una multa y estuviese devolviéndole los papeles del coche.

Harper recuperó entonces su aire frío y distante, y Jenny se apresuró a decir:

—Bueno, mira, voy a ir a ver si Tasha ha venido también y así le presento a Harper. Luego volveré para echarte una mano con las fotos.

—Ha sido un placer conocerte, Harper —dijo Jake.

—Señora —repitió el inepto social de su hermano con otro asentimiento de cabeza.

Jake las vio alejarse, se volvió hacia su hermano y le dio un golpe en la cabeza con la palma de la mano.

—¿Señora? ¿Pero a qué narices ha venido eso?

Max se metió las manos en los bolsillos y se encogió de hombros.

—Lo sé. No se me dan bien las mujeres así.

—¿Tú crees? —contestó Jake carcajeándose.

—Está bien, ¿vale? Se me dan muy mal. ¿Ya estás contento?

—¿Por qué?

—Bueno, déjame pensar. ¿Por qué te encanta verme fracasar?

—No, idiota. ¿Por qué se te dan mal las mujeres como ella?

Max se encogió de hombros, pero de pronto Jake recordó a la madre de su hermanastro, que siempre tenía cara de tristeza. Cuando eran niños, a él le encantaba ver que alguien le echaba la bronca a Max. Nunca se le había ocurrido preguntarse cuál sería su problema, ni cómo eso afectaría a Max. Ahora sí se lo preguntaba.

—Antes se te daba bien —dijo—. Recuerdo haberte visto con Judy Ziegler del brazo. Tío... —negó con la cabeza mientras recordaba— tenía las mejores tetas de todo el colegio.

—Y las camisetas y jerseys apropiados para realzarlas —contestó Max con una sonrisa fugaz—. No tengo problemas con las chicas llamativas. Ellas hablan todo el rato, aunque sea de cosas que realmente no te importan. Pero es una especie de trato, porque a ellas no parece importarles mucho que a ti no se te dé bien conversar.

Se quedó mirando a Harper, que estaba hablando con Jenny y con Tasha. Jake observó el interés frustrado de Max mientras la miraba.

—Las chicas refinadas son otra historia —dijo su hermano sin apartar la mirada de la señorita Summerville—. Esas me dejan petrificado siempre.

Un altercado en las gradas llamó su atención, y Jake presenció el alivio en la expresión de Max.

Pero su hermano simplemente dijo:

—Maldito Wade. ¿Cuándo se le va a meter en la cabeza que Mindy está casada con Curt? Te apuesto lo que sea a que viene directo del Anchor.

—Y eso nunca ayuda.

—Pues no. Será mejor que vaya a interceptarlo antes de que Curt le golpee y tenga que detenerlos a los dos —se alejó, sin duda satisfecho por dejar atrás el tema de sus sentimientos.

Jenny regresó pocos minutos después de que Max se marchara y comenzó a organizar a los chicos, y a Bailey, a quien el entrenador y el equipo habían insistido en incluir. Primero hicieron las fotos de equipo y después las individuales. En las pausas entre foto y foto, algunos adultos a los que Jake ya había fotografiado para el álbum se acercaban a darle la enhorabuena.

Y descubrió que estaba pasándoselo tan bien como cuando hacía una sesión de fotos profesional.

No sabía por qué aquello le hacía sentir incómodo cuando volvió a pensar en ello esa noche, después de que Jenny hubiera salido de su cama para volver a su casa. Pero, tumbado allí, con las manos detrás de la cabeza, contemplando el techo, tenía que reconocer que así era. De modo que comenzó a pensar en Jenny, y se preguntó cuándo volverían a estar juntos y qué le haría cuando se vieran.

Pero aquello le hizo fruncir el ceño. Porque, por alguna razón, el hecho de que ella estuviese aparentemente satisfecha con el acuerdo meramente sexual que mantenían le producía inquietud. Se negaba a pensar en cuáles podrían ser las razones.

Jenny estaba dándole exactamente lo que él pedía en una relación. Y si aquella relación parecía distinta al resto... bueno, sabía que no debía confiar en sus emociones. Los hombres Bradshaw no eran de los que tenían finales felices. No sentaban la cabeza. Y después de que su amor por Kari se hubiese extinguido un mes después de la boda, no pensaba volver a declarar su amor eterno a ninguna mujer.

Sin embargo con Jenny estaba tentado. Y casi podía imaginarse su amor.

Al darse cuenta de adónde le había llevado aquel

pensamiento, el corazón se le aceleró y empezó a sudar. «Piensa en otra cosa, piensa en otra cosa», se dijo.

Y pensó en otra cosa. Pensó que aquel día, en el campo de béisbol, por primera vez en su vida, no había deseado estar en cualquier sitio que no fuese Razor Bay, Washington.

Sin embargo, darse cuenta de aquello no le ayudó a calmarse.

Capítulo 21

—Supongo que habrás besado a un millón de chicas en tu vida, ¿verdad?

Jake apartó la mirada del sedal que estaba desenredando. Austin y él habían estado pescando por el canal en uno de los botes de aluminio del hotel. Austin lo había escogido porque decía que era mejor que su motora para la pesca, un deporte en el que Jake no tenía mucha experiencia. Sin embargo, su hijo sabía lo que hacía, y le había enseñado un par de trucos, lo cual le entusiasmaba.

—Ni de lejos. Aunque podría decir que he besado a unas cuantas.

—¿Sí? ¿Y cuántos años tenías la primera vez?

Aquella mirada excesivamente despreocupada hizo que el sistema de advertencia paternal que había desarrollado activase una alarma silenciosa. «Oh, Dios», pensó mientras clavaba un arenque fresco al anzuelo y echaba la caña al agua. Tenía que ser Bailey, la chica con la que Austin había estado pasando tanto tiempo. Enganchó la caña al soporte de la barca, se aclaró las manos en el agua helada del canal y miró a su hijo a los ojos.

—No lo recuerdo exactamente. Más o menos tu edad, creo.

—Y probablemente se te dio muy bien, ¿verdad? ¿Sabías exactamente lo que tenías que hacer?

Jake resopló.

—¿Me tomas el pelo? No es que hubiera nacido sabiendo. ¿Has visto todo lo que me estás enseñando sobre pesca? Pues se me da mejor eso de lo que se me daba besar a las chicas.

—Oh, tío. Qué horror.

—Dímelo a mí. Chocábamos las narices y los dientes. Pero lo curioso es que Mary Beth Brimmyer no pareció darse cuenta de mi torpeza —le dirigió a su hijo una sonrisa amarga—. Probablemente porque ella tampoco tenía experiencia. Aun así, los dos nos lo pasamos bien. Y poco a poco, entre nosotros, y después con otras parejas, fuimos mejorando —se dio un golpe en el pecho—. Hoy en día soy como el rey de los besos, si yo lo digo.

Austin pareció aliviar un poco la tensión de los hombros.

—¿Y cómo te lanzaste la primera vez? —preguntó.

—Oh, fui delicado. Harías bien en apuntar esto.

Su hijo se enderezó en su asiento y Jake continuó.

—Fuimos a ver una película a Silverdale. Mi madre nos llevó, lo cual era un poco patético, pero teníamos trece años.

Austin puso cara de «qué le vamos a hacer».

—Yo le compré a Mary Beth unas palomitas y una Coca Cola, y esperé a que se apagaran las luces y comenzara la película. Entonces me lancé.

—¿Cómo?

—Hice el típico movimiento de estirar el brazo hacia

arriba. Ya sabes, así... –fingió un bostezo, se llevó la mano a la boca y levantó el codo–. Pero cuando empezaba a estirar el brazo para poder pasarlo por encima de sus hombros, le di en la oreja derecha con el codo. Y se le cayeron la mitad de las palomitas.

–¡Qué dices!

–Así fue. Aprende de mis errores, colega. Asegúrate de pasarle el brazo por detrás de la cabeza antes de lanzarte. Practicar con un balón de fútbol a la altura adecuada no estaría mal.

–Tío.

–Lo sé. Patético. Pero piensa en la vergüenza que podrías ahorrarte.

Austin sonrió y eso le produjo un vuelco a Jake en el corazón. Pero, como venía ocurriéndole desde hacía un tiempo, junto con ese vuelco sintió también pánico.

–Tendré que pensar en ello –dijo Austin mientras agarraba su caña–. ¿Entonces vas a vivir aquí de ahora en adelante?

Maldición. Jake miró su caña esperanzado, pero seguía muy quieta en su soporte. No demandaba su atención.

Sin embargo su hijo era otra historia, y Jake tuvo que enderezarse en su asiento. Sabía que aquel momento iba a llegar, y no quería hacer responsable a Jenny. No le correspondía a ella decirle a Austin que pensaba llevárselo del pueblo cuando se fuera.

Era su hijo, su responsabilidad.

–Apaga el motor un minuto –le dijo.

–¿Eh? –sin embargo Austin le había entendido, pues detuvo el motor inmediatamente y la barca se quedó a merced de la corriente.

Jake tomó aliento y confesó.

—Tengo una vida en Nueva York a la que tengo que regresar.

—Ah —contestó el chico—. Claro.

La decepción en su mirada estuvo a punto de destrozarle, así que se apresuró a decir:

—Pero me gustaría que vinieras conmigo.

—¿Sí? —a Austin se le iluminaron los ojos. Pero después frunció el ceño—. ¿Y qué diablos voy a hacer en Nueva York?

—¿Me tomas el pelo? Hay mucho que hacer allí. Esa ciudad nunca duerme —lo cual no era un punto a su favor, teniendo en cuenta que no pensaba dejar salir a su hijo toda la noche. ¿No se le ocurría nada mejor que eso?

—Todos mis amigos están en Razor Bay —dijo Austin—. Jenny está aquí. Y también la chica a la que quiero besar. ¡Y mi motora! ¿Qué voy a hacer con mi barco en Manhattan?

El chico dijo «Manhattan» como si fuera Sodoma y Gomorra.

—Tendría que estudiar las posibilidades —dijo Jake—, pero hay otras cosas maravillosas que se pueden hacer. Para empezar, en Nueva York está el mejor equipo de béisbol.

Austin se calmó un poco y asintió.

—Eso es cierto. Han ganado como veintisiete series mundiales.

Jake se quedó mirándose las manos unos segundos antes de levantar la cabeza y mirar a su hijo.

—Sé que te estoy pidiendo mucho. Dejar atrás todo lo que conoces será duro, pero espero que el cambio merezca la pena.

—Pero yo en realidad no quiero vivir en Nueva York

–dijo Austin, y Jake sintió un vuelco en el estómago. Vio como el chico miraba hacia las montañas, después a dos águilas que sobrevolaban en círculos sobre sus cabezas, y finalmente a él–. Al mismo tiempo, tú acabas de entrar en mi vida –añadió con una sonrisa–. Y quiero estar contigo. Así que supongo que, si tengo que soportar Nueva York para conseguir eso... bueno... –estiró los hombros y miró a Jake a los ojos–. Entonces supongo que lo haré.

El pánico que Jake había estado sintiendo se multiplicó por diez. De pronto no podía respirar. «¿Qué diablos te pasa, tío? No estás contento con nada de lo que haga el chico. ¿Así es como va a ser? ¿Mal si lo hace y mal si no lo hace?».

Pero no se trataba de eso en absoluto. Era la realidad. ¿Qué diablos había estado pensando? El chico estaba colocando su felicidad en sus manos, y él no estaba hecho para ser padre. Lo demostraba el hecho de que hubiera pensado instalar a Austin en su casa y contratar a alguien que se encargara del chico mientras él viajaba por el mundo durante semanas.

Sin embargo consiguió tomar aliento y sonreír.

–Genial –dijo, y deseó que a su hijo no le pareciera tan débil como se lo parecía a él–. Es... genial. Entonces está decidido. Eso es lo que haremos.

Jenny vio que Austin jugueteaba con el maíz que tenía en el plato. Sostenía el taco en la otra mano, pero solo había dado dos bocados, y normalmente los tacos eran una de sus comidas favoritas. Pensándolo bien, la noche anterior también le había parecido que estaba muy callado.

–¿Te encuentras bien? –le preguntó, y se incorporó ligeramente sobre su silla para estirar el brazo por encima de la mesa y tocarle la frente. Su preocupación aumentó cuando el chico no solo no se apartó con impaciencia, como hacía habitualmente, sino que se inclinó hacia ella como hacía cuando era pequeño. Dios, tenía que estar enfermo.

Sin embargo tenía la frente fría. Así que volvió a sentarse en su silla y lo miró fijamente.

Austin dejó el tenedor y el taco en el plato y levantó la mirada.

–¿Sabías que papá va a llevarme a Nueva York?

Jenny sintió que lo poco que había comido se le revolvía en el estómago. Dios. Ya no podía seguir ignorando el asunto, de modo que dejó también su taco en el plato.

Ya era oficial. Iba a perderlos a los dos. Era algo que ya había sabido, pero aparentemente no se lo había creído del todo hasta aquel momento.

–Sí, lo sabía –confesó.

–¿Y nunca me lo habías dicho?

–No, no lo hice. Y le dije a Jake que no te lo dijera cuando me contó su plan. Creí que debía darte tiempo a conocerlo mejor antes de contarte la noticia.

–Sí –contestó Austin recostándose en su silla–. Probablemente fue una buena idea.

–¿Te… parece bien?

–Como le he dicho a él, no me entusiasma marcharme de aquí, y menos a una gran ciudad en la que no conoceré a nadie salvo a él. Pero quiero estar con él, Jenny. Quiero saber lo que es tener un padre.

Jenny asintió lentamente con la cabeza.

–Claro que sí. Es comprensible –se inclinó sobre la

mesa y le dio la mano. «No voy a llorar. ¡No voy a llorar!»–. Pero voy a echarte mucho de menos.

Austin le dirigió una mirada compungida.

–He estado intentando no pensar en eso. ¡Maldita sea! –de pronto se apartó de la mesa y se puso en pie–. No puedo ir. Voy a tener que decirle que no puedo ir.

Ella también se levantó y bordeó la mesa para abrazarlo.

–Shh. Tranquilo. Sí, sí que puedes ir. Tampoco es que vayamos a desaparecer. Hablaremos por teléfono todo el tiempo. Nos enviaremos mails y mensajes. Y hablaremos por Skype. Puedo aprender. Y volverás para vernos a todos, y nos deslumbrarás con tu sofisticación cosmopolita. Y quizá yo también pueda ir a visitarte.

Poco a poco el chico fue relajándose entre sus brazos, pero mantuvo la cabeza agachada.

–Sí –murmuró–. Sí.

–Todo saldrá bien, ya lo verás. En cuanto hagas nuevos amigos, seguro que empezarás a divertirte. Manhattan tiene mucho que ofrecer.

–Echaré de menos mi barco.

–Sí. No sé cuánto cuesta atracar uno en el East River, o dónde se hace, pero tal vez exista la posibilidad de que te lo lleves.

–Pero no sería lo mismo. Yo conozco estas aguas como la palma de mi mano. Todo allí será nuevo y confuso –arrugó la nariz–. Y ruidoso.

En eso Jenny estaba de acuerdo.

–Bueno, no puedo mentirte en eso. Pero en cuanto a lo de nuevo y confuso, no será durante mucho tiempo. Eres listo y aprendes deprisa. Y, conociéndote como te conozco, la ciudad será tuya en nada de tiempo.

Y no podría decirle lo vacía que se quedaría su vida cuando Jake y él se marcharan al otro extremo del país.
Se mantendría callada. Aunque le destrozara por dentro.

—Entrenador, tengo que hacer una cosa. Volveré en cinco minutos —Austin no le dio tiempo al señor Harstead a responder. Tenía una misión que cumplir, y abandonó el campo de béisbol en dirección a Bailey, que estaba leyendo un libro de texto en las gradas—. ¿Puedo hablar contigo un momento?
—Claro —Bailey cerró su libro de sociales y lo miró expectante.
—Aquí no. Ven conmigo.
Una de las cosas que le gustaba de Bailey era que no tenía ese impulso de quejarse y protestar antes de hacer algo, como hacían otras chicas. Simplemente sonrió, dejó el libro junto a su mochila y se puso en pie.
Bajaron juntos las gradas y, cuando se detuvieron en el césped, se volvió hacia él con una sonrisa.
—¿Qué pasa?
Austin le dio la mano y la condujo a la parte de atrás de las gradas.
—Aquí debajo.
Bailey parpadeó, pero lo siguió cuando él se agachó y sorteó las barras que sujetaban las gradas. Cuando estuvieron debajo de los asientos, Austin se acercó a ella, la agarró y agachó la cabeza.
Sus narices se chocaron, pero Austin recordó que su padre había hecho lo mismo la primera vez que había besado a una chica. Así que giró la cabeza y entonces sus labios encontraron los de Bailey. Y eran suaves y cálidos.

Era la cosa más maravillosa del mundo.

Bailey le puso las manos en los hombros y él se preparó para que lo apartara. Pero en vez de eso lo agarró y le devolvió el beso; incluso abrió un poco los labios.

Austin acarició con la lengua su labio inferior y ella abrió la boca un poco más.

—¡Bradshaw!

Dieron un respingo al oír el grito del entrenador.

—¡Maldita sea! —susurró Austin, y se pasó la lengua por el labio inferior para captar el sabor de Bailey. Había decidido hacerlo aquel día porque sus oportunidades habían disminuido tras el anuncio de su padre. Pero ahora que la había besado, tenía opiniones encontradas con la idea de marcharse—. ¿Querrías venir a ver una película conmigo el viernes por la noche si Jenny o mi padre pueden llevarnos? Sé que no es mucha antelación, pero...

—Me encantaría —contestó ella, y se estremeció cuando el entrenador Harstead volvió a gritar el nombre de Austin.

—Entonces tenemos una cita. Te llamaré después de haber hablado con Jenny y con mi padre —se inclinó hacia delante y le dio otro beso rápido en los labios. Después se dio la vuelta y se alejó.

Y no podría haber borrado la sonrisa de su cara por nada del mundo.

Capítulo 22

El viernes por la noche la calle del puerto estaba llena de gente, al menos para Razor Bay, cuando Jake regresó de Silverdale poco antes de las seis. Había dejado a Austin y a Bailey en el centro comercial de Kitsap. Los dos estarían comiendo algo en aquel momento, incluso mientras él pensaba en la idea de que su hijo tuviera una cita. ¡Una cita! Iba a perderse muchas cosas cuando se...

Intentó no pensar en eso y siguió pensando en lo que estarían haciendo los dos adolescentes en ese momento. Si no estaban comiendo, probablemente estuvieran haciendo tiempo por el centro comercial antes de ir a la sesión de las siete y veinte.

En cualquier caso, él ya había cumplido con su deber como padre gracias a Rebecca Damoth, que se había ofrecido a recogerlos después de la película.

Había infringido todos los límites de velocidad de camino allí. Y en cuanto aparcó en el aparcamiento situado entre su casa y la de Jenny, se fue directamente a la de ella. No la había visto en dos largas noches y... lo necesitaba.

No sabía a qué venía todo aquello, pero estaba demasiado impaciente como para preocuparse por ello esa noche. Llamó aceleradamente a su puerta.

Cuando Jenny abrió, vio algo en su cara. Fuera lo que fuera, duró un segundo y no tuvo tiempo de identificarlo, así que lo dejó correr y entró en su casa sin esperar una invitación. Enredó los dedos en su pelo, le enmarcó los pómulos con los pulgares y agachó la cabeza para besarla.

Suavemente.

Con un sentimiento que no se atrevía a examinar muy de cerca.

Ella le rodeó el cuello con los brazos y suspiró satisfecha. Y Jake notó que se aliviaba la tensión de sus hombros y de su cuello, que ni siquiera había advertido. Cerró la puerta con un pie, la tomó en brazos y, sin dejar de besarla, la llevó al dormitorio.

La dejó sobre la cama, se tumbó encima de ella y se concentró en explorar cada curva de sus labios como si fuera algo nuevo y tuviera todo el tiempo del mundo para hacerlo. Por alguna razón, le parecía algo nuevo; tal vez porque el sexo que habían tenido antes había sido siempre ardiente, acelerado y fogoso.

No era que no sintiese la misma fogosidad en aquel momento. Pero además ahora deseaba tomarse su tiempo con ella, cuidar de ella. De modo que se dejó llevar por ese deseo y siguió besándola lentamente.

Levantó la cabeza pasado un rato.

–¿Dónde te habías escondido? –murmuró mientras le apartaba un mechón de pelo de la mejilla–. Te he echado de menos –no esperó una respuesta y volvió a besarla.

Pero mientras sus labios se fusionaban, volvió a sentir aquella inquietud, aquella ansiedad que le quemaba por dentro cada vez que empezaba a ser feliz.

Porque no tenía que echarla de menos. No tenía que pensar que podía ser un buen padre.

No podía pensar que una relación podría durar.

«Sí, porque mira cómo te ha ido hasta ahora. Tu padre se fue, tu esposa... bueno, si no hubiera muerto, esa relación habría acabado en divorcio. Y tú abandonaste a tu hijo. Afróntalo, los Bradshaw no tienen lo que hace falta para tener un final feliz».

Por eso había tomado aquella decisión con respecto a su futuro; y con respecto al futuro de Austin y de Jenny.

–Ey –Jenny enredó los dedos en su pelo y tiró de su cabeza–. ¿Dónde estabas?

Jake se quedó mirando aquellos ojos oscuros y dejó de pensar en todo lo demás.

–En ninguna parte –respondió, y luego negó con la cabeza, porque sabía que no podía engañarla–. Quiero decir que he experimentado un lapso temporal de atención. Pero ya estoy aquí. Justo donde deseo estar –y al sentir que Jenny le soltaba el pelo, agachó la cabeza de nuevo.

Era cierto, estaba donde deseaba estar. Con los malditos genes de los Bradshaw, tal vez no tuviese lo necesario para una relación a largo plazo, pero al menos aprovecharía la próxima hora.

Durante los dos últimos días, desde que Austin y ella tuvieran aquella conversación durante la cena, Jenny había hecho lo posible por evitar a Jake. Ella no era de las que quitaban la tirita de golpe, sino de las que la despegaban poco a poco. De modo que, en vez de seguir acostándose con él hasta el día que decidiera marcharse del pueblo y llevarse consigo a la única persona a la que consideraba como un hermano, había decidido empezar a distanciarse. Aquello no era posible con Austin, pero sí podía intentarlo con Jake.

Sin embargo no podía distanciarse de aquello. Nunca antes había sido así. No era que no hubiese sido genial, porque lo había sido; siempre ardiente y excitante. El mejor sexo de su vida.

Pero aquello... aquello era aún mejor. Aquellos besos tiernos que le daban ganas de estirarse como un gato panza arriba bajo el sol. Las manos lentas y capaces que le quitaban la ropa y después recorrían cada curva de su cuerpo. El cariño que desprendía Jake con una energía tan palpable que amenazaba con hacerle perder la compostura. Por primera vez en su vida se sentía... mimada.

Entregada a las sensaciones, absorbió sus besos, se retorció con abandono bajo sus caricias y gimió cuando Jake se incorporó sobre las palmas de sus manos, colocó los muslos entre sus piernas y la penetró. Le rodeó el cuello con los brazos y se aferró a él mientras arqueaba el cuerpo para juntarse más.

Y aun así Jake se movía muy lentamente, penetrándola y después apartándose unos centímetros. Mientras intentaba atrapar con sus músculos aquel miembro invasor que le hacía sentir tan bien, mejor que en toda su vida, las palabras comenzaron a agolparse en su garganta.

Palabras que sabía que no debía pronunciar.

Pero a medida que se acercaba al clímax, algunas comenzaron a escapársele a pesar de sus intentos. Gracias a Dios eran las típicas palabras genéricas que todo el mundo decía cuando le daba rienda suelta a su cuerpo. Pero mientras las sensaciones crecían, tuvo que morderse el labio, porque empezaba a perder el control y cada vez resultaba más difícil callarse.

Entonces alcanzó el orgasmo y un sinfín de fuegos artificiales explotó en su interior.

–Oh, Dios, Jake, te quiero –dijo entre jadeos–. Te quiero, te quiero, te quiero.

Él gimió y la embistió una vez más al llegar al clímax también. Pasados unos segundos se dejó caer sobre ella.

Y así se quedó tumbado, callado y sin moverse.

«Maldita sea», se dijo Jenny. «¿No podías mantener la boca cerrada?». Abrió la boca para dar marcha atrás, para asegurarle que había sido la emoción del momento. Pero no podía.

Porque sabía que no era cierto.

Sí que le quería. No lo había buscado, pero le quería. Había querido antes, claro; adoraba a Austin y a Tasha. Pero antes no sabía si el amor romántico entre un hombre y una mujer no era más que una palabra que la gente decía sin más y que las empresas utilizaban para vender sus productos. Ella desde luego no lo había vivido de cerca nunca.

Y en realidad no se parecía en nada a la noción romántica de la que hablaban los libros y las películas. Por ejemplo, no era amor a primera vista. Su amor se había ido construyendo con el tiempo, gracias a las acciones de Jake como padre y como hombre, y reforzado por una personalidad que no había creído que pudiera tener, pero que había disfrutado descubriendo día a día.

De modo que sí, le quería. Punto, fin de la historia. No pensaba quitarle importancia solo para ahorrarles un momento incómodo.

De pronto, Jake se incorporó sobre sus codos y le apartó el pelo de la cara.

−Tenemos que hablar −le dijo con una expresión que no revelaba nada.

−De acuerdo −contestó ella, y le puso las manos en los hombros para empujarle−. Aparta.

−¿Qué?

−Necesito que te quites de encima. Dada tu falta de expresión, creo que me gustaría estar vestida para oír lo que tengas que decir.

Jake se quitó de encima, se puso en pie y se quedó junto a la cama. Al parecer, él no se sentía igual de inseguro que ella, y se quedó de pie con las piernas separadas y las manos en las caderas. Abrió la boca para hablar, pero Jenny no quería estar desnuda cuando se lo dijese, así que negó con la cabeza y salió también de la cama.

−Oye, esto no es necesariamente algo malo −protestó él mientras ella localizaba sus bragas y se las ponía. Encontró el sujetador en otro lugar, el jersey en otro y tuvo que emplear varios segundos en localizar los vaqueros, que Jake había lanzado al otro lado de la cama. La colcha había caído al suelo en algún momento y los había ocultado.

Con cada prenda que iba encontrando, se sentía un poco más protegida. Finalmente lo miró con expresión neutral y vio como él recogía sus pantalones del suelo. Se los puso y se subió la cremallera, pero dejó desabrochado el botón de la cintura.

−Muy bien −dijo ella tras tomar aire−. Cuéntame.

Jake había estado pensando mucho en aquello después de hablar con Austin, y no se trataba de algo malo. De hecho estaba a punto de ser muy noble.

¿Por qué entonces el estómago le daba vueltas y el corazón se le iba a salir por la boca?

Y no ayudaba que Jenny hubiera hecho oídos sordos a sus palabras. Estaba de pie, descalza, apoyada sobre una cadera y con los brazos cruzados.

Haciéndole sentir que estaba equivocado.

—He estado pensando mucho en esto durante los últimos dos días —comenzó Jake tras aclararse la garganta—. Y he llegado a la conclusión de que lo mejor es dejar a Austin aquí contigo.

Sabiendo lo unida que estaba al chico, imaginó que se sentiría encantada. Sin embargo no se lo parecía. De hecho entornó los párpados y apretó los labios.

—Mira, admito que antes no lo había pensado bien —continuó al ver su silencio. No soportaba tener que contarle el plan que siempre había tenido en mente. Pero sabía que era la única manera de que ella lo entendiese—. Mi trabajo me obliga a pasar fuera largos periodos de tiempo. Y Austin estaría solo en una ciudad extraña sin nadie más que un empleado.

—¿Vas a volver a trabajar inmediatamente?

—Tengo que hacerlo, lo antes posible. Ya he rechazado dos trabajos, y mi editor ha estado llamándome todos los días.

Jenny simplemente se quedó mirándolo y él se puso a la defensiva.

—¿Qué? No esperarías que dejase mi trabajo, ¿no?

—No, claro que no —contestó ella con frialdad—. Pero tampoco creí que fuese una situación de todo o nada. Por ejemplo, podría entender que me dejaras a Austin durante el verano. Y después tomarte algo de tiempo libre cuando empiece el colegio en Nueva York para poder estar allí y ayudarle a aclimatarse. Eso le daría tiempo a hacer nuevos amigos y así tendría más apoyo cuando tú no estuvieras. Pero rechazarle por completo después de que haya llegado a quererte... eso sí que no lo entiendo.

Era un buen plan, pero a él no se le había ocurrido. Y aquello hizo que se sintiera aún más culpable.

Sin embargo se le daba muy bien poner cara de «y a mí qué me importa». Al fin y al cabo tenía años de práctica. Y eso fue lo que hizo.

–¿Seguimos hablando de Austin, Jenny? ¿O de ti?

Sintió un dolor en el pecho al ver que Jenny se estremecía, pero aquello no logró detenerla. Desde el primer día que la conociera, Jenny nunca había dejado que nada la detuviese.

–Oh, ¿estás refiriéndote a que he dicho que te quiero? Me alegro. Y yo que pensaba que ibas a ignorarlo por completo. Siento decepcionarte si pensabas que me avergonzaría, pero intento ser fiel a mis sentimientos. Y me encantaría saber por qué tú te empeñas en negar los tuyos.

El corazón le palpitaba cada vez con más fuerza y se obligó a reírse.

–¿Qué? ¿Crees que estoy enamorado de ti?

–La verdad es que estaba hablando de Austin. Creo que quieres a ese chico con toda tu alma. Pero por alguna razón eso te pone tenso, te agobia y te asusta.

–¡A mí no me asusta nada!

–Seguro que no... cuando se trata de una amenaza física. Pero estoy hablando de emociones, Jake. De vínculos; con Austin, conmigo. Y de la idea de compromiso.

Apuesto a que eso sí que te asusta. ¿Y sabes qué? Sí que creo que sientes algo por mí.

Jake se frotó el pecho al notar que el dolor aumentaba. ¿Estaría sufriendo un infarto? Sin embargo aguantó el dolor y dijo:

—¿De verdad?

—Sí —insistió ella con una paciencia exagerada—. Lo creo. Y, si estoy equivocada —se encogió de hombros—, soy adulta, lo superaré. Ojalá pudiera decir lo mismo de Austin. Tal vez hubiera sido posible si no le hubieras dicho ya que querías que viviera contigo —negó con la cabeza—. Pero lo dijiste, y ya no hay marcha atrás. ¿Le has contado tu plan?

¿Eso era todo? ¿Era una adulta y lo superaría? Entonces registró la pregunta y negó con la cabeza.

—No, aún no.

Jenny suspiró con hastío, y él volvió a ponerse a la defensiva para evitar que la culpa traspasase los muros que había pasado años construyendo.

—Tampoco es que él estuviese encantado con la idea de venir a Nueva York, Jenny. Sin duda se sentirá aliviado.

Ella se quedó con la boca abierta, pero enseguida se recompuso.

—¿En serio? ¿Eso es lo mejor que se te ocurre decir? Dios, eres un idiota.

—¿Realmente es necesario insultar?

—¿Sinceramente crees que no?

—Maldita sea, sí. Intento hacer lo que es mejor para él y para ti. Y no es que esté eludiendo mis responsabilidades. Os daré dinero a los dos, vendré a visitaros cuando pueda entre un viaje y otro.

Por primera vez vio auténtica furia en el rostro de

Jenny antes de que se diera la vuelta y se fuera al salón. La siguió y la encontró sentada al borde del sofá, poniéndose los calcetines y unos zapatos que debía de haberse quitado antes. Jake abrió la boca, pero no sabía qué decir. Aunque habría dado igual, porque en los dos segundos que tuvo para pensar, ella ya se había puesto en pie.

—Puedes quedarte con tu apestoso dinero. Austin nunca ha necesitado eso de ti. Y yo tampoco —sus ojos ardían como el infierno, pero su voz sonaba más fría que un invierno en el ártico cuando se acercó a él—. Y con respecto a lo de pasarte a vernos según te venga... —dio un paso atrás y toda esa furia desapareció—. Si vas a irte, deberías hacerlo. Porque puede que Austin se mostrase receloso a abandonar Razor Bay, pero estaba dispuesto a hacerlo de todos modos. Todo lo que le gusta de aquí pasó a un segundo plano porque por fin tenía la única cosa que había deseado por encima de todo lo demás; un padre.

Jake dio un respingo. Maldición. Lo último que había deseado era causarle más dolor a Austin. Y aun así, con el tiempo, el chico probablemente se lo agradecería.

Era evidente que a Jenny no le importaba lo más mínimo su arrepentimiento, y además no había terminado.

—Intentar hacer lo mejor para él sería esforzarte al máximo para que esta relación funcionara. O estás dentro o estás fuera, Bradshaw. Austin se merece algo más que un padre que aparezca solo cuando le venga bien. ¿Y sabes una cosa? Yo también. Me ha costado mucho tiempo, pero finalmente este año me he prometido que ya estaba harta de aceptar las migajas del afecto de los demás. Así que, perdona, pero no pienso aceptar migajas de ti, un hombre que se niega a comprometerse con nadie porque algunas cosas en su vida le salieron mal.

–¿Algunas cosas? Tenía un hermano que me odiaba, un padre que me abandonó y me dejó solo con mi madre, y una esposa que murió, y todo eso antes de cumplir los diecinueve años.

–¡Oh, pobre Jake! Tasha creció con una madre adicta. Antes de cumplir los diecisiete, yo tenía un padre que solo estaba disponible cuando le venía bien y una madre que no hacía nada, y que me dejó a mí con la responsabilidad de buscar una casa y ganar dinero. Y no porque mi padre fuese un ladrón, sino porque los amigos ricos de mi madre sabían que lo era. ¿Quién no tiene problemas? ¡Pero la mayoría de nosotros nos aguantamos y seguimos adelante! No utilizamos nuestros problemas para eludir responsabilidades durante el resto de nuestra vida.

Jake se quedó contemplando fascinado la convicción de su rostro; incluso mientras sus palabras golpeaban como un mazo el muro que había construido en torno a su corazón.

–Tengo que salir de aquí –agregó ella mirando a su alrededor–. Tengo que salir de aquí –se acercó al perchero de la entrada, descolgó una cazadora y se giró para mirarlo a los ojos mientras se la ponía–. Si te vas, no vuelvas. Causarás daño a tu paso, y no pienso volver a someter a Austin a eso. Y ni se te ocurra dejarme a mí para darle la noticia. Puedes mirar a tu hijo a la cara y ver cómo reacciona cuando le digas que retiras tu oferta de formar una familia. Porque te juro, Jake, que si desapareces sin más... –tomó aire por la nariz y lo dejó escapar lentamente– no habrá lugar en la tierra en el que puedas esconderte. Y no te confundas. Cuando te encuentre, te haré daño –se dio la vuelta y dio un portazo al salir.

Jake se quedó mirando la puerta, que aún vibraba con la fuerza del impacto, y no dudó ni un momento de su amenaza.

Capítulo 23

Jenny bajó los escalones del porche, caminó varios metros por el camino que conducía hacia la playa y de pronto se detuvo en seco al darse cuenta de que no tenía ni idea de qué hacer. Había dejado a Jake en su casa, por el amor de Dios, cuando debería haberle echado de inmediato. Pero estaba tan furiosa que no había pensado con claridad.

Y allí de pie, su capacidad para pensar tampoco había mejorado mucho. ¿Qué iba a hacer?

De acuerdo, siempre había cosas que requerían su atención en el hotel. ¿Pero de qué serviría? No iba a poder concentrarse en nada. Y desde luego no se sentía capaz de relacionarse con gente y mantener conversaciones. No cuando lo único que quería hacer era gritar.

Suponía que podría contarle sus problemas a Tasha, pues eso siempre ayudaba. Pero era viernes por la noche y su mejor amiga estaría hasta arriba de trabajo. Además, los amigos y vecinos solían pasarse por la pizzería para saludar, y la idea de tener que fingir que estaba bien le daba aún más ganas de gritar.

Incluso aunque tuviese a Tash solo para ella, una botella de vino tinto para ahogar sus penas e intimidad total, no estaba preparada para hablar de ello todavía.

No sin acabar llorando, cosa que ya le costaba bastante.

Estiró la espalda, tomó aire y se recordó a sí misma que siempre había sabido que llegaría el final. Bueno, no podía haber imaginado que Jake cambiaría de opinión con respecto a la idea de llevarse a Austin a Manhattan. Pero lo que sí había sabido con certeza era que su tiempo con ella tenía fecha de caducidad, y que se acercaba el día en que haría las maletas y se marcharía. Lo que no había imaginado era que, llegado el día, se le rompería el corazón.

Se quedó mirando al suelo. Tampoco se había dado cuenta de que estaba enamorada de él hasta que había pronunciado las palabras en voz alta. Hasta entonces, el dolor de corazón no había formado parte de la ecuación.

Sin embargo ahora ese dolor era más grande que el canal al que ni siquiera se atrevía a mirar.

Dejó escapar una carcajada amarga. El dolor era más grande que el sistema solar, pensó. Porque el corazón no solo se le había roto. Estaba bastante segura de que, si miraba, descubriría un agujero en su pecho, donde había estado su corazón antes de que Jake se lo arrancase. En realidad estaba costándole un gran esfuerzo no caer de rodillas allí mismo, hacerse un ovillo en el suelo y llorar hasta que no le quedaran lágrimas.

Empezó a respirar entrecortadamente, se estremeció y trató de no perder la compostura. Desesperada, se dio cuenta de que tenía que encontrar un lugar en el que dar rienda suelta a su dolor sin testigos. Pero, dado que su casa estaba ocupada por el causante de su sufrimiento, simplemente no sabía adónde ir.

Levantó la cabeza cuando se le ocurrió la solución más evidente. Hizo todo lo posible para no pensar mientras iba hacia el muelle donde amarraban los barcos del hotel. Iba a irse a Oak Head.

Aún quedaban algunas semanas para que llegase el verano y sacasen del cobertizo la media docena de embarcaciones que poseía el hotel. Pero, debido al buen tiempo que había hecho últimamente, dos de las barcas, de cuatro metros de eslora, ya estaban amarradas en el muelle donde Austin amarraba su motora. Llegó al embarcadero y se detuvo junto al barco amarrado más cerca del final. Se agachó para desatar la cuerda.

Y se dio cuenta con horror de que, al estar tan cerca de su vía de escape, le costaba más trabajo controlar sus emociones. Las lágrimas que había estado conteniendo comenzaron a resbalar por sus mejillas.

Las ignoró lo mejor que pudo y se apresuró a soltar el barco.

Estaba lanzando sobre el asiento de la barca la cuerda, que normalmente se habría tomado la molestia de enrollar, cuando oyó una voz masculina.

—¡Disculpe, señorita!

—Maldita sea —murmuró, se secó los ojos con la mano y miró por encima del hombro.

Dan, el jefe de mantenimiento del hotel, caminaba por el muelle con paso decidido y el ceño fruncido.

Pero aquella expresión fue sustituida por una mirada de sorpresa y quizá de vergüenza cuando se detuvo en seco.

—Ah, hola, Jenny. Perdona, no sabía que eras tú. Es que había visto a una niña preparándose para subirse al barco y quería asegurarme de que era un huésped.

–No te preocupes. Probablemente sabías que ahora mismo no tenemos alojadas a mujeres jóvenes –o tal vez no lo supiera. La verdad era que no le importaba. Lo único que quería era marcharse de allí, irse a un lugar donde no tuviera que fingir que todo iba bien–. Austin está con unos amigos, y me apetecía aprovechar la oportunidad para salir a navegar un poco –para su vergüenza, se le quebró la voz con las últimas palabras y las lágrimas volvieron a brotar.

–Ah, bien –dijo Dan algo avergonzado. Estiró el brazo y se frotó la coronilla de su sempiterna gorra de béisbol–. ¿Estás bien?

–Sí –contestó Jenny secándose de nuevo las lágrimas. Después se abanicó la cara con los dedos–. No te preocupes por esto. Es solo... esos días del mes.

Dan retrocedió.

–Ah. Ehhh. De acuerdo –se aclaró la garganta, sin saber bien qué decir–. Pásalo bien –dijo, y se sonrojó al darse cuenta de lo absurdo del consejo teniendo en cuenta sus lágrimas.

–Claro –contestó ella. «¿Esos días del mes? ¿En serio?». Evitó volver a mirarlo y se agachó para desatar la cuerda trasera del barco. Después subió a bordo y agarró el chaleco salvavidas, se lo puso y se sentó en la parte de atrás antes de despedirse de Dan con la mano. Se aseguró de tener la palanca de cambios en punto muerto y tiró de la cuerda del motor.

Pero no enganchó, así que intentó disimular su humillación y volvió a intentarlo. En esa ocasión el motor se puso en marcha y la barca se alejó del muelle. En cuanto dejó atrás la última boya que delimitaba la propiedad del hotel, aceleró.

Suspiró aliviada por estar donde nadie pudiera alcanzarla y puso rumbo hacia Oak Head. Iba a ponerse bien. Solo necesitaba tiempo. Tiempo para pensar, tiempo para recomponerse. Y entonces se pondría bien.

No dejaba de repetírselo una y otra vez... y casi empezaba a creérselo.

Hasta que llegó a la orilla de Oak Head, bajó de la barca y, con un sollozo desgarrado, dejó de fingir que estaba bien.

Jake entró por la puerta del Sand Dollar hecho una fiera. ¿Jenny quería que se fuera? ¡Pues se iría! En cuanto le hiciese comprender a Austin que no estaba abandonándolo, sino intentando mantener su estilo de vida, se marcharía de allí. Y al diablo con las órdenes de Jenny de que no volviese nunca. Ella no manejaba la vida de Austin, y él no pensaba desaparecer por completo de la vida de su hijo.

«Puede que Austin se mostrase receloso a abandonar Razor Bay, pero estaba dispuesto a hacerlo de todos modos. Todo lo que le gusta de aquí pasó a un segundo plano porque por fin tenía la única cosa que había deseado por encima de todo lo demás; un padre».

Aquellas palabras de Jenny hicieron que se detuviera en seco por un momento, pero después lo pensó mejor y subió las escaleras hacia el segundo piso. Aun así iba a seguir siendo padre. Pero no estaba dispuesto a dejar a su hijo solo en una ciudad desconocida mientras él viajaba por trabajo. No cuando Austin ya tenía allí todo lo que necesitaba.

Se dirigió hacia el pequeño cuarto de baño que utilizaba como sala de revelado y encendió la luz del techo. Empezaría a meter las cosas en cajas para enviarlas.

Sin embargo lo primero que vio fueron las fotos que había hecho del equipo de Austin, que estaban colgadas en la cuerda de secado. Encendió la lámpara halógena que había instalado sobre la encimera del baño y se quedó estudiando cada foto bajo la luz mientras iba desenganchándolas.

Entonces sonrió.

Le había sorprendido lo bien que se lo había pasado haciendo las fotos, y eso se notaba. Uno de los principios de su trabajo era que, cuanto más se implicaba, mejor era el resultado. Obviamente estaba muy implicado el día que había sacado aquellas. Porque habían quedado geniales.

Sin embargo su trabajo con el álbum no había acabado. Había acordado que prepararía los diseños de impresión y ni siquiera había empezado con eso. Parecía que no podría marcharse esa noche después de todo. Tenía trabajo que hacer.

Además su hijo estaba en su primera cita. Jake no podía hacer nada que empañase ese momento. Dejaría que Austin tuviera su gran noche. Y terminaría el trabajo que había prometido.

Ignoró el extraño calor que le produjo aquella decisión en el pecho.

Porque después sí que se iría. Pero no para siempre. Y si a Jenny le parecía mal, pues que...

La foto que acababa de descolgar le hizo olvidarse de lo que estaba pensando. Jenny.

El corazón se le aceleró furioso. No se trataba de cualquier foto. Era la mejor. Había logrado captar su esencia en la imagen. Su media sonrisa y su melena oscura en movimiento al girar la cabeza hacia él después de que alguien dijera algo que, para cualquier otra persona habría resultado gracioso, pero que para Jenny, con su espíritu generoso, era asombroso.

«Jake, te quiero. Te quiero, te quiero, te quiero».

—Dios —se llevó la mano al corazón y se quedó mirando la foto. Al oír las palabras salir de sus labios había experimentado el orgasmo más intenso de toda su vida—. Bueno, eso es solo porque...

No. Se interrumpió a sí mismo. No más mentiras. Tenía que ser sincero como lo había sido ella, aunque fuera para sus adentros. Tenía que hacer frente a sus sentimientos por una vez.

Y admitir que Jenny tenía razón al decir que oír aquello le había desestabilizado... y sí, también le había asustado un poco. Porque el amor nunca había sido su amigo.

Pero no podía esconderse tras esa excusa durante el resto de su vida. Tenía que enfrentarse a la verdad como un hombre.

Tal vez necesitara tener con ella una conversación más sincera que la última. Tal vez no cambiara nada, pero Jenny se lo merecía. Se merecía mucho más de lo que él podía darle.

Pero al menos se merecía una verdad.

Atravesó el dormitorio del piso de arriba y miró hacia su bungalow. Empezaba a anochecer y la casa estaba a oscuras.

La verdad tendría que esperar. Obviamente Jenny no había vuelto de allá donde hubiera ido después de dejarlo en su casa porque no podía soportar un minuto más estar en su presencia.

Volvió a llevarse la mano al pecho.

Se obligó a volver con los diseños, pero no podía concentrarse y regresaba constantemente a la ventana para ver si había vuelto. Seguía sin haber nadie. ¿Dónde diablos se habría metido?

Comenzó a asomarse a la ventana con tanta frecuencia que rozaba lo absurdo. Se dirigía al piso de abajo a por una cerveza para aclararse las ideas cuando oyó pisadas en el porche.

Bajó corriendo los escalones que le quedaban y abrió la puerta justo antes de que llamaran. Esperaba que fuera Jenny, pero se trataba del tipo de mantenimiento. Bob, o Dave, o...

Dan. Se llamaba Dan.

–Hola –dijo intentando no parecer impaciente–. ¿Puedo ayudarte?

–Sí, mire, siento molestarle –dijo Dan rascándose la cabeza–, pero estoy un poco preocupado por Jenny.

–¿Por qué?

–La vi en el muelle subiéndose a una de las lanchas. Y estaba llorando. Dijo que... –de pronto se puso rojo– eran esos días del mes. Pero el caso es, señor Bradshaw, que ustedes dos están unidos... y no ha vuelto todavía.

¿Dónde diablos se había metido? Apenas había terminado de hacerse la pregunta cuando se le ocurrió la respuesta.

–Tengo una idea de dónde puedo encontrarla –dijo cerrando la puerta tras él–. Voy a ver si encuentro las llaves de la motora de Austin. Me pregunto por qué no se la habrá llevado ella –negó impacientemente con la cabeza, porque ¿qué importaba? No lo había hecho–. Si no está donde creo que está, llamaré a Max para que se ponga en contacto con la guardia costera o con la marina.

Dan respiró aliviado.

–De acuerdo, bien. Me parece un buen plan.

–Sí. Si no te llamo para decirte lo contrario, eso es que la he encontrado –bajó las escaleras del porche, pero se detuvo y miró a Dan antes de atravesar el aparcamiento–. Gracias por decírmelo, Dan. Te agradezco que cuides de ella.

Dan se encogió de hombros.

–Es Razor Bay. Los vecinos nos cuidamos entre nosotros.

«¡Estúpida, estúpida, estúpida!». La parte de abajo de la lancha arañó el fondo de guijarros de Oak Head por segunda vez aquella tarde mientras Jenny tiraba de la cuerda para encallar la embarcación en la playa. Como si aquello fuese a compensar la idiotez que le había llevado a quedarse atrapada allí, pensó mientras ataba la cuerda a una roca.

Aparte de ponerse el chaleco salvavidas, se había saltado todas las normas de seguridad náutica que Emmett le había enseñado. Para empezar, no se había molestado en comprobar el nivel de carburante antes de salir del muelle. Era responsabilidad del equipo de mantenimiento mantener el depósito lleno... cada vez que un huésped dejaba un barco. Pero cuando se trataba de un miembro de la familia o de un empleado, era responsabilidad de la persona. Y también era su responsabilidad asegurarse de que hubiera remos en la embarcación.

Muy pocos huéspedes habían utilizado los barcos recientemente, así que era altamente improbable que a los de mantenimiento se les hubiera pasado por alto rellenar el depósito. De modo que lo lógico era imaginar que aquella era la lancha que habían usado Austin y Jake para ir de pesca el otro día.

Lo cual no era excusa. Porque aunque ellos se hubieran olvidado de rellenar el depósito al terminar, era responsabilidad suya comprobarlo. Siempre que se utilizaba un barco con motor, la primera regla era comprobar que tuviera el depósito lleno. Siempre.

La regla número dos era que cada embarcación tuviese un juego completo de remos, por si acaso la primera regla no se cumplía.

Jenny no solo había ignorado ambas reglas, sino que además se había marchado de casa sin el móvil. Había ido directamente allí para desahogarse.

Y se había desahogado. Había llorado hasta tener la cabeza tan embotada que apenas podía respirar. Y entonces había decidido regresar al hotel para tener tiempo de ponerse hielo y maquillarse para ahorrarle a Austin el espectáculo. Porque, si su padre no había huido como un cobarde, el chico estaría pasándolo ya suficientemente mal sin necesidad de tener que soportar su propio dolor.

Pero no había recorrido ni un kilómetro cuando el motor había empezado a escupir. Poco después se había quedado sin combustible. Al darse cuenta de lo ocurrido, había planeado seguir el resto del camino remando, a pesar de que el agua empezaba a embravecerse.

Y había descubierto entonces que le faltaba un remo. Así que lo más sensato le había parecido regresar a Oak Head, dado que estaba más cerca y a favor de la corriente.

De modo que allí estaba, atrapada durante quién sabía cuánto tiempo, helada, hambrienta y sintiéndose como una idiota. Podía ver las luces de Razor Bay y del hotel y, aunque sabía que estaban a tres kilómetros de distancia, era como si hubiesen estado a trescientos.

Lo único positivo de aquella horrible tarde era que había puesto punto y final a su llantina por Jake. Sin embargo, dada la oscuridad del ambiente, le habría gustado tener un mechero o unas cerillas para poder encender un fuego que pudiera proporcionarle algo de calor y guiar a quien fuera en su búsqueda. Había salido la luna, pero no estaba ni medio llena y jugaba al escondite con las nubes.

Suspiró, se frotó los ojos e hizo tiempo colocando unas piedras encima de otras hasta formar dos pequeños montoncitos. No sabía cuánto tiempo llevaba dando vueltas de un lado a otro por la playa para entrar en calor cuando oyó una motora acercándose por el canal. Cuando vio las luces, corrió hacia el agua agitando los brazos y gritando con todas sus fuerzas, pero la luna había vuelto a ocultarse detrás de una nube, y gritar probablemente sería una pérdida de tiempo, teniendo en cuenta el ruido que hacía el motor. Sin embargo empezó a chillar de nuevo ante la idea de que la lancha pudiera pasar de largo.

Pero gracias a Dios el conductor dio la vuelta antes de llegar a Dabob Bay y apagó el motor para acercarse a la orilla. Se detuvo en la playa junto al lugar donde Austin y ella habían hecho el picnic con Jake.

Incapaz de creerse la suerte que había tenido, Jenny empezó a correr.

–¡Eh! –gritó agitando los brazos de nuevo–. ¡Eh!

Al principio nadie contestó, pero después oyó unos pies que saltaban a la arena.

–¿Jenny? Dios, ¿estás bien?

Jenny se detuvo en seco. ¿Era Jake?

De pronto resurgieron todos los sentimientos que habían quedado en un segundo plano tras quedar atrapada en la playa. Se dio la vuelta y se alejó por donde había venido. Lo último que necesitaba en ese momento era que Jake la rescatara. Preferiría quedarse allí y pasar la noche sola.

Pero entonces entró en razón y se detuvo. Realmente no quería quedarse allí. Tenía frío y hambre, estaba agotada y deseaba marcharse de allí. Si la única manera era regresar con él, que así fuera.

Pero no pensaba dirigirle más palabras de las necesarias.

Se dio la vuelta y volvió a caminar hacia él con el corazón palpitándole con fuerza.

Jake llegó hasta ella, la agarró de los brazos y se quedó mirándola justo cuando la luna traidora reapareció por entre las nubes.

Por el amor de Dios, ¿acaso no había justicia en el mundo aquella noche? Porque ella no era una de esas mujeres que seguían estando guapas mientras lloraban. ¿Era realmente necesario tener un foco apuntando a su cara roja y a sus ojos hinchados?

–¿Estás bien? –preguntó él de nuevo.

–Sí –quería quitarle las manos de encima, pero algo en sus ojos le hizo quedarse muy quieta.

–Dios –susurró Jake–. Desde que Dan me dijo que te habías ido con la barca y no habías regresado, he repasado en mi cabeza todas las cosas horribles que pueden ocurrir en una embarcación, por no hablar de las que pueden ocurrir en cualquier parte. ¡Pero qué diablos, Jenny!

La estrechó entre sus brazos.

–De camino aquí he tomado una decisión –le dijo acariciándole el pelo y la espalda–. Voy a trasladar mi base de operaciones a Razor Bay.

Jenny sintió un vuelco en el corazón, pero se dijo a sí misma que no debía malinterpretar sus palabras. Se apartó de él y dio un paso hacia atrás.

–Creí que no te gustaba esto.

Jake hizo un gesto como para alcanzarla, pero lo pensó mejor y dejó caer las manos.

–Me ha cautivado –dijo.

–Eso es... bueno –murmuró ella–. Significará mucho para Austin –para ella sería un infierno estar tan cerca de él físicamente y tan alejada emocionalmente, pero tendría que aguantarse y afrontarlo como una persona adulta.

–No he tomado la decisión solo por Austin, Jenny –contestó él, se metió las manos en los bolsillos y dio un paso al frente–. No bromeaba al decir que lo he pasado muy mal mientras venía. Esperaba encontrarte aquí, pero temía que te hubieras ahogado, o que estuvieras herida. O que te hubieran secuestrado o violado –sacudió la cabeza como para borrar esas imágenes–. Eso me ha hecho darme cuenta de que tenías razón. He sido un idiota.

Jenny tenía el corazón alojado en la garganta y apenas podía respirar.

–¿Has sido?

–Sí. Ahora soy mucho más listo –dio otro paso más hacia ella, sacó una mano del bolsillo y le apartó un mechón de pelo de la boca. Su pulgar continuó el gesto y le acarició el labio inferior–. Es curioso cómo el miedo puede hacerte ver las cosas con claridad. Antes en tu casa estaba ciego. Tenías razón. Me asusté cuando dijiste que me querías. Porque yo te quiero, Jenny. Probablemente te quiera desde hace ya un tiempo, pero estaba demasiado ocupado protegiendo mi corazón por si acaso tú no me querías. O por si cambiabas de opinión en caso de quererme. Todo estaba en mi subsconsciente, claro. No soy muy bueno en psicología, pero, en este caso, los ataques de pánico que tenía cada vez que me sentía feliz intentaban decirme algo. Creo que me daba tanto miedo que pudiera salir mal que me negaba a ver lo que realmente deseaba. Ya había decidido que teníamos que mantener una conversación más sincera que la de antes. Pero entonces Dan vino a verme y me dijo que habías estado llorando y te habías marchado en una barca, y pensé en todas las cosas horribles que podían haberte pasado. Y entonces lo supe.

Y sin más, Jenny recuperó la respiración. Pero había sido una noche dura para ella también, y no estaba preparada para indultarlo aún.

−¿Qué te hace suponer que esas cosas no ocurrirán?

−Puede que ocurran −contestó él encogiéndose de hombros−. Pero he aprendido una cosa durante los quince minutos más largos de mi vida. No debes renunciar a lo mejor que te ha ocurrido en la vida por miedo a algo que podría no suceder jamás.

Se acercó más a ella, le puso una mano en la nuca y agachó la cabeza para apoyar la frente en la suya.

−Siento haberte hecho daño −dijo con voz rasgada−. No puedo prometerte no volver a hacerlo, porque...

−Porque eres un hombre −dijo ella.

Jake apartó la cabeza para mirarla y sonrió.

−Cierto −convino−. Pero soy un hombre que te querrá hasta que deje de respirar. Y haré lo posible por mantener mis estupideces al mínimo.

−De acuerdo −dijo ella−. Yo también.

−¿También harás lo posible por mantener al mínimo mis estupideces?

Jenny le rodeó el cuello con los brazos y se carcajeó.

—Me refería a las mías, pero eso también me parece bien.

Jake le dedicó una mirada tan llena de amor que el corazón se le encogió.

—No. Tú no tienes estupideces —dijo con total sinceridad—. Eres la persona más perfecta que he conocido.

—Oh, cariño, si te metes en una relación pensando eso, probablemente te decepcionarás. Yo también tengo mis cosas malas. Aun así —se puso de puntillas y le dio un beso rápido en los labios—. Te quiero. Te quiero mucho —colocó de nuevo los pies en el suelo y le dirigió una sonrisa arrogante—. ¿Un hombre imperfecto que cree que soy ideal? —dio un salto y le rodeó la cintura con las piernas—. Podré vivir con eso.

Epílogo

Domingo, 8 de julio

—¿Entonces mañana abandonas el pueblo?

Jake no dejaba de darle vueltas con la mano a la cajita que tenía en el bolsillo de los pantalones. Con la otra mano le dio a su hermano un puñetazo en el bíceps.

«Santa madre de...».

Resistió la tentación de sacudir la mano. Él se mantenía en forma, pero Max era como una pared de ladrillo.

—El martes —le corrigió—. Y solo serán tres semanas como mucho. Luego volveré a casa.

Volvió a girar la cajita una vez más en el bolsillo y miró a su alrededor cuando Jenny, Tasha y Rebecca salieron por la puerta trasera con los platos que él había ayudado a preparar para la barbacoa de despedida que estaban celebrando en el jardín de Jenny.

—Es raro oír esa palabra de tu boca —dijo Max.

—¿Qué palabra? ¿Casa? —Jake apartó su atención de Jenny y sonrió—. Sí, a mí también me sorprende. Pero puedes olvidarte de todo lo que he dicho sobre Razor Bay, porque por primera vez en mi vida me siento como en casa –acarició con el pulgar una de las esquinas redondeadas de la cajita y volvió a darle la vuelta.

Max, al que no se le escapaba nada, captó el movimiento.

–¿Hay algo que quiera compartir con el resto de la clase, señor Bradshaw?

–No, señora –apretó la caja con la mano y la hundió hasta el fondo del bolsillo–. Pero has hecho una imitación bastante buena de la señorita Harris –dijo refiriéndose a la profesora de Historia del instituto–. Esa mujer era tan estirada que me pasaba parte de su clase imaginando que se quitaba las gafas, se soltaba la melena y se convertía en una bomba sexual, como sucedía en las películas en blanco y negro.

Max hizo como si también estuviera tratando de imaginárselo, pero negó con la cabeza.

–No. No puedo imaginarme eso.

–Yo tampoco pude –contestó Jake–. Pero siempre lo intentaba.

El hermano pequeño de Nolan Damoth, Josh, apareció corriendo y gritando por una esquina de la casa, eufórico debido a una sobredosis de azúcar. Su comportamiento era culpa de Austin, Nolan y Bailey, que estaban practicando trucos con la bici en el aparcamiento. Hasta que las mujeres se lo habían impedido, los adolescentes habían estado abriendo latas de refresco y bebiendo solo unos sorbos antes de seguir jugando. Y la próxima vez que tenían sed, en vez de esforzarse en encontrar las latas que habían dejado abiertas, simplemente sacaban una nueva de la nevera. Josh había conseguido hacerse con varias de las latas abiertas antes de que Jenny y Rebecca se dieran cuenta, y ahora el niño estaba completamente acelerado.

Max se puso delante de Jake y le impidió seguir viendo al niño. Le agarró entonces el brazo con fuerza y Jake se quedó mirándolo sorprendido.

—¿Qué diablos haces, tío?

—Vamos a ver qué es eso tan interesante que llevas en el bolsillo —respondió su hermano.

Jake mantuvo la mano en su sitio, pero arqueó las cejas.

—¿Seguro que quieres ir por ahí? Tal vez solo me alegre de verte.

Max aflojó la mano y se carcajeó.

Era un sonido tan infrecuente que Jake bajó la guardia, y acto seguido el ayudante Dawg le había sacado la mano del bolsillo.

Max dejó de reírse, le soltó el brazo y se quedó mirando la cajita que Jake sujetaba en la mano.

—Dios. ¿Eso es lo que creo que es?

—No sé. ¿Qué crees que es?

—Un anillo de compromiso.

Jake se quedó mirando la caja de terciopelo y deslizó el pulgar por su superficie.

—Premio para el caballero.

—Dios, Jake, no hace ni tres meses que conoces a Jenny.

—Casi —contestó él encogiéndose de hombros—. Pero es tiempo suficiente para saber que es lo mejor que me ha ocurrido. Tú mismo lo dijiste; es especial. Y quiero casarme con ella. Será mejor que te apartes si te parece mal, porque no me importará pelear por esto. No querría tener que hacerlo, porque nos hemos llevado bien últimamente, pero lo haré.

Su hermano se quedó mirándolo un momento. Finalmente relajó los hombros y sonrió.

–Creo que sí que es lo mejor que te ha ocurrido; junto con mi sobrino, claro –le ofreció la mano–. Enhorabuena.

Jake ignoró la mano y le dio un abrazo a su hermano; todo lo cercano que podía ser un abrazo entre dos hombres, pues fue más un choque de pechos y una palmadita en la espalda.

–Gracias –dijo–. Pero guárdame el secreto. Todavía no se lo he pedido, y además Jenny podría estar de acuerdo contigo y pensar que es demasiado pronto.

–¿Demasiado pronto para qué? ¿Y por qué os abrazabais?

El corazón le dio un vuelco. Se metió la caja del anillo en el bolsillo y se dio la vuelta para pasarle a Jenny un brazo por encima de los hombros. La pegó a él y sintió que su corazón se aceleraba cuando ella le pasó el brazo por la cintura.

–Dios, no –dijo Max–. El muy torpe se ha tropezado.

–Bien –Jenny le dirigió una mirada escéptica y después se volvió hacia Jake–. Pero he oído el final de vuestra conversación. ¿Demasiado pronto para qué?

–Algo que quiero discutir contigo más tarde.

–Discutir –susurró Max–. Mírate. Suenas hasta maduro. ¿Quién pensaría que viviríamos para ver ese día? –después miró más allá de Jenny y su sonrisa se esfumó–. Maldita sea, ¿qué está haciendo ella aquí?

Jenny miró por encima de su hombro y frunció el ceño al volverse hacia él.

–¿Quién? ¿Harper? La he invitado yo. Solo lleva en Razor Bay una semana, así que pensé que sería una buena oportunidad para que conociera gente. ¿Te parece mal?

–¿Eh? –Max la miró y se sonrojó–. No, claro que no. Es solo que me ha pillado por sorpresa –miró el reloj–.

Son casi las cinco. Creo que me tomaré una cerveza –se dirigió a Jake–. ¿Quieres una?

Era extraño ver a su hermano nervioso, y Jake estuvo a punto de prolongar el momento. Pero había ocasiones en las que los hombres tenían que mantenerse unidos.

–Claro –contestó.

Y Max se alejó apresuradamente.

–¿A qué ha venido eso? –le preguntó Jenny.

–No lo sé –respondió él, y era cierto que no lo sabía realmente.

–Muy bien. Hablemos de eso que quieres discutir conmigo.

–Lo haremos más tarde –Jake se inclinó para darle un beso en los labios y no levantó la cabeza hasta que empezó a oír ruidos de atragantamiento detrás de él. Miró por encima del hombro.

–¡Tío! Buscad una habitación –ordenó Austin–. Ya es suficiente que tenga que veros en acción todo el tiempo en mi casa y en la tuya. ¿Tenéis que hacerlo también delante de los vecinos? –pero sus ojos verdes brillaban con la misma alegría con la que llevaban brillando desde que Jake le había dicho que se quedaban en el pueblo.

–¿Quieres que hablemos de acción? –preguntó Jake mirando descaradamente hacia Bailey.

Austin dio un paso atrás.

–No. Es una fiesta. Era solo para que lo supierais. Hay hoteles para este tipo de cosas –se dio la vuelta riéndose y se alejó hacia sus amigos y su chica.

Jenny se volvió hacia Jake y retomó la conversación anterior.

–¿Por qué no discutirlo conmigo ahora?

–¿El qué? ¿Eso que quiero discutir contigo y que sabes solo porque nos has oído hablar antes?
–Sí, eso. ¿Por qué no discutirlo ahora?
–Porque, mi querida Jenny, tenemos compañía y vamos a hacerlo más tarde.
–De acuerdo –contestó ella con un suspiro–. Pero no creas que se me va a olvidar.
–Confía en mí. Ni se me pasaría por la cabeza.

Era casi medianoche cuando Jenny entró en su salón. Jake estaba tirado en el sillón con los ojos cerrados, y ella se acercó y se sentó con una rodilla a cada lado de sus muslos.

Jake abrió un ojo.
–Ey. ¿Austin se ha dormido ya?
–Sí. No quería tener que separaros, porque sé que quiere estar contigo todo lo posible antes de que te vayas. Pero estaba agotado.
–Así que ahora quedamos tú y yo –la miró con los párpados hinchados y una sonrisa somnolienta mientras deslizaba las manos por sus muslos.
–Sí, así es –le agarró las manos y las mantuvo quietas–. Y además ya es más tarde. Discutamos.

Con una sonrisa, Jake apartó la mano y se arqueó mientras buscaba algo en el bolsillo de sus pantalones.
–Esto no es lo que tenía pensado –murmuró mientras sacaba la mano del bolsillo. Le mostró una cajita de terciopelo y la abrió con el pulgar–. Jennifer Salazar, ¿quieres casarte conmigo?

Jenny habría jurado que una descarga eléctrica recorrió su cuerpo cuando vio el anillo de diamantes que había en la caja. El corazón se le aceleró con alegría y con pánico.

—Jake, es demasiado pronto —dijo sin apartar los ojos de la joya—. Tú mismo lo dijiste.
—No. Fue Max.
Eso la hizo apartar la atención del anillo y mirarlo a los ojos.
—¿Le contaste tu plan antes de decírmelo a mí?
—No deliberadamente. Ese hombre tiene el olfato de un perro sabueso. Y no te digo que nos casemos el mes que viene. Me parece bien tener un compromiso largo. Tú decides dónde y cuándo. Pero lo que siento por ti, Jenny, no se parece a nada de lo que haya sentido antes. Decir «te quiero» no es suficiente, y quiero que todos sepan que eres mía.
—Eso es muy...
—Primitivo —dijo él con una carcajada—. A mí me lo vas a decir. Si fuera un perro, estaría haciendo pis a tu alrededor para ahuyentar a los demás perros. Esto se sale de lo normal en cuanto a mis relaciones con las mujeres. He pasado mi vida buscando aventuras con fecha de caducidad. Cuanto más temporal mejor. Pero ahora... —negó con la cabeza—. No quiero poseerte, y no aspiro a controlarte. Como si eso fuera posible —añadió con una sonrisa—. Solo quiero ver en tu dedo la prueba brillante de que consideras que estás pillada.

Jenny volvió a mirar el anillo.
—Desde luego ese pedrusco sí que brilla —bromeó, y sintió que su pánico se esfumaba como por arte de magia y daba paso a la alegría más absoluta.
—Solo tiene tres cuartos de quilate —contestó Jake encogiéndose de hombros—. Tienes unos dedos delicados. No quería regalarte algo para lo que necesitaras llevar un cabestrillo.

¿A qué mujer no le encantaría que el hombre al que

amaba tuviese en cuenta cosas como el tamaño de sus dedos? ¿A quién no le gustaba oír lo mucho que deseaba decirle al mundo que la amaba?

—Bueno, no sé —murmuró—. Creo que eso debería decidirlo yo, ¿no crees? —añadió extendiendo la mano izquierda.

A Jake se le iluminó la cara.

—Desde luego que sí —sacó el anillo de la caja y se lo puso—. Dios, te queda perfecto.

Jenny estiró el brazo para captar el efecto completo.

—La verdad es que sí. No se me cae. ¿Cómo lo has conseguido?

—Tomé prestado de tu joyero el anillo de plata que a veces te pones. ¿Entonces quieres llevar el que te he regalado?

Ella cerró los dedos y se llevó la mano al corazón.

—¡Intenta quitármelo!

Jake dio un grito y se inclinó para besarla. Cuando finalmente se apartó, apoyó la frente en la suya con una sonrisa.

—¿Tú y yo, Jenny? Nos casemos ahora o dentro de un tiempo, vamos a estar muy bien juntos.

Jenny también sonrió y frotó su frente contra la de él al asentir. Sabía que tendrían que acostumbrarse el uno al otro y que no siempre estarían de acuerdo. Pero nada de eso importaba en aquel momento. Porque en definitiva...

—Oh, cariño —dijo—. Claro que sí.

ÚLTIMOS TÍTULOS PUBLICADOS EN HQN

Mentira perfecta de Brenda Novak

Deseada de Nicola Cornick

Romance en la bahía de Sheryl Woods

Amar peligrosamente de Sarah McCarty

La última profecía de Maggie Shayne

Convénceme de Victoria Dahl

Crimen perfecto de Brenda Novak

Tiempos de claroscuro de Deanna Raybourn

Solo para él de Susan Mallery

Chicas con suerte de Kayla Perrin

Tirando del anzuelo de Kristan Higgins

La seducción más oscura de Gena Showalter

Un momento en la vida de Sherryl Woods

Prohibida de Nicola Cornick

Sin culpa de Brenda Novak

En sus manos de Megan Hart

Sherryl Woods

Una estrella anónima

El domador de caballos Wade Owens trataba a Lauren Winters como si fuera una intrusa que estuviera pavoneándose por su territorio, lo que hizo que ella se pusiera furiosa... Y no era de las que se daban por vencidas ante un desafío. Cansada de su exitosa vida profesional, Lauren había decidido volver a Wyoming, reunirse con sus viejas amigas y empezar de nuevo como entrenadora de caballos. Él la trataba como a una persona corriente. Pero también le había dejado muy claro que despreciaba a los ricos y poderosos... ¿podría su romance seguir adelante cuando descubriera su verdadera identidad?

El rincón de Ryan

Ryan Devaney había sido abandonado por sus padres y separado de sus hermanos en la infancia, por eso no permitía que nadie se acercara a él. Hasta que un día, la vivaz Maggie O'Brien entró en su pub irlandés y declaró la guerra a la muralla de hielo que rodeaba su corazón. Ryan decía que no creía en el amor, pero la ternura y la sonrisa de la bella pelirroja templó su espíritu helado y despertó sueños olvidados... como el deseo de buscar a los hermanos que había perdido.

www.ingramcontent.com/pod-product-compliance
Lightning Source LLC
LaVergne TN
LVHW031807080526
838199LV00100B/6365